異貌のパリ　1919-1939

澤田直 編

異貌のパリ　1919-1939

――シュルレアリスム、黒人芸術、大衆文化

水声社

本書は、国際シンポジウム「芸術照応の魅惑II――両大戦間期のパリ：シュルレアリスム、黒人芸術、大衆文化」（於日仏会館、二〇一六年十月二十九－三十日）をもとにした論集である。

異貌のパリ　1919-1939　＊　目次

序　両大戦間期パリの魅惑——思想と芸術が交錯する地点で　澤田直　11

第I部　イメージをめぐって

第II部　シュルレアリスムとその外部

第Ⅲ部　黒いパリ

澤田直

序　両大戦間期パリの魅惑——思想と芸術が交錯する地点で

一九二〇年、三〇年代のパリには、シュルレアリスムをはじめとするさまざまな文化が花開いた。文学、絵画、クラシック音楽といった十九世紀を継承するブルジョワ芸術だけでなく、写真、映画、黒人彫刻、ジャズ、ダンスといった当時のサブカルチャーも文化の推進力として重要な役割を果たしたこと、つまりハイアートと大衆文化が交錯混淆したことが、この時代の特徴の一つと言えるだろう(1)。なぜこのような交流が可能になったのだろうか。当時の社会・思想状況を概観し、本書に収録された各論の背景を素描しようというのが本稿の目的である。

二十世紀の文化の特徴は、芸術と思想が少しずつ近づいていく点にあるとしばしば言われるが、この接近に二つの戦争が影を落としているように、文化の混淆状況にも戦争は大きく関与している。両大戦間期の芸術創造の背景をなす思想状況も意識しながら、そこに蠢いていた人びとの相関図を描くことにしたい。シュルレアリスムの誕生とその展開については、すでに膨大な研究書があるから、ここではそれ以外の動きに光をあてることを主にする（ただ、アンドレ・ブルトンらの『シュルレアリスム宣言』によってシュルレアリスムが本格的に始動するのが一九二四年だったとしても、ブルトンの活動のはじまりが第一次世界大戦終結と時期的に重なっていることだけは確認しておこう)。

文明の危機か、開放か

第一次世界大戦終結の翌年一九一九年八月、ポール・ヴァレリーは名高い「精神の危機」を『NRF』誌に発表している。後にジャック・デリダが『他者の岬』で批判的に取り上げることになるこの書簡体の論考は、廃墟、没落、文明の危機、不安のイメージによって始まり、ヨーロッパの絶対的な優位の終焉についても触れられている。「〔……〕世界の諸地域の間に存在した不均衡――ヨーロッパの優位の基礎をなしていた不均衡――は次第になくなろうとしている(2)」と。

もちろん、西洋文明崩壊の兆候に危機感を覚え、それを表明していたのはヴァレリーだけではない。まだ大戦のさなかに、ギヨーム・アポリネールは短篇小説「虐殺された詩人」に、一ドイツ人化学者の論考という形で、皮肉たっぷりに次のようなくだりを挟み込んでいた。

世界のみなさん、生命かそれとも詩か、どちらかを選ぶ時です。いま詩に対して真剣な措置を講じなければ、文明はおしまいになるでしょう。ためらってはいけません。明日にはもう新しい時代が始まります。詩はもはや存在しないでしょう。古びた霊感にとって重すぎる竪琴は破壊されるでしょう。詩人たちは虐殺されることでしょう(3)。

このように、流派や党派を越えて危機意識が共有されていたのは、人類史上未曾有の被害を生み出した第一次世界大戦によって、それまで全幅の信頼が置かれていた〈理性〉の限界や負の側面が一挙に露呈したからであった。西洋近代は理性を中心に発展を遂げてきたが、それのみでは人間性全体を捉えるには十分ではないという認識はすでに十九世紀末に現れていた。この認識がより広範囲に確認されたのがこの時期だと言える。例えば、社会学者マルセル・モースが、生理＝心理＝社会の三側面からトータルに捉える「全体的人間」[4]の概念を提唱したのは、理性を感覚や感性によって補完しようという試みと言えるだろう。ベルクソンもまた、一九三二年に発表した『道徳と宗教の二源泉』において、科学文明の産物である機械性を補完するものとしての神秘性を強調したのみならず、レヴィ＝ブリュルなどを批判的に参照しながら、文明人のうちにも見られる原始心性に通じる精神について語っていた。つまり、西欧文明とその精神が、外部に開かれることになるのには十分な理由があったのだ。それと同時に、そのような状況把握と軌を一にするように、西洋の外部が雪崩を打つようにパリに入り込んでくるのがこの時代である。

とはいえ、誰もがそのような状況を危機と感じたわけではない。戦後の好景気が訪れる一九二〇年代、〈狂乱の時代〉と呼ばれたパリを席巻したジャズや「ルヴュ・ネーグル」を、諸手を挙げて歓迎する人びとは、一般大衆の中だけでなく知識層のうちにもいたからだ。「戦争につづく自由奔放の時期には、ジャズは集合の合図であり、時代の色を染めた乱痴気騒ぎの旗印であった。それは人びとに呪術的に働きかけており、その影響の形態は憑依に比較できるだろう[5]」と書いたミシェル・レリスは一九〇一年生まれ、ジャズとダンスをすぐさま評価した一人だった。ヤニック・セイテ論文が活写するように、さながらハーレムの飛び地の様相を呈したパリのジャズは、ブルトンの興味を惹くことはなかったが、レリス、サルトルといった一九〇〇年代生まれの多くはその魅力に早くから取り憑かれた。

いわゆる黒人彫刻は別として、パリでの黒人的なもの受容の最も著名な例は、いうまでもなく、一九二五年十月二日、パリのシャンゼリゼ劇場でのジョセフィン・ベイカーのデビュー（荒このみ論文）だったが、この時期、パリにはジャズを演奏するクラブやダンシングが数多く現れている。モンパルナスにほど近い、パリ十五区ブロメ通り三三番地に、ジャズとカリブ音楽を流すキャバレー「バル・ネーグル」が開店したのは一九二四年のことだった。モーリス・シュヴァリエ、ミスタンゲットといったショービズ関係者はもちろんのこと、ヘミングウエイをはじめとするアメリカ人、藤田嗣治やコクトーらの流行児など、画家や作家でここの常連でなかった者を数えるほうが早いだろう[6]。ヴァン・ドンゲンやピカビアが絵に描き、ブラッサイが写真に撮り、ジャン・グレミヨン監督の映画『父帰らず』（一九三〇）にも登場した。そして、この同じ通りの四五番地に、若きレリスなどが足繁く通ったアンドレ・マッソンのアトリエがあったことは偶然にしてはできすぎだ[7]。

ミカエル・フェリエ論文が強調するように、ジャズの受容には人種的偏見というバイアスが伴っていたが、諸国民の文化的特性という発想は、同時代に民族学という新たな学問領域が重要性を増してきたことに呼応している。

民族学という開口部

キュビスムに続き、シュルレアリスムも「未開文化」に強い関心を抱いていたことはあらためて強調するまでもない。柳沢史明論文が分析するように、この関心は民族学という学問領域の発展と平行しており、その背景にフランス社会全般の植民地的に対する関心の高まりがあったことを忘れてはならないだろう。外部へのこの関心は、一九三一年のパリ国際植民地博覧会（パスカル・ブランシャール論文）で頂点に達する。一般大衆の多くはそれを一大スペクタクルとして楽しんだが、シュルレアリストたちは、植民地を単なる対象《オブジェ》として扱うその姿勢に胡乱なものをすぐさま見てとり、反対の声を上げた。そこに同一の出来事に対する民衆とエリートの正反対の反応を見てとることができるが、事態はじつは、よりいっそう複雑だ。奇しくも、この年の九月には、マルティニック生まれで、後に『植民地主義論』（一九五〇）を発表する詩人・政治家エメ・セゼールが奨学生としてパリに到着している。彼は、後にネグリチュード運動の同志となるレオポール・セダール・サンゴールとリセ・ルイ＝ル＝グラン校で出会うことになるのだが、これら植民地出身のエリート文学青年と植民地博覧会との関係、さらにはシュルレアリストたちとの関係は、永井敦子論文が分析するとおり、きわめて微妙である。

だが、非西洋文明との接触ということで言えば、植民地博覧会に先立って、一九二五年十二月に民族学研究所が開設されたことのほうが、その後のフランス文化の展開にとってはるかに重要な事件であった。研究所はパリ大学の付属機関として設置されたが、それを認可した政府に、純粋に学術的な意図以上に、植民地経営に利するというきわめて実践的な下心があったことは否めない。立ち上げに関与したのは植民地省であったし、インドシナ植民地政府（八万フラン）、熱帯アフリカ（一万フラン）、モロッコなど、植民地政府からの拠出によって予算は成り立っていたからである。(8) 第一次世界大戦によって、植民地が人的にも経済的にもフランス本国にとってきわめて重要であることは政府関係者にも広く認識され、(9) 植民地をさらに効率的に支配するためには、より深い理解が必要であるという発想が現れたのである。たしかに植民地行政官たちによって現地社会の研究はそれまでにも推進されていたが、それを理論的に束ねる必要性が各所で感じられていたのだ。とはいうものの、ふたを開けてみると、登録学生は植民地行政関係者や宣教師よりは、文学部や東洋語学校の学生が圧倒的に多かった。政府の思惑と現場の雰囲気に大きなギャップが見られることは示唆的である。(10)

民族学研究所開設を推進したのは、ソルボンヌの哲学教授であり、哲学からしだいに民族学へと関心を移し、原始社会では西洋近代的理性とは別の思考法が実践されるという事実を理論的に解説した著作で名声を博したリュシアン・レヴィ＝ブリュル、医師で民族学者、当時は自然史博物館の助手だったポール・リヴェ、そしてマルセル・モースの三人だった。その中で、実際に中心的に活動したのはデュルケームの甥で、高等研究院で一九〇一年から「非文明社会の宗教史」を講じていたモースだった。民族学はいまだ学問分野としては独立しておらず、独自の学科専攻は開設されていなかったが、民族学研究所は学部学生から登録が可能であり、モースはそこで博覧強記ぶりで伝説的となる講義を展開した。その門下から、ミシェル・レリス、レヴィ＝ストロース、ロジェ・カイヨワ、アンドレ・ルロワ＝グーラン、アルフレド・メトローなど、錚々たる面々が輩出するのみならず、シュルレアリストたちやジョルジュ・バタイユなども様々な刺激を受けたことはよく知られるところだ。

じっさい、ブルトンと袂を別った後のバタイユの活躍の場であった『ドキュマン』誌（一九二九年創刊）の関係者の多くは、レリスをはじめモース門下の若手たちであり、その誌面にもこの傾向がはっきりと出ていた。プリミティヴ・アートが取り上げられただけなく、たとえば第四号には、同時期にムーラン・ルージュで行われていた黒人レビュー（ルー・レスリーのブラック・バーズ）が写真と記事によって扱われていた。(11) ブロードウエーで前年にヒットしたこのレビューはパリでも成功を収めたが、記事を書いたのは、バタイユ、レリス、一九二六年にフランスで最初のジャズに関する書物を著した音楽学のアンドレ・シェフネルだった。(12)

さらに、植民地博覧会開催と同時期、一九三一年から三三年にかけて行われたダカール＝ジブチ、アフリカ横断民族誌学・言語学調査団もまた、モースの弟子たちを中心に構成されていた。隊長のマルセル・グリオール、秘書兼文書係で、その日誌を『幻のアフリカ』として三四年に公刊することになるレリス、シェフネルなど『ドキュマン』誌とメンバーが重なっている。のみならず、三三年に民族誌学博物館で行われたダカール＝ジブチ調査隊の帰国のお披露目式典にジョセフィン・ベイカーも参加していることは、パリでの「ルヴュ・ネーグル」の成功と、民族学の発展がいかに連動していたかの証左と言えよう。(13)

このような文脈で興味をそそられる人物に、後にフランスの博物館学の元締め的存在になるジョルジュ・アンリ・リヴィエールがいる。一八九七年生まれのリヴィエールは国立音楽院《コンセルヴァトワール》で作曲学と音楽学を学び、教会のオルガニストを務める一方で、伝説のキャバレー「屋根の上の牡牛」でジャズ・ピアノを弾くという才人ぶりを発揮していた人物で、ジョセフィン・ベイカーの「ルヴュ・ネーグル」の初演の際に作曲を担当するなど**【図1】**、大きな役割を果たした人物だが、その彼が音楽から博物館学へと転じたことのきっかけとなったのがモースの存在だからである。一九二八年に、リヴェが企画した「アメリカ古代美術展」の準備のために聴講したモースの授業が彼を民族学に導いたという。(14)

モースの授業に日本人も参加していたことは付け加えておくべきだろう。画家の岡本太郎については、バタイユとの交流も含めてよく知られるが(15)、そのほかに、一九三四年度、フランス政府給付留学生として渡仏し、後に自然集落の研究者としてきわめてユニークな仕事をすることになる山田吉彦(きだみのる)の姿もあった。きだは後に、レヴィ＝ブリュルの『未開社会の思惟』(岩波文庫)を翻訳紹介することになるが、モースの授業では、金田一京助のアイヌ文献などをフランス語に訳して、分析資料として提供していたという。

さらに個人的に注目したいのは、後に科学思想史の大家となる哲学者アレクサンドル・コイレがモースの高等研究院時代の教え子であり、後々まで交流を保っていたことである。

図1　ジョゼフィン・ベーカーとジョルジュ・アンリ・リヴィエール

ロシアからの波

パリはつねに多くの外国人を受け入れてきた都市であるが、両大戦間期に限れば、文化に関連したいくつかの集団が目に留まる。ロシア革命やヒトラー政権を逃れて、ロシアや東欧、ドイツから大量に流入してきた人々である。トロツキー、ヴァルター・ベンヤミン、ハンナ・アーレントといった名だたる思想家がパリに亡命していたことは知られているが、まずはロシア人たちに目を向けよう。一九〇九年にパリのシャトレ座でディアギレフ率いるバレエ・リュスが旗揚げして以来、芸術のステージでロシアは、いわばヨーロッパの外部としてすでに認知され、人気を博していたが、一九一七年二月革命の結果、内戦状態に陥った祖国を逃れ、多くの軍人、貴族、知識人がフランスにやってきた。いわゆる白系ロシア人である。当初、その数は十万人弱で、八〇万人と言われるイタリア人や、三五万人ほどのポーランド人、二五万人強のスペイン人と比べれば、数的にはけっして多いものではなかった。[16] それでも、すでに芸術界でロシアの流行があったおかげで、当時まだ無声であった映画界ではロシア人俳優やスタッフが多くいたという。また、フランス語作家として、ユダヤ系のイレーヌ・ネミロフスキー、ナタリー・サロート、アルメニア系のアンリ・トロワイヤらが活躍することになることも付記しておきたい。だが、ここではフランスに逃れてきたロシア人たちのうちで、シェストフ、アレクサンドル・コイレ、アレクサンドル・コジェーヴという三人の亡命ロシア哲学者に話を絞って見てみよう。この中で最も若い、一九〇二年生まれのアレクサンドル・コジェーヴ（本名アレクサンドル・ヴラジーミロヴィチ・コジェーヴニコフ）は、一九二〇年ドイツに亡命、二六年ハイデルベルクで学位取得後、パリに移り住んだ。一九三三年から彼が高等研究所で行い、レーモン・アロン、ラカン、バタイユ、ロジェ・カイヨワ、ブルトンなどが聴講したヘーゲル講義は夙に有名だ。[17]

一方、最年長のシェストフは、日本でも早くから紹介されている。一八六六年生にキエフで生まれた本名レフ・イサコヴィッチ・シュワルツマンシェストフ、通称シェストフは、ボルシェヴィキ政権の樹立によって亡命し、一九二一年にパリに居を構え、一九二五年からはソルボンヌ大学で哲学を講じたが、彼の著作リストを見れば、シェストフが哲学と文学を接続する仕事をしたことが明らかに見てとれる。彼のフランス語訳著作集が刊行されるのが、まさに一九二〇年代半ば、『トルストイとニーチェ』（一九二五）にはバタイユが協力していることも目を引く。一九二六年には『ドストエフスキーとニーチェ（悲劇の哲学）』が刊行されている。フランスではほとんど無名であったキルケゴールを知らしめた功績は大きい。[18]

二人に比べると、科学思想史の大家アレクサンドル・コイレは一般的な知名度は劣るかもしれないが、じつはロシア、ドイツ、フランスを繋ぐだけでなく、科学、哲学、社会学をつなぐキーパーソンと言っても決して過言ではない。一八九二年、輸入業を営む裕福なユダヤ人を父に、南ロシアの港町タガンログに生まれたコイレは、一九〇八年ドイツに留学、ヒルベルトから数学、フッサールから哲学を学んだ後、一九一一年にはパリ大学に転じ、レオン・ブランシュヴィックの指導を受けるとともに、コレージュ・ド・フランスでベルクソンの講義を聴講した。学位取得の前年の一九二二年から一九三〇年まで高等研究院講師を務めることになるのだが、[19] ここで重要だと思われるのは、先に述べたように、コイレがモースの門下生として、後々まで親しくしていたという事実もさることながら、日本から留学していた九鬼周造とも交流があったことである。

パリの日本人哲学者

一九二一年から二九年までドイツとフランスに留学していた九鬼は、多くの学者や若手研究者に個人教授を依頼し、そのノートが複数残っているが、その中には「コイレ氏」と題する手帖が二冊あり、同時代の重要な哲学者とその特徴、哲学全般の諸問題が記述されている。[20] コイレの知遇を得たのが、九鬼自身が二つの発表をした一九二八年八月の「ポンティニーの懇話会」の時であったのかどうかは、今後の調査を俟たねばならないが、二人が確認できる写真が残っている【図2】。現在もスリジー・ラ・サールのシンポジウムとして精神的に継承されているポンティニーの懇話会は、都会の喧噪を離れて、ブルゴーニュにある修道院跡地に、党派や国籍をこえて文化人が集まることを趣旨に一九一〇年から行われていたもので、第一次世界大戦によって一時中断したものの、一九二二年に再開、三九年まで毎年開催されていた。[21] さらに興味深いのは、この写真に若きウラディミール・ジャンケレヴィッチ、レーモン・アロンといった第二次大戦後のフランス思想界で活躍する若者も写っていることだ。回想録によれば、アロン自身もこの年の懇話会で発表している。[22] この事実に着目したいのは、九鬼が学生だったサルトルからもレクチャーを受けていたからであり、ポンティニーで九鬼と知り合ったアロンが級友のサルトルに紹介した可能性は高いと個人的には想像している。それはともかく、さらなる広がりは、「サルトル氏」と題されたノートに、ブルトンの名前が認められることで、ノートの五ページ目には「Sur realiste (...) André Breton (Nadja)」とはっきり書かれている**【図3】**。これは、出版直後の『ナジャ』(そして、おそらくは『シュルレアリスム宣言』)について、サルトルが九鬼にレクチャーしたことの決定的な証拠だ。[23] じっさい、この教示を受けて、芸術に関してはむしろ古典的な嗜好を持っていた九鬼が『ナジャ』を購入していることは、文化受容の観点から見ても興味深い。星埜守之論文が記述する詩人や画家などのルートとは異なる道で、シュルレアリスムが日本に伝わっていたことがわかるからだ。

『存在と時間』を読みはじめていなかったサルトルに、マールブルクでハイデガーの教えを受けていた九鬼が実存思想の手ほどきをしたのかどうかなど、興味は尽きないが、九鬼が帰国後、日本ではじめてフランス哲学を講じる際に、コイレやサルトルなどからのレクチャーを存分に活用したことは明らかである。彼が一九三〇年に関西日仏学院で行った講演「仏蘭西哲学の特徴」では、フランス哲学を「内的観察の尊重」「数学や科学との密接な関係」「二元論」「社会的」という四つの特徴をあげて説明した上で、「一言で云へば抽象を避けて現實に即すると云ふ特色に歸する」[24] とまとめている。

具体性、これこそ九鬼が留学していた当時のフランスの哲学界の潮流であったし、明確なモットーであった。ジャン・ヴァールの「具体的なものへ」や、フッサールの「事象そのものへ」という表現は、レヴィナスやサルトルの世代を文字通り魅了した。文学や芸術がそれまでのアカデミックな表象の外部を志向していたのに呼応するかのように、哲学においては、具象、具体、さらには「理性の外部」が問題とされていたのだ。アロンによって現象学を発見することになるサルトルの有名なエピソードがそれを雄弁に語っている。一九三三年、ベルリン

図 2　上段左から右にかけて D・パロディ，九鬼周造，アレクサンドル・コイレ，ウラディミール・ジャンケレヴィッチ，下段にエミール・ナメとレーモン・アロン（1928 年 8 月撮影）

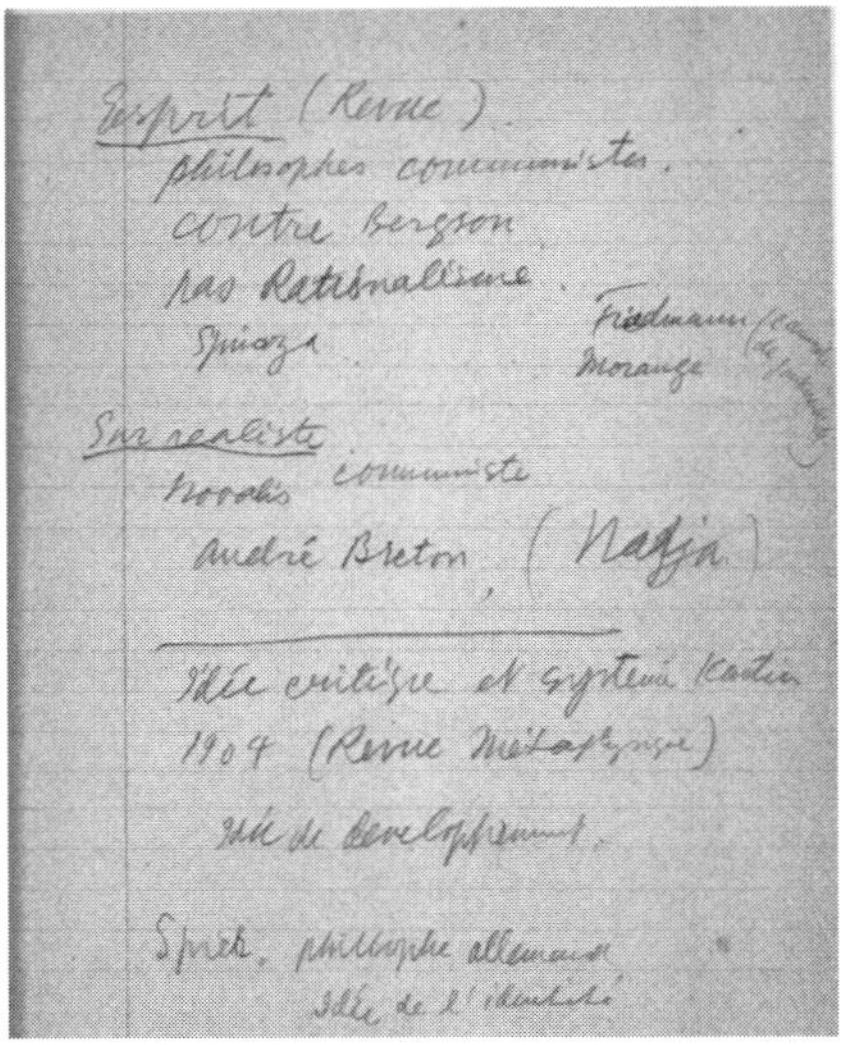

Esprit (Revue).
philosophes communistes.
contre Bergson
pas Rationalisme
Spinoza
Friedmann
Morange
Surrealiste
Novalis communiste
André Breton, (Nadja)
Idée critique et système Kantien
1904 (Revue Métaphysique)
Idée de développement.
Spirit, philosophe allemande
Idée de l'identité

図 3　「サルトル氏」と題された九鬼周造のノート

留学から帰ってきたアロンがコップを指し示しながら、「ねえきみ、きみが現象学者ならば、このカクテルについて語ることができる。そしてそれが哲学になるんだ」と言われて、サルトルはそれこそが自分が探し求めてきた哲学だと悟ったという。さらに言えば、作家であり哲学者でもあったサルトルはもとより、すでに見たシェストフや、文学論や芸術論を著したアランなど、文学に強い関心を示す思想家が少なくなかったこともこの傾向とリンクしているだろう。

あるいはまた、シモーヌ・ヴェイユが高校で哲学を教えることに飽き足らず、工場での労働に飛び込んだのも、思弁的なレベルを確保しつつ、いかに現実へと向かうかを探る試みの表れと言えるだろう。一言で言えば、文学や芸術のみならず、哲学や思想も、薄暗い図書館と書斎から街へと飛び出したのである。

炸裂する縁日

じっさい、パリの街ほど散策に適した都市のないことは、十九世紀のボードレール以来多くの作家たちが語ってきたことだが、その点に着目して、壮大なエッセーというかカタログを展開したのが、『パサージュ論』のベンヤミンだ。ベンヤミンはすでに一九一三年に学生時代のパリ旅行以来、何度もパリを訪れていたが、本格的な滞在は一九二六年のことだった。文学（芸術）と哲学の接点を探り続けた彼がパリに惹かれたのは偶然ではない。そのベンヤミンが早くから注目したもののひとつが、パリのいたるところに見られた歳の市や縁日だ。

歳の市（Jahrmärkte）にまさるものは何もない。この都市にはあらゆる芸術があり、あらゆる活動があるが、その最上の美点は、この都市が根源的なもの、自然なもののなごりを保ち、わずかなそれの輝きを褪せさせずにいることだ。縁日は爆弾のように、あちこちの街区へ降ってくる。狙いを付けていれば、毎週どこかの大通りに、射的小屋（Shießbuden）や布張りのテント、肉屋、古本屋、絵の店、ワッフル菓子の屋台がずらりと立ち並ぶのが、見つかるだろう。(25)

ベンヤミンはこうして、ボードレール以来の徘徊《フラヌール》を楽しむのだが、それがアラゴンの『パリの農民』、アンドレ・ブルトンの『ナジャ』へと直接通じる世界であることは、よく指摘されるとおりだ。縁日のほかにには、河本真理論文がシュルレアリスムのオブジェとの関連で指摘している蚤の市の存在も忘れてはならないだろう。大衆と知識人が交差する場としての縁日や蚤の市は、優れてビジュアルな世界として、写真とも親和性が高いことは明らかであり、ミシェル・ポワヴェール論文が指摘するように、写真は紛れもなく大衆文化の要素としてシュルレアリスムに利用されたと言える。じっさい、被写体がしばしば扇情的なものであったり、通俗的なものであったりしたこともあり、写真はすぐさま大衆の心を捉えた。すでに述べた『ドキュマン』誌をはじめ、様々な雑誌に見られる「死体」はピエール・マッコルランも指摘するように、当時の社会に蔓延していた不安の証言であると同時に、それ自体が社会的幻想を産み出すものだった。(26)市井の人びとを惹きつけたのは、われわれがともすると思い浮かべがちなブラッサイやアンドレ・ケルテスの写真よりは、センセーショナルなものであったり、身近なモチーフであったのだ。

同じことは、映画にも当てはまるだろう。シュルレアリスムの映画と言えば、ダリとブニュエルによる『アンダルシアの犬』（一九二八）やアントナン・アルトー脚本、ジェルメーヌ・デュラック監督の『貝殻と僧侶』（一九二七）といった芸術性の高いものが思い浮かぶかもしれない。その他にも、マルセル・デュシャンが、円盤が渦巻き状に回転するだけの『アネミック・シネマ』（一九二五－一九二六）を制作することで、映画の可能性を独自に追求していたことは千葉文夫論文が分析するとおりである。映画が女子どもの暇つぶしと見なされていたことは、サルトルが自らの幼少期を語った自伝『言葉』でもとりわけ強調されていたが、大衆文化の代表と見なされる映画からシュルレアリスムがどんな刺激を受けたのかは鈴木雅雄論文に詳しい。

ここで、縁日やケルメスと呼ばれる遊技場で写真が花形であったことの具体例を一つ思い起こしておこう。当時人気の遊びに写真射的（tir photographique）がある。これは射的場で、型どおり的《まと》に向かって引き金を引くわけだが、的に命中するとシャッターが落ち、撃った瞬間の自分の姿が撮影されるというものだ。単純な仕組みだが、ショットする自分自身がショットされるというのは絶妙の発想で、庶民がこぞって楽しんだだけでなく、多くの作家たちの写真も残っている。

このように見ていくと、都市の街衢に魅了されたベンヤミンが、同時に写真に強い関心を抱いた最初の思想家でもあることは意義深い。イメージは、伝統的には哲学の公然の敵だったからである。ベルクソン自身が、後にドゥルーズによって再評価される意味でのイメージの重要性にどれほど自覚的であったかは措くとして、『物質と記憶』においてイメージというトポスが蝶番として用いられていたことは徴候的である。

物質とはわれわれにとって、イマージュの総体である。イマージュという言葉によってわれわれが理解するのは、観念論者が表象と呼ぶものよりは勝っており、実在論者が〈物〉と呼ぶものよりは劣っているある種の存在——物と表象との中間に位置する存在——である。[27]

かくして、哲学者たちはプラトン的天上のイデアに背を向け、地上の現実へと向かったのであり、そのことによって、イメージはイデアの粗悪なミメシスというそれまでの屈辱的な立場を脱しつつあった。その意味で、一九二六年、高等免状を準備していたサルトルが「心理的生におけるイマージュ」をテーマに選んだのはけっして偶然ではない。[28]

一方、シュルレアリスムの世界観の根底には、理性ではなく、ポエジーこそが真の認識方法であり、かつ、生き方なのだという確信があるが、それは観点を変えて言えば、デカルト以来の合理論による抽象的思考や、理性に基づく認識よりも、想像力に基づく、イメージによる具象的で具体的な認識の方を選ぶというあり方と言い換えてもよかろう。こうして、哲学と文学は期せずして接近していくことになるのだが、それに呼応するように書物においても、それまでのテクストとイメージの競合ないしは階層的関係は、協同関係へと変わっていくことになる。エルザ・アダモヴィッチ論文が示す「シュルレアリスムの書物」はまさにその代表であるし、昼間賢の論考が提示するロジェ・パリーによる写真本もその格好の例である。

文化の坩堝として

ところで、作家と画家や写真家の共同作業が可能になったことの物理的背景も指摘しておかねばならない。外国からの芸術家や知識人たちが大量に流入してきたパリには、すでに指摘したように、いくつかの結節点となる場所があった。

ピカソやガートルード・スタインが、それぞれスペイン語圏や英語圏からの芸術家にとって、必須の訪問先であったことや、ヘミングウエイをはじめとするロスト・ジェネレーションのアメリカ人たちが集ったオデオン通り一二番地の「シェイクスピア・アンド・カンパニー書店」（開店は一九一九年）の店主シルヴィア・ビーチの役割については多くの書物によって詳しく語られているから、ここで紹介するまでもないだろう[29]。それと並んで、フランス人や亡命知識人たちの出会いの結節点のひとつとなっていたのが、同じ通りのはす向かい七番地にアドリエンヌ・モニエがすでに一九一五年に開店していた書店・貸本屋「本の友の家」だ[30]。このささやかなサロンのような場所には、ジッド、クローデルといった『ＮＲＦ』誌のエスタブリッシュメントたちとともに、ジョイス、プレヴェール、ベンヤミンなど多くの作家や知識人が足繁く通ったのみならず、若きサルトルやボーヴォワールもその恩恵に与っていた。[31] 集合アトリエ「ラ・リューシュ」があり、多くの売れない芸術家たちがいたパリの十五区には、ロシア正教教会もあったために亡命ロシア人が集まって住んでいたし、十六区のパシー街にも白系ロシア人たちのコミュニティーがあった。

一九三三年にヒトラーが政権を取ると、三月にはベンヤミンがついにパリへの定住を決め、同年秋にはハンナ・アーレントが、先にパリに逃れていた夫ギュンター・シュテルン（後のギュンター・アンダース）に合流してやってきたが、亡命ユダヤ人がパリで居場所を見つけるにあたっては先に到着していた友人たちのネットワークに頼ることが多かった。パリ亡命後のベンヤミンが、バタイユの聖社会学研究会に足繁く参加したこと、後に南へと逃れるときに原稿をバタイユに託したことはよく知られるとおりだ。モンパルナスの大きなカフェは、芸術家、作家、思想家、革命家が袖をすりあわせて集っていたのであり、またその周辺にはそれぞれの世界があった。

その意味で、パリは地下鉄、デパート、快適なカフェやレストランを備えた近代的な大都市でありながら、小さな村にも似た文化共同体が機能する稀有な場所でもあったのだ。たとえば、マルセル・デュシャンが暮らしていたカンパーニュ・プルミエール通りのイストリア・ホテルには、マン・レイやアラゴンが滞在しただけでなく、ジョゼフィン・ベイカーも逗留したという事実は、隠れたネットワークが様々な邂逅のチャンスを作っていたことを示している。こうして、複雑な交友関係が形作られ、それが陰に陽に作品に影響を与えた点に、両大戦間期ならではの醍醐味が見られるように思われる。閉鎖的なブルジョワ的ハイカルチャーの世界とは一線を画した、異質な要素が複雑に絡み合うハイブリッドな文化が可能になったことにはそのような物理的な状況も一役買ったのではなかろうか。

コーダ

　蜜月は長くは続かないものだ。一九三〇年代半ばから、ヨーロッパの情勢は日増しにきな臭くなっていく。一九三八年、すでにオーストリアを併合していたナチス・ドイツが、チェコ政府に対してズデーテン地方の割譲を要求、イギリスとフランスがミュンヘン協定で、この要求を受諾することで辛くも開戦は避けられたが、翌三九年九月一日早朝、ドイツ軍がポーランドに侵攻。これを受けて九月三日、英仏両国は、ポーランドとの相互援助条約に基づき、ドイツに宣戦布告、第二次世界大戦が始まる。こうして、ドイツからの亡命ユダヤ人たちには敵国人として収容所への出頭が告知され、ベンヤミンをはじめ多くの者が一時的とはいえ自由を失った。さらには、すでに数十年前からフランスに帰化していた外国人に関しても、国籍の見直しが始まる。

　一九四〇年六月十四日、パリは陥落。ひとびとは先を争うように首都を離れ、経済的に余裕のあるフランス人や、生命の危機に瀕していたユダヤ人たちは南へと逃げ、アメリカへの船が出航するマルセイユを目指す。そこにはブルトン、エルンスト、シャガール、デュシャンなど両大戦間期に活躍した多くの芸術家や知識人の姿があった。ある者は出国ビザを得て、無事脱出したが、別の者は得られず、スペインに逃れようとして果たせず、ベンヤミンは国境の町ポルボウにて自死。ほんのわずかな偶然が生死を分けることになる(32)。

　ヴィシー政府のフランスからアメリカに出航する最後の船「キャピテーヌ・ポール・ルメル」号の船上にはブルトン、レヴィ＝ストロースのみならず、キューバ人のシュルレアリスム画家ヴィフレド・ラムや革命家で小説家のヴィクトル・セルジュの姿もあった。ブルトンとレヴィ＝ストロースがアメリカに受け入れられたのに対し、ヴィクトル・セルジュはアメリカ入国を拒否され、メキシコに亡命、四七年に客死する。アメリカ到着以前、一九四一年にマルティニックでブルトンとマッソンが、戦争勃発直前に『帰郷ノート』を書き上げマルティニックに帰郷していたエメ・セゼールと劇的な出会いを果たすことになることはよく知られている。一方、一九三七年にユダヤ系実業家ジャン・リオンとの結婚によりフランス国籍を取得したジョセフィン・ベイカーはレジスタンス活動に身を投じ、情報収集活動などに携わった。ことほど左様に、この動乱の時代の隠れた地下のネットワークは錯綜しているが、そのひとコマひとコマが、かけがえのない物語を秘めている。その一方で、この時期の運動をつぶさに見ていくと、実存主義にはじまる二十世紀後半のいわゆるフランス現代思想が、じつはこの両大戦間期に準備されていたこともわかる。豊穣な芸術と文化を生み出したこの時期は、じつは戦後文化の胎動期でもあったのだ。二十世紀前半と後半のフランスの文学、芸術、思想のあいだには、一般に言われる断絶よりは、むしろ秘められた連続性を認めることができるだろう。だが、それはまた別の物語である。

［註］

＊　本稿での引用の多くは原文からの拙訳によるが、読者の便宜を考え、該当する邦訳を併せて記すことにする。

（1）　ここでブルジョワ芸術、大衆文化などという用語が実体として考えられるべきでないことは言うまでもない。本稿をはじめ、本書収録の各論において、これらの表現はあくまでも操作概念として用いられている。

（2）　この論考はまず英語でロンドンの週刊誌『アシニーアム』上に同年四月十一日、五月二日の二回に分けてに発表された。Paul Valéry, *Œuvres*, t. I, Gallimard, « Bibliothèque de la Pléiade », 1957, p. 998. ポール・ヴァレリー『精神の危機』恒川邦夫訳、岩波文庫、二〇一〇年、二六頁。

（3）　Guillaume Apollinaire, *Œuvres en proses*, t. I, Gallimard, « Bibliothèque de la Pléiade », 1977, p. 292. ギヨーム・アポリネール『虐殺された詩人』鈴木豊訳、講談社文芸文庫、二〇〇〇年、一三七頁。

（4）Cf. Bruno Karsenti, *L'homme total : sociologie, anthropologie et philosophie chez Marcel Mauss*, PUF, 2011. ブルデューは後にこの観念に触発されてハビトゥスの理論を展開することになる。

（5）Michel Leiris, *L'Âge d'homme*, Gallimard, coll. « Folio », 1999(1939), p. 159. ミシェル・レリス『成熟の年齢』松崎芳隆訳、現代思潮社、一九六九年。

（6）一九三八年ごろのことになるが、ボーヴォワールは次のように書いている。「日曜日の晩には、みんな懐疑主義の苦い気取りを捨てて、ブロメ通りの黒人の輝かしい動物性に熱狂するのだった。（……）私は踊り手を眺めて楽しみ、ポンチ酒を飲み、ざわめきや煙草の煙や、酒の香り、オーケストラの激しいリズムなどに恍惚としていた。もやの中を美しい幸福そうな顔がついて行く。最後のカドリールが轟然と響き出すと、私の胸は高鳴った。私は酔いしれた肉体の渦の中で、自分自身の生きる情熱に触れる思いがした」。Simone de Beauvoir, *La force de l'âge*, Gallimard, 1960, coll. « Folio », 1988, p. 400. シモーヌ・ド・ボーヴォワール『女ざかり　上』朝吹登水子・二宮フサ訳、紀伊國屋書店、一九六三年、三二六頁。

（7）隣りにはミロのアトリエがあり、マッソンが二八年に立ち去った後はロベール・デスノスが入った。マッソンのアトリエに関しては、ミシェル・レリス「ブロメ通り四十五番地」、『デュシャン　ミロ　マッソン　ラム』岡谷公二編訳、人文書院、二〇〇二年がその魅力を語っている。

（8）Marcel Fournier, *Marcel Mauss*, Fayard, 1994, p. 510, n. 4.

（9）平野千果子『アフリカを活用する――フランス植民地からみた第一次世界大戦』（レクチャー　第一次世界大戦を考える）人文書院、二〇一四年。

（10）Marcel Fournier, *op. cit.*, p. 598, n. 2.

（11）ジョルジュ・バタイユ『ドキュマン』江澤健一郎訳、河出文庫、二〇一四年、七四頁。

（12）アンドレ・シェフネル『始原のジャズ――アフロ・アメリカンの音響の考察』みすず書房、二〇〇二年の訳者、昼間賢による解説を参照されたい。

（13）このあたりの経緯は、谷昌親「アフリカの誘惑――ミシェル・レリスとダカール＝ジブチ調査団」『人文論集』（早稲田大学法学会）四五号、二〇〇六年、一二一－一四四頁に詳しい。

（14）Cf. Nina Gorgus, *Le Magicien des vitrines. Le muséologue Georges Henri Rivière*, Éditions de la Maison des Sciences de l'homme, 2003.

（15）例えば、塚原史「岡本太郎とバタイユ」、『反逆する美学――アヴァンギャルド芸術論』、論創社、二〇〇八年を参照されたい。

（16） Ralph Schor, Les Russes blancs devant l'opinion française (1919-1939), *Cahiers de la Méditerranée*, 1994, vol. 48, nº 1 pp. 211-224

（17） Dominique Auffret, *Alexandre Kojève : la philosophie, l'état, la fin de l'histoire*, Grasset, 1990. ドミニック・オフレ『評伝アレクサンドル・コジェーヴ――哲学、国家、歴史の終焉』今野雅方訳、パピルス、二〇〇一年。

（18） 後にカミュが『シーシュポスの神話』を執筆するにあたって、ほとんどをシェストフから孫引きしていることからも明らかに見てとれるように、その影響は絶大であり、後の実存思想を準備したと言える。

（19） ちなみに、ほとんど業績らしきものがなかったコジェーヴに、自らのポストをつがせたのはコイレだった。

（20） これらのノートは、甲南大学がデジタルアーカイブとして公開し、誰でも自由に閲覧することができる。

（21） Cf. Anne Heurgon-Desjardins, *Paul Desjardins et les Décades de Pontigny : études, témoignages et documents inédits*, PUF, 1964; Francois Chaubet, *Paul Desjardins et les décades de Pontigny*, Presses Universitaires du Septentrion, 2000. E・R・クルツィウス『現代ヨーロッパにおけるフランス精神』大野俊一訳、みすず書房、一九八〇年。

（22） Cf. Raymont Aron, *Mémories, 50 ans de réflexions politiques*, Julliard, 1983, p. 77. レーモン・アロン『レーモン・アロン回想録1 政治の誘惑』三保元訳、みすず書房、一九九九年、八一頁。ジッド、ヴァレリーといった『NRF』の主流派が常連だったポンティニーの懇話会だが、それは同時に高等師範学校出身の若き俊英たちの発表の場でもあり、サルトルも発表している。その他にマルロー、サン゠テグジュペリ、モーリャックなどの作家、ブランシュヴィック、バシュラールらの哲学者、外国人としてはウナムーノなども参加。

（23） それと前後して、九鬼は『「いき」の構造』の第一稿を書いている。以下の拙稿を参照されたい。澤田直「九鬼周造とフランス――『「いき」の構造』とその周辺をめぐって」『現代思想』二〇一七年一月臨時増刊号「総特集九鬼周造 偶然・いき・時間」、二一三―二二九頁。また、九鬼の蔵書にコイレ、シェストフの書物もあることは、『九鬼周造文庫目録』によって確認できる。

（24） 『九鬼周造全集』第三巻、岩波書店、四一二頁。強調は九鬼。

（25） Walter Benjamin, *Gesammelte Briefe*, Bd. III, 1925-1930, Frankfurt am Main, 1969, S. 139. ヴァルター・ベンヤミン『書簡I』野村修訳、晶文社、一九七五年、二三五頁。この手紙は一九二六年四月八日付け、ユーラ・ラート宛てのもの。

（26） ピエール・マッコルラン『写真幻想』クレマン・シェルー編、昼間賢訳、平凡社、二〇一五年。

（27） これは一九一一年、第七版への序として新しく書かれた部分に見られるものである。Henri Bergson, *Matière et mémoire* (1896), dans *Œuvres*, PUF, 1959, p. 161. ベルクソン哲学の位置はおそらく両義的であるが、つねにイメージを排除してきた哲学の歴史において、ベルクソンがイメージという言葉に重要な位置を与えたことはけっして偶然ではない。

(28) 彼は、これを後に発展させ、一九三六年に『想像力』、一九四〇年に『イマジネール』を刊行しているが、この著作は二十世紀後半のフランス思想におけるイメージ論的転回の第一歩と言える。
(29) シルヴィア・ビーチ『シェイクスピア・アンド・カンパニイ書店』中山末喜訳、河出書房新社、一九七四年。
(30) アドリエンヌ・モニエ『オデオン通り　アドリエンヌ・モニエの書店』岩崎力訳、河出書房新社、一九七五年。
(31) 「毎日、私はアドリエンヌ・モニエのところから多少とも合法的に借りてきた一抱えの本をサルトルに持っていってあげた。彼は『パルダイヤン』『ファントマ』『シュリ・ビビ』などが好きで、「おもしろくてくだらない小説」をもってきてくれとせがんだ」。Beauvoir, *op. cit.*, p. 57. ボーヴォワール、前掲書、四一頁。
(32) アーレントは、ヴィシー政権が出国規制を緩和した一九四一年一月にポルトガルのリスボンに移り、そこからアメリカに逃れた。

第I部

イメージをめぐって

ミシェル・ポワヴェール

シュルレアリスムと写真——アンチモダンの前衛？

シュルレアリスム研究の歴史において、写真は次第にこの前衛運動の表現形式、実験形式の一つと考えられるようになった。だがシュルレアリスムの写真についてのコーパスは、いまや大きな変化を遂げている。長い間、シュルレアリスムの写真はフォトモンタージュやフォトグラムによって要約されるものとみなされてきた[1]。写真のこうしたいわば「造形的」形式には、コラージュの伝統や、科学実験の慣習がある程度まで認められていたのだが、とりわけこうしたテクニックに見出されたのは、抽象芸術への志向、あるいは美術という概念への批判といった巨大な問題系だった。ダダから受け継がれたフォトモンタージュとフォトグラムは、前衛であることを示す写真的な記号となっていたのである。シュルレアリスムの写真についてのこのような認識は、ポストモダニズム的な観点からの研究[2]やジョルジュ・バタイユの『ドキュマン』のような雑誌を正面から研究対象とする試み[3]とともに、一九八〇年代から九〇年代にかけて大きく変化する。これらの研究以後、写真はより大きな視野から、つまり単に芸術的実践としてだけでなく、資料《ドキュマン》としても捉えられるようになった。シュルレアリスムの定期刊行物や雑誌に発表されたイメージ全体を統合することによって、シュルレアリスムの写真の領域は著しく拡大されたのである。この新たな記録資料的コーパスには、同様に新たな理論的アプローチが必要となった。こうして写真はもはや単なる表現形式ではなく、モダニズム的価値観に対する批判的告発を強く含む媒体とみなされることになる。[4] オリジナルに対する複製可能性、独創的発想に対する記録資料的使用価値、作者という価値に対する写真図版の無名性、こうした概念はいずれもシュルレアリスムの核心に写真を位置付けるための多くの論拠を提供してくれる。いまやシュルレアリスムは、特異な前衛として理解されることになる。それはもはや芸術革命の列に加わる運動ではなく、モダニズム批判のための一種の実験室となるのである。そして近年、二〇〇〇年から二〇一〇年にかけて、シュルレアリスムの写真についてのコーパスはさらに拡張された。[5] 多くの調査と考察により、シュルレアリスムの写真についての研究は、個々の作品や、写真図版入りの雑誌から収集される資料のレベルを越えて、シュルレアリストたちが共有していたありのままの写真文化を発見することを可能にした。シュルレアリスムの写真についてのこうした考古学《アルケオロジー》によって、それまではこの運動の単なる記録資料とみなされていたもの、たとえば友人たちの写真、縁日で戯れに撮った写真、スピード写真によるポートレート、雑誌に使用された図像資料、フォトモンタージュの材料となった写真等々について、その使用方法や実践方法を考察することが可能となったのである。

　これらの新しいコーパスは、全て「ヴァナキュラー」[一]と呼ばれる写真からなっており、この点において同じ特性を有している。ヴァナキュラー写真とはつまり、はじめに付与された使用価値（記念や遊戯、あるいは様々な分野へ応用された写真、等々）によって定義される写真なのだが、シュルレアリスムにおいてその価値は、流用《アプロプリエーション》、もしくは転換の作業によって、詩的かつ美学的な賭け金と交換されたのである。とはいえ、写真の当初の使用法はそこで完全に抑えられているわけではない。その技術的、遊戯的側面、あるいはまた事務的側面が、これらの写真に特別な文化的味わいを与える。つまり、こうした味わいは芸術の外側から訪れるわけである。

　マルセル・デュシャンのレディ・メイド以後の時代においては、芸術ではないものが何であるかを言うことは難しいが、ヴァナキュラー写真は、反《アンチ》芸術の完璧な模範を前衛に提供してくれるように思われる。ヴァナキュラーなイメージの無害な性質は、それらが芸術作品として捉えられることはないという保証となる。ヴァナキュラーなイメージは芸術の贋造貨幣なのである。それらはまったく価値を持たないが、遊戯を可能にしてくれ、さらには芸術の秩序を侵犯し続けることを可能にしてくれる。

さらに根本的に言えば、こうした写真は、シュルレアリストたち自身によって撮影されることは稀で、どこからか取って来られたものだが、特別なやり方で使用されることを通して反芸術的な価値を発揮するのである。シュルレアリストたちは写真を文化的なものとして扱う。そうすることによって、彼らは文化と芸術が相反し合うことを完全に理解した——文化とはつまり社会的規則、表象の規範、趣味判断等々の総体なのだから、ヴァナキュラー写真を使用するということは、文化によって芸術の領域を侵食することなのである。

ではこうしたヴァナキュラーなイメージを用いて、反芸術的な価値をどのように示すのか？　芸術に関して、シュルレアリストたちは美的判断の基準とは逆の立場を取った。いくつか例を挙げてみよう。芸術とは一つの意図である。一方、写真は偶然の記録として称揚される。芸術とは熟考されるものである。一方、遊びで撮影された写真やイメージによる悪ふざけはその場で生じるもので、本来取るに足らないものでしかない。芸術は技術の習得を要求する。一方、フォトグラムはカメラ無しの写真とも言えるもので、マン・レイはこれを子どもの遊戯のようなものとして提示した。抽象芸術は新世界のしるしである。一方、シュルレアリスムの抽象写真は、交霊実験のようなものとしてみなされる。近代芸術はカテゴリーを刷新する形式の革命である。一方、シュルレアリスムの写真は不定形なものに賭ける、つまりそれは価値の格下げであり攪乱である。芸術は道徳的禁忌に配慮し、ポルノグラフィに堕することを忌避する。一方、シュルレアリスムの写真は侵犯的であり、制約がない。前衛芸術は予言的であり、未来に関わっている。一方、シュルレアリスムの写真はしばしば十九世紀の挿絵から切り取られたアナクロニックなイメージである……。

結局のところ、シュルレアリスムの写真が体現する様々な価値が反芸術的であるためには、一つの条件が満たされねばならない。つまり、アンチモダンにならねばならないのである。ここで我々が提出する仮説は、シュルレアリスムの写真のコーパスにしばしば登場するヴァナキュラーなイメージのプリズムを通して、シュルレアリスムの写真全体を、アンチモダンの前衛のパラドクサルな図像として捉えるというものである。

この仮説について考えるにあたっては、シュルレアリスムの中心概念であり象徴的実践である自動記述を定義しようとする際に、アンドレ・ブルトンが用いたイメージと戦略に注目することができる。彼が選んだのはどのようなイメージだろうか？　彼はそれらをどうやって探し出し、どのように組み立てたのだろうか？　そこからヴァナキュラー写真がいかにシュルレアリスムの核心をなしているのかを理解できるだろう。一九二七年から一九三八年にかけて、ブルトンは写真による自動記述の寓意像を三つ提示している。どの場合にもブルトンが使用するのは一枚のヴァナキュラー写真だが、そこには異なったニュアンスが込められている。つまりエロティシズム、ユーモア、科学である。近年の図像学的な調査のおかげで、そこで使用されたイメージは全て同定され、アンドレ・ブルトンのインスピレーション源が明らかにされた。これらの写真は、ブルトンがそこからイメージを取り出してくることのできた写真文化を証しているのだが、それは芸術ではなく、いわんや「モダニズム」でもないことに疑いはない。

オートマティスムを公式に体現する最初の写真は、未だエクリチュールの詩的実践に規定されている。ユーモアにも欠けていないこの写真は一九二七年十月一日付の『シュルレアリスム革命』（第九‐一〇号）の表紙【図1】を飾っており、そこには、一人の子どものような女性《ファム＝アンファン》の姿が写されている。有名な女優ルイーズ・ブルックスの髪型をした彼女は、女学生の制服に身をつつんで机の前に座り、その手にはペンを持ってインスピレーションに応答しているように見える。彼女の外部から訪れる力がそれを書き取らせるのである。後になってこの写真は再び現れ、一九三八年の『シュルレアリスム簡約辞典』における「自動（記述）」の項[6]を飾ることになった。つまり、ほぼ十年を隔てて、この二つの選ばれた場所において、ある象徴的な元金が彼女には託されており、それは少しも目減りすることがなかったというわけである。霊感を授けられた詩人の滑稽なパロディであり、はっきりと「自動記述《エクリチュール・オートマティック》」と題されたこの小さな女性像は、「ボーイッシュな」スタイル特有の両性具有的性質を示している。つまり彼女は、ブルトンの妻シモーヌ、あるいはまたマックス・エルンストの妻マリー＝ベルト・オーランシュといったシュルレアリスムのグループの女性たちの間で流行っていたモードを完全に体現しているのである。長い間、同定が試みられてきたこのイメージの出所は、二〇〇九年にポンピドゥー・センターで開催された私も関わった展覧会「イメージの転覆」の準備に際して、クレマン・シェルーによって発見された。このイメージは、一九二〇年代に女性をエロティックに撮影した写真家、アルベール・ウィンダムの署名が付された絵葉書を再利用したものであることが判明したのである。この自動記述の女性寓意像の大衆的でいささかエロティックな出所、机の前に座るいたずら好きでも従順でもある女生徒のイメージ、これらはハリウッド映画のイメージとスターの卵へのブルトンの嗜好を想起させる。ブルトンは、ス

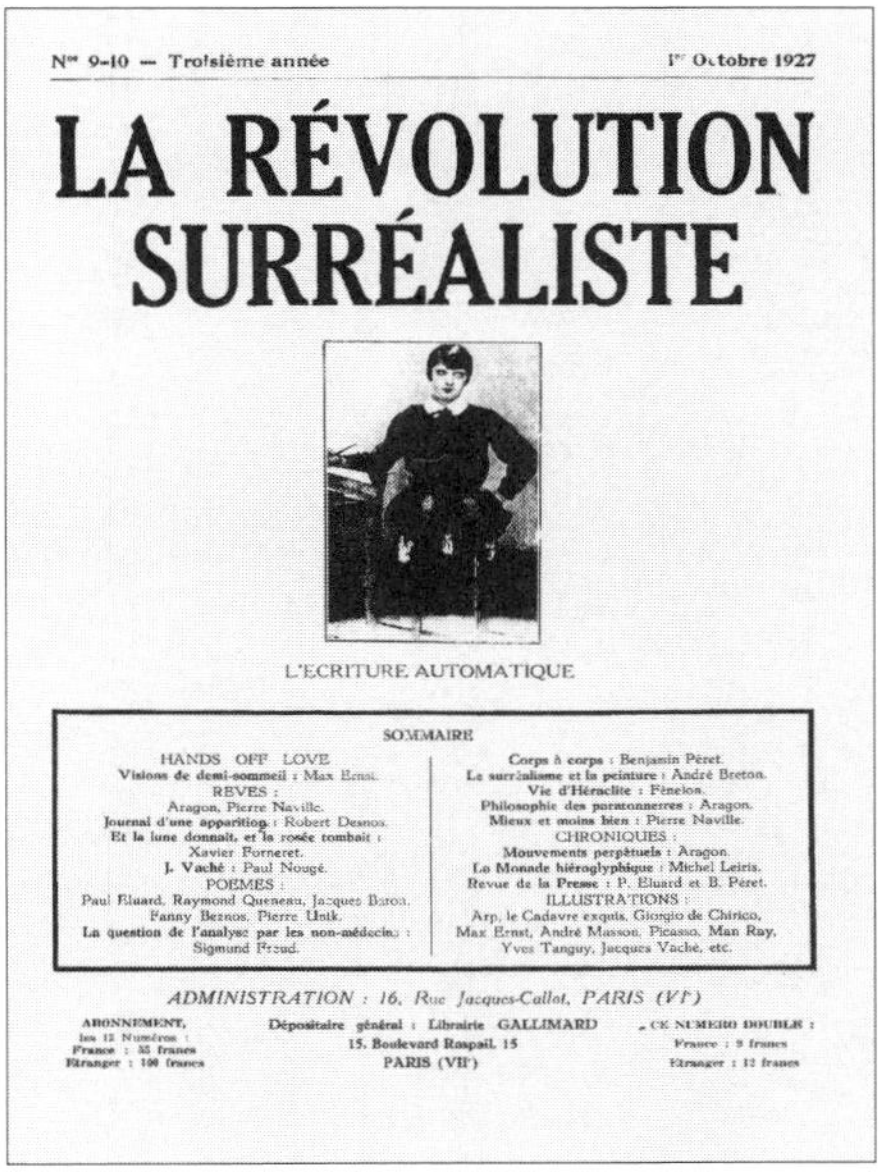
Nos 9-10 — Troisième année 1er Octobre 1927

LA RÉVOLUTION SURRÉALISTE

L'ECRITURE AUTOMATIQUE

SOMMAIRE

HANDS OFF LOVE
Visions de demi-sommeil : Max Ernst.
RÊVES :
Aragon, Pierre Naville.
Journal d'une apparition : Robert Desnos.
Et la lune donnait, et la rosée tombait :
Xavier Forneret.
J. Vaché : Paul Nougé.
POÈMES :
Paul Eluard, Raymond Queneau, Jacques Baron,
Fanny Beznos, Pierre Unik.
La question de l'analyse par les non-médecins :
Sigmund Freud.

Corps à corps : Benjamin Péret.
Le surréalisme et la peinture : André Breton.
Vie d'Héraclite : Fénelon.
Philosophie des paratonnerres : Aragon.
Mieux et moins bien : Pierre Naville.
CHRONIQUES :
Mouvements perpétuels : Aragon.
La Monade hiéroglyphique : Michel Leiris.
Revue de la Presse : P. Eluard et B. Péret.
ILLUSTRATIONS :
Arp, le Cadavre exquis, Giorgio de Chirico,
Max Ernst, André Masson, Picasso, Man Ray,
Yves Tanguy, Jacques Vaché, etc.

ADMINISTRATION : 16, Rue Jacques-Callot, PARIS (VIe)

ABONNEMENT,
les 12 Numéros :
France : 55 francs
Etranger : 100 francs

Dépositaire général : Librairie GALLIMARD
15, Boulevard Raspail, 15
PARIS (VIIe)

CE NUMERO DOUBLE :
France : 9 francs
Etranger : 12 francs

図1 『シュルレアリスム革命』誌第9-10号（1927年）の表紙

ターの卵のイメージと実際に感情的な関係を保つことで、彼が主導する運動の価値観を、まるでそのエリート的性格を覆すかのように試練にかけるのである。『シュルレアリスム革命』第三号にもまた、「マック・セネット・コメディーズ」によるシリーズ映画から取られた図版が掲載されており、そこにはセネット監督のフェティッシュな女優の一人、フィリス・ヘイヴァーの姿がある。水着をまとったこの女優（彼女はこの種の役柄を得意としており、一九二三年の『キートンの空中結婚』におけるキートンの相手役の演技はその好例である）の写真が挿入されたページに、バンジャマン・ペレの詩的で不遜なテクストが展開される。(二) そこには前衛と大衆の実験的な対話を好む編集者の気質が示されている。(三)

シュルレアリストたちの大衆演劇や大衆文学、大衆映画への嗜好——それは最も凡庸な作品にまで至る——はよく知られている。写真のイメージについて言えば、ブルトンが一九二九年に、運動の政治参加を画するテクスト「シュルレアリスム第二宣言」を起草するに際して、そこに新たな使命が課されたようである。芸術の政治的彼岸にその活動を刻み込もうとする必要性から、シュルレアリスムは交霊術の大いなるモデル（そしてあらゆる合理主義の裏をかくその力）を、科学革命のモデルと取り換えた。このモデルは（ポワンカレや、そのすぐ後にはバシュラールのような人々の）最も先鋭的な思考の基盤の上で、合理主義批判と、アイザック・ニュートンがアルバート・アインシュタインに取って代わられて以後の新しい世界観を結びつけるのに適していた。常に革命的であろうとするシュルレアリスムは、一九三〇年代のはじまりとともに「超合理主義」の道に足を踏み入れる。それはいわば政治参加の時代におけるシュルレアリスムとも言えそうなもので、そこで詩人は同時に科学者となるのである。(7) これ以後、オートマティスムの偉大なる理論的図像として新たなイコンが必要となる。『シュルレアリスム革命』に登場したスターの卵が退場するように要請されたわけではないが（むしろその逆である）、より科学的なニュアンスを取り込むことが重要となっていくのである。

写真は、科学革命のモデルを非合理のモデルと置き換える、この隠喩的パラダイムの転換に結びつく。この転換はオートマティスムの「危機」に対応している。シュルレアリスムのこのあまりに抽象的な中心概念は、この時期、より客観性のある形式に取って代わられる必要があったのである。芸術と科学の新たなる同盟が、オートマティスムについての思考に新しい枠組みを提供する。そしてここで再び、写真が実験という理念を体現する好機が訪れる。シュルレアリスムが政治的方向性を取るに際し、写真はもはや単なる実験の土台ではなく、オートマティスムの諸規範の表象となるのである。

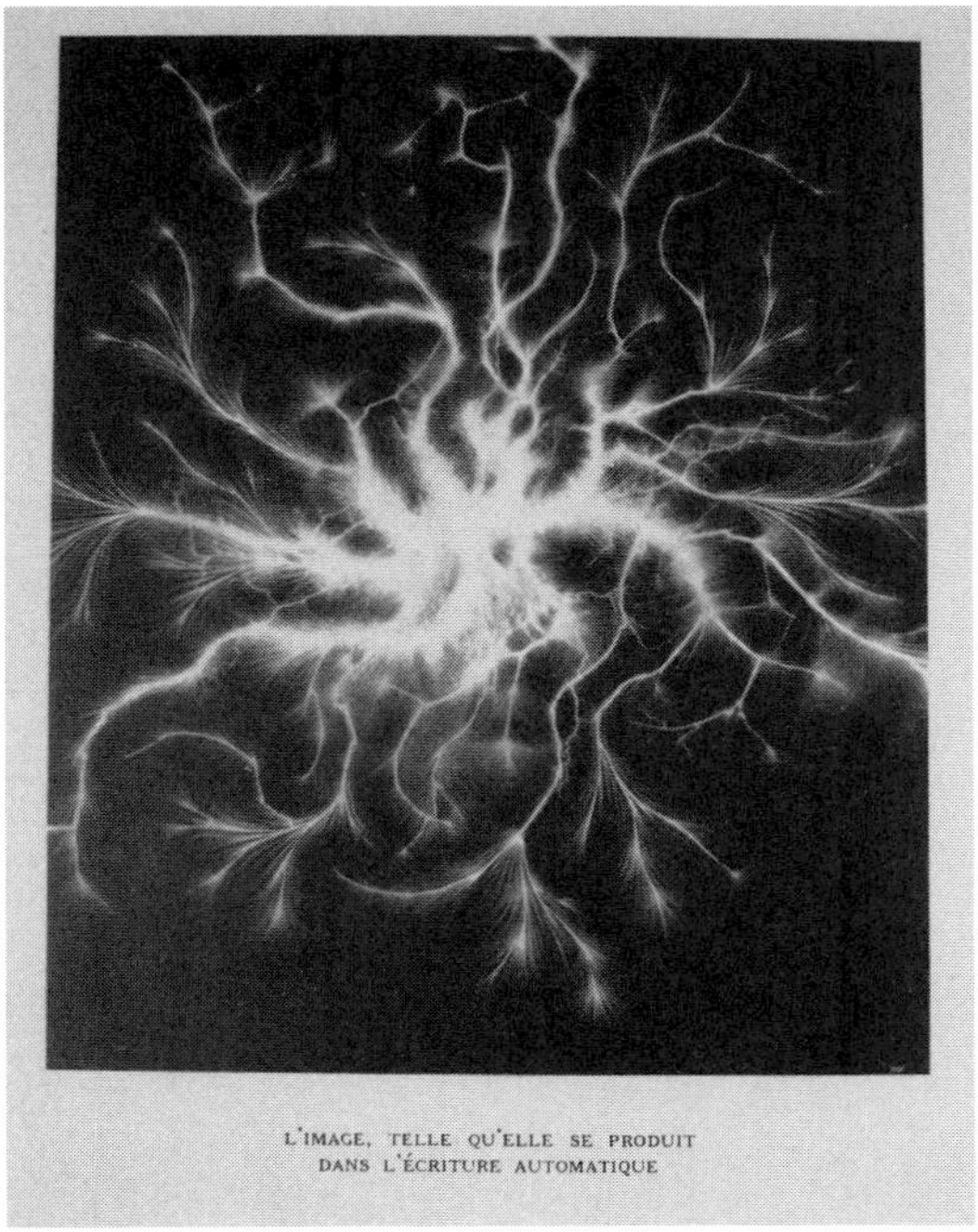

図2『ミノトール』誌第5号（1934年）に掲載された写真

当然のこととして、オートマティスムを公式に体現することを課された二番目のイメージは、ほかならぬ実験室で撮影された写真【図2】である。あるいは、より正確には言えば——電流から発した——閃光の記録写真なのだが、この写真は「美は痙攣的なものだろう」と題されたブルトンの最もよく知られた記事の図版として、『ミノトール』（第五号、一九三四年）に掲載された。[四] ブルトンの詩においてしばしば用いられる閃光の隠喩は、科学的ニュアンスをまとったオートマティスムの公式図像として、以後、自動記述においてあるがままに生じるイメージというタイトルを手に入れる。ブラッサイによる有名な結晶と珊瑚の写真、さらに有名なマン・レイの写真（「エロティックで－覆われた」、「爆発的－固定的」）に囲まれているものの、この閃光の写真には名のある作者の署名は付されていない。とはいえこの点についても既に同定が可能となっている——エティエンヌ・レオポール・トルーヴェロによって一八八八年に撮影された——この写真は、イメージの再利用の完璧な事例である。つまりこの古くからある科学的イメージは、自動記述において生じている現象を体現するために——「客観」化するために——現代的な文脈に移し変えられたのである。閃光、あるいは稲妻のイメージは（ブルトンのコレクションには幾つもの稲妻の資料があり、その一つは一九二九年の『シュルレアリスム革命』第一二号の表紙に掲載された）、インスピレーションの発生についての詩学と科学とを結びつける。

さて、一九三六年以降になされることになる滑稽物《バーレスク》と科学の偉大なる統合に言及することが、いまや必要なようである。一九三六年、つまりマン・レイによる数学的オブジェの写真を収めた『カイエ・ダール』（「第一一巻」第一－二号）に、ブルトンの理論的テクスト「オブジェの危機」(五)が発表された年である。この客観化《オブジェ》の理論の一環として、まさに「自動記述」とブルトン自身の手によって題された自画像【図3】——今日においてもその正確な制作年を特定することが困難ではあるが——が、一九三八年の『シュルレアリスム簡約辞典』において初めて発表された(六)。この自画像は「アンドレ・ブルトン」の項に登場し、その下に組み合わされた手書きの詩——一九三五年のものである——は「自分自身についての著者の判断」と題されている(七)。詩人はフォトコラージュによって自らを示している。彼の顔（若い頃のものである）は、男性の体の上から突き出ている。男性は顕微鏡から見える特異現象の観察を中断したところで、小さな四足獣のようなものたちが明るい電球から這い出している。もし後景が別のものであったならば、この場面はブルトンを現代のパスツールに擬するだけのものとなったことだろう。だが、背景の大部分を占めているのは、格子ごしに微笑む若い女性であり、彼女は明らかに実験台であってこの学者の次なる観察対象なのだ。

ヴェラ・シュヴァルツとアルトゥーロ・シュヴァルツのコレクションによるオリジナルのフォトモンタージュ（イスラエル美術館蔵、イェルサレム）を調査すれば、この肖像の非常に謎めいた部分について考察することが可能となる。その性質と役割を決定するためには、スターの卵へのブルトンの情熱を辿り直す必要がある。この微笑みを浮かべる美しい金髪女性も、やはりスターの卵たちのなかに姿を見せるように思われるからである。一九二五年にマック・セネットのフェティッシュな女優を雑誌に掲載するという選択をした事実から、ブルトンはここでも同系列の図像からイメージを取ってきたのではないかという仮説を立てることができるように思われる。実際、フィリス・ヘイヴァーの作品リストを調査すれば、このよく知られた自画像の後景のイメージが、どの映画のシーンから取られているのかが判明する。それは『シカゴ』と題されたフランク・アーソンによる一九二七年の映画で（この作品にはセシル・B・デミルも協力したようだ）、法廷における女性主人公の失敗劇を描いたものである。こうしてこのスチール写真は、オートマティスムの最も象徴的なイメージのなかに正当な位置を占めることになった。このオートマティスムの提唱者の自画像は、科学者、エロスを醸し出す女性、大衆映画、美学的理論を同一平面上に載せることで、文

図3『シュルレアリスム簡約辞典』（1938年）に掲載された自画像

化に関する撞着語法を展開するのである。

シュルレアリスム芸術のいわば灯台としての実践である自動記述は、この運動の指導者の自画像が有する象徴的性格と重ね合わされている。そして、自動記述の図像的表現に奉仕するヴァナキュラー写真の三つの使用例は、次の事実を模範的なやり方で示している。つまり、前衛の理念とモダンの諸価値は、普通考えられているほどに重なり合うわけではない。ここで問題となっているのは、単に芸術の序列からの逸脱という古典的問題系、つまり「高低《ハイ・アンド・ロウ》」の関係ではもはやなく、前衛の核心におけるアンチモダンの諸価値という問題系なのである。アナクロニックな写真にしても、技術的写真にしても、商業写真にしても、これらはいかなる予見的性格もメシア的性格も有していない。これらは文化の、知の、娯楽の産物なのである。

それではそのポエジーはどこから訪れるのか？　どのようにしてシュルレアリストたちは、こうした俗なるイメージに魔法をかけることにはじめて成功したのか？　それは芸術が未だに文化を摂取すること、文化を同化させることができるという事実を示すことによってである。だが、条件が一つある。文化が芸術によって再生されるためには、一度死ななければならない。したがってイメージはヴァナキュラーなものでなければならないのだ。つまり、それらは使用価値を持っていなければならない。この当初の有用性は捨て去られなければならないが、それらは聖遺物や思い出の品や形見といった状態で残存しなければならない。そして芸術家はイメージを脱文脈化しなければならないが、オリジナルの魔力を残しておかなければならない。イメージは死ななければならない（したがって無用となる）が、芸術的創造において蘇ることになる。シュルレアリスムの写真はそれ故、この死につつ生きる特性をもっている。それはモダンの幽霊なのである。

（長尾天訳）

【原註】

(1) Edouard Jaguer, *Les mystère de la chambre noire : le surréalisme et la photographie*, Flammarion, 1982.

(2) Dawn Ades, Rosalind Krauss, Jane Livingston, *Explosante-fixe – Photographie et surréalisme*, Hazan, 1986.

(3) Georges Didi-Hubermann, *La ressemblance informe, ou la gai savoir selon Georges Bataille*, Macula, 1995.

(4) Rosalind Krauss, *Le photographique, pour une Théorie des Écarts*, Macula, 1990.

(5) Quentin Bajac, Clément Chéroux, Michel Poivert, Guillaume Le Gall, Philippe-Alain Michaud, *La Subversion des images*, Éditions du Centre Pompidou, 2009.

(6) *Dictionnaire abrégé du surréalisme* à l'entrée « Automatique (écriture) », Galerie des Beaux-arts, 1938, rééd. dans André Breton, *Œuvres complètes*, t. II, Gallimard, « Bibliothèque de la Pléiade », 1992, p.791.

(7) Michel Poivert, *L'image au service de la révolution. Photographie, surréalisme, politique*, Cherbourg, Le Point du Jour éditeur, 2006.

【訳註】

(一) ヴァナキュラー(vernacular)という語は、ラテン語のウェルナクルス(vernaculus)、「主人の地所に生まれた奴隷」から派生したものだが、「特定の土地に固有の、その土地の人間のごく普通の表現に根差した」といった意味に転化し、民衆のローカルな芸術表現や建築様式の技術を示す言葉として使用される。フォーク・アートやネイティヴ・アートといったカテゴリーで括ることのできない民衆の造形的実践を捉えるための一種の戦略的概念であるとされる(今福龍太『クレオール主義 新版』青土社、二〇〇一年、一五三–一五九頁)。特にヴァナキュラー写真という場合には、従来の写真史や美術史からは抜け落ちてしまうような、無名の職業写真家や素人の手によって撮影された膨大な写真群を指す。そこにはたとえば毛髪と一緒にロケットに収められた肖像写真のように、その付属物や形式によって特徴づけられる写真も含まれる。

(二) Benjamin Péret, « L'amour des heures, la haine du poivre », *in La révolution surréaliste*, n°3, 1925, pp. 12-13.

(三) 第三号まで編集はピエール・ナヴィルとバンジャマン・ペレによる。第四号以降はブルトン。

(四) André Breton, « La beauté sera convulsive», *in Minotaure*, n° 5, Albert Skira, mai 1934, pp. 8-16. この文章は後に『狂気の愛』(一九三七年)の第一章に組み込まれた。

(五) André Breton, « Crise de l'objet », *in Cahiers d'art*, vol.11, n°s 1-2, 1936, pp. 21-26. アンドレ・ブルトン著、巖谷國士訳「オブジェの危機」、瀧口修造、巖谷國士監修、粟津則雄ほか訳『シュルレアリスムと絵画』人文書院、一九九七年、三〇八–三一五頁。

（六）　André Breton, Paul Eluard, *Dictionnaire abrégé du surréalisme*, Galerie des Beaux-arts, 1938. アンドレ・ブルトン、ポール・エリュアール著、江原順訳『シュルレアリスム簡約辞典』現代思潮社、一九七一年、五頁。

（七）「自分自身についての著者の判断　瀕死のヘラクレス、月のピエール、サド、粟粒の頭をもつサイクロン〔西インド諸島の颱風のひとつ〕、大蟻喰い、かれの最大の願望は、世の最ものぞましからぬものの一員でありたいということだったらしい」（江原順訳）。André Breton, « Jugement de l'auteur sur lui-même » dans *Œuvres complètes*, t. II, Gallimard, « Bibliothèque de la Pléiade », 1992, p. 663.

鈴木雅雄

「森のなかでのように、夢のなかでのように」——シュルレアリスムと匿名的閉鎖空間

シュルレアリスム絵画を幻想への没入であると考えるような見方は、さすがに廃れて久しい。だが没入でないとすればそこには何があるだろう。たしかにエルンストやダリのタブローには、奇妙なオブジェや形容しがたい人間のような形象がひしめいている。私たちはそれらを前にして、はたして何をしているのだろうか。ありうる答えの一つは、ベンヤミン以来の対概念に依拠しつつ、そこにあるのは「没入」でなく「気散じ」だと考えることである。画面には一つの物語に回収されない無数のシークエンスがうごめいていて、何らかの意味を受け取ることを待ち望んでいるかのようだ。中心を欠いた知覚のなかで、それまで意識していなかった意味に襲われる体験、それをシュルレアリストたちは、待命状態を背景として到来する客観的偶然と呼んだ。ここではそうした待命状態のあり方を、ベンヤミンにとって「気散じ」的受容の範例であったメディア、すなわち映画をめぐる、彼らの体験を通して思考してみよう。そこから自然に導き出されるのは、シュルレアリスムの詩があり、シュルレアリスムの絵画があり、シュルレアリスムの映画があるのではなくて、感性的なデータに対するシュルレアリスムの根源的な態度決定があり、それが多様なレベルでの体験を生み出すにすぎないという事実である。

結論を先取りすることにはなるが、シュルレアリスム的な「気散じ」と呼べるものがもしあるとするなら、その特異性は、仕組まれた没入に呑みこまれまいとする意志が、過激な没入のように見える態度と共存している点にある。没入への願望を効率的に操作して、安定した物語空間を作り出すのではなく、狂気と接するほどの没入の欲望と客観的な距離感とが対立しつつ共存してしまう状態。おそらくシュルレアリスムはそれを求めた。だがこれはまたきわめて日常的な体験でもあろう。たとえば恐ろしい幽霊談を聞かされたあとに、私たちはそれが「現実」ではないと知っていても、その物語世界のさまざまな記号を、わずかな物音や視界をよぎる人影のなかに読み取ってしまうことがある。それはまるで、森のなかでのように。

没入してはならない

シュルレアリストたちと映画との関わりはよく知られている。アラゴンやブルトン、スーポーといった第一世代がその青春時代、映画に多くの情熱を捧げたこと、二〇年代の前衛映画とグループとの関係、ブニュエルの役割の重要性、等々といった事実なら、いくらでも挙げることができる。だがたしかにメンバーの幾人かが映画批評に手を染めることはあったとしても、彼らが絵画論を書いたのと同じような意味で、映画論を書くことは多くはなかった。少なくともブルトンについていうなら、正面から映画を論じた文章といえば、一九五二年になって、当時の若いシュルレアリストたちが深く関わっていた映画誌『映画時代』に掲載された、「森のなかでのように」と題された数ページの考察のみである。

プレイヤード版の編者たちがいう通り、このタイトルは両義的なものだ。(1)「森のなかでのように盗まれる（＝身ぐるみはがされる）」というフランス語の熟語表現があるように、一方でそれは危険な場所を意味しているが、同時に驚異を生み出す場所としての森というイメージも含んでいるだろう。だが恐怖であれ驚異であれ、さまざまな意味を読み取るよう強いる記号の海のようなものがほのめかされているには違いない。映画館の暗闇を、自らの現実と地続きの時空間とみなすこと、それはジョルジュ・セバッグが多くの著作で語ってきた、本質的に映画的なものとしての、あの「オートマティックな持続[2]」を生きることへの誘いかもしれない。ところがここでブルトンが繰り返すのは、「没入」してはならないという呼びかけである。

シュルレアリスムの原理のようにいわれながら、さほど頻繁に援用されているともいえない概念の一つに「デペイズマン」があるが、ここでブルトンは珍しくその言葉をしつこく繰り返す。デペイズマンとは通常、何らかの対象を元の場所から引き離し意外な文脈に挿入することで、不可思議な出会いを引き起こす手法と理解されるが、ここでそう呼ばれているのは第一に、観客が映画館に入りこむことで、日常的な時間と切り離されるあり方である。だが観客は、日常と別の時間に没入すればよいのではなく、映画館のなかでこそこのデペイズマンの感覚、すなわち違和感を維持するのでなくてはならないらしい。ブルトンはこの文脈で、すでに『ナジャ』でも報告していた、第一次世界大戦中の経験を語りなおす。それはジャック・ヴァシェと連れ立ってナントの映画館を渡り歩き、周囲の客の迷惑など構いもせずに缶詰を開けてパンを切り、大声でしゃべりながら食事をしていたという、あの有名な逸話である。日常の時間から遊離しつつ、しかし別の時間に没入してもならない。これはなぜなのか。

ブルトンはこの映画館におけるデペイズマンを、夢の体験と比較している。暗いホールに足を踏み入れて「架空の物語のなかにすべりこんでいく[3]」瞬間を、覚醒から夢への移行にたとえるのである。一見するとこれは不思議なことだろう。夢こそは「没入」の極限形態に思えるからだ。だが多少とも込み入ったブルトンの文章は、一方で夢を見ている（没入している）自分がいるとしても、他方で自らを眺めている自分もいる、そんな状態こそが重要だといっているように見える。本質的なのは閾を通過する行為であり、つまり映画館とは、睡眠中であるとともに、睡眠中であることを意識してもいるような、中間的な状態を可能にする場に他ならない。映画を夢の退行性に結びつける常識的な認識とは反対に、それはむしろ退行的状態を意識化する装置なのである。思い起こそう。そもそも常にブルトンは、夢を称揚するというよりも、夢が現実のなかに介入してくるような状態にこそ目を向けていた。典型的なのは、『通底器』第二部である。

『夢判断』の手法を用いながら自らの夢を分析したのち、同じやり方で現実の出来事をも分析できることを、ブルトンは証明しようとする。愛する女性が立ち去ってしまったことで、彼は時間や空間、因果律が狂ってしまったような数週間を生きることになるのだが、この特殊な失恋体験の記述が『通底器』第二部を構成していることは、広く知られているだろう。ある人物がいつの間にか別の人物に入れ替わったり、見かけ上はAである人物がBとして認識されたりというようなアイデンティティの混乱は、夢のなかでは頻繁に起こる。だがある主体が深い衝撃に襲われたようなとき、現実の時空間もまた同じような混乱に陥ることがあると、彼はいう。出会われる人物たちは、次々入れ替わるようにして登場しては退場してしまう。「一体こんな物語を語ることに意味はあるのだろうか」。だが書き手は「彼の人生における何ごとかを伝えようとしている」のであり、どれほど混乱していても、自らの真実を語っているのだ、「まるで夢のなかでのように」(4)。

映画館とはブルトンにとって、まるで指標の森に紛れこんだかのように、スクリーンに映し出されるさまざまなイメージから「私」が出来事を作り出す場所であったが、ときに現実そのものが「私」に対し、まさにこうした森として自らを差し出すのである。それはまるで、夢のなかでのように。

暗闇に浮かび上がる文字

現実という、一応辻褄の合った世界があり、ときにそこから(一時的に)逃れたい誰かが映画館のなかに入りこんで、物語世界という、それはそれで辻褄の合ったもう一つの世界に没入する。——なんとしても退けられるべきはそうしたあり方である。二つの世界の閾に、つまりはデペイズマンの状態に、とどまらなくてはならない。では閾にとどまることに、何のメリットがあるのだろうか。あえて遠まわりをしつつ、多少とも歴史的な視点を導入してみよう。

ブルトンの語るヴァシェとの武勇伝を、でっち上げだなどというつもりはないのだが、彼らが周囲の顰蹙をかっていたはずの映画館が、現在の私たちが思い描くそれと同じものでなかったことは、意識しておくべきだ。もちろん隣の客は迷惑だったに違いないが、そのことで俳優のセリフが聞き取れなかったわけではない。なぜならそれは無声映画なのだから。まして欧米でも日本でも、少なくとも第一次大戦ごろまでの映画館が、現在のように静寂を強要された空間ではなく、さして内容と関係のない饒舌な楽器演奏が流れ、会話の声も今ほどの禁忌とはみなされていない、喧騒に満ちた空間だったことはよく知られているだろう。[5]ブルトンの語るデペイズマンとしての映画体験には、この時期に特有のもの、あるいは少なくともこの時期だからこそ主題化されたものだったという側面も、あるのではなかろうか。

もちろんブルトンとヴァシェのナントでの行為ばかりを強調してしまうのも片手落ちであり、シュルレアリストたちが普通の意味で愛した作品は数多く存在する。それは二〇年代までの映画では『吸血鬼』や『ニューヨークの神秘』のような大衆的なシリーズもの、あるいは初期のチャップリンであり、三〇年代以降のものとしては『ピーター・イベットソン』などがすぐに思い浮かぶ。だが断片化されたシークエンスの与える違和感への執着が彼らの体験の通奏低音である以上、ブルトンがしばしば引き合いに出すのが意外な細部であるのもまた、自然な帰結だろう。それは印象的なエピソードや衝撃的なショットではなく、まずもって言葉である。たとえばヴァシェの思い出を語る初期の文章で言及されていた、『吸血鬼』シリーズの一場面でスクリーンに映る、「『そしてその夜』という赤い文字」[6]。あるいは『通底器』第一部で、ブルトンの夢に現れた、「吸血鬼ノスフェラトゥ」の横顔をあしらった奇妙なネクタイを解釈するなかで持ち出される、「彼が橋の向こう側に渡ると、幽霊たちが迎えにやってきた」[7]という、あの印象的な字幕である。

ムルナウの映画を見るとわかるように、これは主人公がノスフェラトゥの城に到着した場面であり、すぐに「幽霊たち」が騒ぎを起こすのではなくて、むしろその後の展開を予感させるための言葉である。イヴ・タンギーにもノスフェラトゥの手を象った「橋の向こう側に」と題するオブジェがあるが、このフレーズはグループのなかで、神話的な価値を持つものとして流通していたのだろう。だがいうまでもなく、これはブルトンが詩人だからイメージよりも言葉にこだわったなどということを意味しない。この字幕にせよ、「そしてその夜」という「赤い文字」にせよ、来るべきものの予告、つまりは待命状態の記号であるという事実こそが重要だ。見るたびに「歓喜と恐怖の入り混じった気持ち」にさせる言葉とは、スクリーンにはまだ映っていない何かを目指して、観客自身に想像力を起動するよう迫る言葉に他ならない。まして「森のなかでのように」で引用されていたのはいわゆる字幕ですらなく、「来る土曜日より、当劇場にて、第十九話『這いまわる手袋』上映。――乞うご期待」[8]という、予告編の言葉であった。ブルトンにとって映画とは、直接スクリーンに現れるイメージではなく、少なくともそれだけではなくて、言葉とそれが導き出しうるイメージとのつながりであり、つまりは彼が自身自身のなかで作り出している出来事である。

これは言葉だけの問題ではない。『通底器』での解釈がノスフェラトゥについて強調していたのは、ネクタイにプリントされた、吸血鬼の特徴的な鷲鼻の横顔だった。それはサルバドール・ダリの《大自瀆者》に現れる、画家自身の横顔と結びつけられるのだが、ここでもまた重要なのは、かつて見たもの、あるいはやがて現れるべきものとのあいだに作り出される結びつきである。つまりブルトンはストーリーではなく、自分に――自分だけに――どうしても重要と思えてしまう細部に注目するのであり、それはまさに『通底器』で参照されるフロイトの夢分析の手法だといえる。「没入」を拒否する彼の視線はしかし、批評家のように距離を取って眺めようとするものでもなくて、フィルムを横切るようにして自らを捉えてしまうもの――プンクトゥム？――への精神分析的な敏感さに支えられた視線だといえる。そこに現れたものと直接現れてはいないものをつなげてしまう体験こそが、映画に向けられたシュルレアリスム的視線の核心をなすだろう。

無声映画、夢、マンガ

さてこうした現象は、もちろんどのような映像を前にしても生じうるものではあろうが、やはりイメージと言葉とが交互に現れる無声映画において、とりわけ際立つのではなかろうか。シュルレアリストたちの言葉やイメージに対する態度は、視聴覚体験の歴史のなかで二十世紀初頭が持つ意味と、おそらくは深く結びついている。アラゴンやブルトンの世代が出会った映画は、イメージが動くこと自体が事件でありえた「アトラクションの映画」ではすでになかった。しかしそれはまた、ショットの切り返しやクロースアップを多用して効率よく物語を語り、観客に登場人物と自己同一化させようとする、完成されたハリウッド映画ともかけ離れたものである(9)。もちろん三〇年代以降の映画が、能動的に時間を作り出す観客を端的に不可能にしたわけではないし、無声映画の観客たちもまた、文字通り物語に「没入」していたはずだ。とはいうものの、身振りのみによって理解されることを理想とする無声映画の俳優は、記号的で大げさな演技をしがちだったし、原理上同期することのない文字情報と役者の口の動きとは、観客に自らが物語を作り出していることを意識させやすいに違いない。役者が観客に向かってウィンクするような演技すら抑圧されていない映像に、現在の映画館の静寂とは異なるざわめきのなかで見入っていたこの時期の観客たち。それこそが、ブルトンがスクリーン上の言葉やイメージに、見る側の働きかけを引き出す契機を発見したことの背景をなす。夢と映画との一見凡庸な結びつきはシュルレアリスムにおいて、トーキー前夜という時期の特異性によって媒介されているのである。

飛躍した議論と思われるかもしれないが、一九一〇年代後半から二〇年代初頭にかけてのこうした映画体験のありようを、「マンガ的」なものと形容することもできるのではなかろうか。[10] 私たちはマンガに「没入」することができるが（特に日本のマンガは「没入」させるための技術をあらゆる方向で洗練させてきた）、コマに書きこまれたセリフや擬音語を、私たち自身がイメージに帰属させていることを忘れることはない。交互に現れる無声映画の映像と字幕とは、マンガにおける絵とフキダシのようなものである。マンガ読者も無声映画の観客も、自らが能動的に出来事を作り出していることを知っているのである。

さらに踏みこんで次のようにもいえる。結局この無声映画やマンガの体験は、私たちが現実の時間のなかで行っていることと、根本的にはなんら異なっていないのであり、ブルトンが『通底器』で証明しようとしたのは、他ならぬこの事実であったのだと。

私たちは拍手する人物をマンガに描くとき、普通両手が合わさった状態ではなく両手の離れた絵を描いて、それに「パチパチ」という擬音語をつける。殴打シーンで「ガツン」といった擬音語とともに描かれるのは、拳が対象から離れたあとの状態だろう。バッターがスイングするとき、「カキーン」という擬音語とともに描きこまれるのもまた、すでにバックスクリーンまで届きそうになった打球であることは珍しくない。なぜそうなるのかと考えるなら、それは私たちが実際そうしたあり方を体験しているからだと考えねばならないだろう。私たちは音のする瞬間を見ているのではなく、運動の全体と音声情報とから、自らのなかで出来事を作り出しているのである。だからおそらくマンガのページをめくるときに起きていることと、「現実」において生じていることは、それほど隔たってはいないのだが、私たちが普段は忘れがちなこの事実を、無声映画やマンガは思い起こさせる。『通底器』で語られるような特別な状態が理解させるのもまた同様に、日常的な時空間を作り出しているのは私たち自身であって、精神機能が何らかの条件で弱まれば、この世界はたやすく崩壊するものに過ぎないという事実であった。無声映画はその構造自体によって、私たちにこのことを思い起こさせるに適したメディアだったのであり、シュルレアリストたちの映画へのこだわりは、没入と違和感の矛盾した共存を可能にする歴史上の体験に、重要な根を持っていたに違いない。

さらに夢の問題に立ち返ってつけ加えるなら、シュルレアリスムの出発点の一つといってよい夢の記述の実践そのものが、どこか無声映画的なものだったともいえる。もちろん夢の記述は原理上、要約的なものとならざるをえないから、会話をそのまま再現できない無声映画に近づくのは当然の成り行きだ。だがそれ以上に、夢の記述での引用符に囲まれたセリフは、ときに無声映画の会話字幕に近い働きをしているように思われる。

いうまでもなく、夢のなかで交わされた会話のことごとくが記憶されていることはありえない。そもそも本当に多くのセリフが聞き取られ、次いで忘れられたのか、聞き取られたような印象が抱かれているだけなのかさえ、判別することはできないだろう。だから夢の記述のなかで多くの会話は要約的に示されるよりないが、するとわざわざ括弧つきで書き記される言葉はとりわけ印象的な、あるいは謎めいたセリフであることが珍しくない。たとえばブルトンは『シュルレアリスム革命』第一号（一九二四年十二月）に三篇の夢を掲載しているが、そのうち二番目の夢は特に不可思議なセリフを多く含んでいる。乗り物になった奇妙な小便器を操る人物が夢の最後で口にする「死など存在しないことを、覚えておいてくれたまえ。反転可能な感覚があるだけだ[11]」というセリフを思い出してみてほしい。これだけを取り出す限りセリフの意味するところは不明確だが、前後の夢と結びつくことで、それは重要なメッセージを語りはじめる。どの夢にも生者と区別のつかない奇妙な死者が登場するのだが、それは最初の夢では運ばれてゆく棺のなかから見送りの人々に手を振る死者であり、最後の夢ではなかば幽霊の状態にあるピカソである。これらを並べることでブルトンは、「死など相対的な出来事にすぎない」といった、当時彼に取りついていたテーマを演出しているらしい。夢のなかのセリフは会話字幕と同じく、前後に置かれた他の要素と結びつくことで、意味を生産するよう仕向けられるのである。

シュルレアリスムにとって重要だったのは、夢そのものより夢の記述、もしくは夢を記述することによって生じる違和感であるとさえいえるかもしれない。夢そのものは没入の体験だが、夢の記述はそれをデペイズマンの様相で捉えることを可能にする。夢のなかでは感じ取られることがなく、記述しようとしたときはじめて気づかれるこの違和感こそが、夢は私たち自身の作り出したものであるという当たり前の事実を切実に感じ取らせるだろう。そしてまた、にもかかわらず夢は私たちには操作することができないという意味で、夢の記述は没入と気散じの、狂気と客観的な距離の緊張した共存を可能にするのである。

やはり『シュルレアリスム革命』に掲載されたピエール・ナヴィルの夢のなかに、「人々からだいぶ隔たった後方にいるのに、私にはその場面が細部までよく見え[12]」、彼らの話していることさえ聞こえてくるという場面が記録されている。映画でもそのような演出は可能だろうし、ましてマンガであれば、遠景の小さな人物のセリフが書きこんであるようなコマはごく普通のものだ。だがその何気ない読み取りのなかで、私たちは登場人物の視点への没入と、状況全体を把握する客観的な視点とを両立させるのであり、夢の記述が意識化させるのもこのあり方、没入と気散じの矛盾をはらんだ共存である。

名前はないが顔のある空間

私にとって世界が首尾一貫したものとして現れているのは、世界の首尾一貫性を私が正しく認識しているからではなく、私がそのようなものとして世界を作り出しているからであるというこの捉え方は、二十世紀を生きた芸術家や思想家の発想として、何ら珍しいものではない。またこの意識が、近代的な視聴覚体験のある位相に明確に位置づけられるのも明らかである（繰り返しそのことを確認してきた）。だがそうであるからこそ、シュルレアリスムが自らの時代の体験から何を選び出し、どのように延長していったかが見えてくる。まるで夢のなかでのように現実を生き、まるで森のなかでのように映画という記号の群れに襲われながら、ブルトンは「私」の生きる世界が作り変えうるものであることを示そうとした。没入の罠にはまってしまえば（その世界が私の作ったものであることを忘れてしまえば）、この希望は失われる。だが没入という狂気を遠ざけながら、気散じの状態を防衛的な役割に還元するのではなく、待命状態のなかで与えられたものこそが私の世界を作り変えうると証明することが、彼の目的であったろう。少なくとも『通底器』のブルトンはそれを試みた。今私は最愛の人を失って絶望のなかにあり、世界は解体してしまったが、もともとこの世界が私の作り出したものだったとすれば、気散じのなかで出会われたものが、私に新しい世界を与えることもありうるはずだ。切ないほどに単純な、新しい愛を生きることへの渇望こそが、そこで夢という出来事に割り振られた意味であった。

映画をこのような出来事として生きてしまう体験が端的に語られたテクストとして、最後に初期アラゴンの美しい青春小説、『アニセまたはパノラマ』の一節を思い起こしておこう。第五章「活劇」でアニセ（＝アラゴン）とバティスト・アジャメ（＝ブルトン）は映画館のなかで激しい議論を交わし、アニセは彼の凡庸さを揶揄する相手の厳しい口調に気おされてしまうのだが、そのとき突然スクリーンにニュース映画が流れ、「パリ、大いなる結婚」という文字が現れる。映し出されたのはアニセたち「仮面」が崇拝し、その愛を勝ちえようと争っているミラベルの、億万長者との結婚式のニュース映像だった。画面のなかには仮面の一人オム（＝ジャリ）がいて、婚礼を見つめつつ涙を流すのだが、アニセはスクリーンのなかのオムに自らを重ね合わせ、鏡のなかに他人とも自分ともつかない亡霊が映し出されているかのような錯乱状態に陥る。このあとストーリーはそのままスクリーンのなかのオムへと焦点化し、アニセを置き去りにして進んでいくだろう[13]。

これは極限まで推し進められた没入、スクリーンを突き抜けて現実に反転してしまう没入だといえる。だが通常の没入現象が観客たちを一つの方向に誘導しようとするのに対し、アニセがスクリーンに見るのは彼だけにとっての物語であり、気散じのなかで与えられるショックの体験と物語への没入という対立は、ここでは意味を失っている。現実は夢のように生きられ、森のなかでのように物語との境界を見失ってしまう。映画館を舞台にした経験はここで、客観的な距離と主観的な把握の対立を踏み抜いてしまうのである。

シュルレアリスムはおそらく、近代の感性的条件から、もっとも極端な帰結を引き出した思考の一つだった。繰り返そう。いまだアトラクションから完全には脱却していない雑多なプログラム、生演奏を伴う絶え間ないざわめき、労働者階級の利用できる安価な娯楽であるとともに、富裕階級や知識人層の訪れる場所でもあるという不均質な性格。一九一〇年代後半、シュルレアリスム第一世代が経験した映画館とは、そうした猥雑な空間だった。この気散じの空間はしかし、きわめて両義的なものである。観客が出し物に集中しないというあり方だけならば、ある意味でそれは十八世紀的な聴取体験の復活にも見える。ロマン主義的な精神性が確立する前の、社交の場としての音楽会とは、およそそのようなものだったろう。だがこの集中力を欠いた不真面目な観衆／聴衆が回帰してきたとき、そこにはかつてなかった状況が生まれていた。人々は互いの名を知らないのである。

十九世紀における群衆の登場という事実が意味するのは、街路での匿名的な出会いの恒常化だけではない。このとき匿名性は、徐々に屋内にも侵入していくのであり、そのとき可能になるのは、互いに顔は見えており、その場で体験を共有しているにもかかわらず、互いの名を知らない人々の集団である。匿名性と親密さが矛盾を解消しないままに共存する、閉じているとともによそよそしく、誰でも入れるとともに身体的な距離を欠いたこの場所、匿名的閉鎖空間とでも呼ぶべきこの空間こそは、シュルレアリスムの舞台だった。それは映画館だけでなく、場末の劇場や、美術館よりはむしろ画廊、内と外との中間領域としてのパッサージュや、そこで客を迎え入れる怪しげな店の数々、そしてもちろんカフェである。この中心のない空間で、人々は目標を持たないとともに緊張した視線をさまよわせるのだが、そこで可能になる出来事は、没入の可能性を奪われているからこそ私の世界を震撼させるものとなる。複数の知覚情報から私は出来事を作り出しているにせよ、それらの情報はどれも断片化されたものであり、視覚情報か聴覚情報か、あるいは文字情報かという区別さえ、二義的なものにすぎない。コラージュ小説やポエム＝オブジェといった複数メディアの交錯が、シュルレアリスムにおいて恒常的なことの理由もそこにあるだろう。詩や音楽や絵画が出会うのではない。分析的な視線にとってはレベルが異なるはずの複数の情報ないし記号から、たえず無数の出来事が作り出されるのであり、それを我知らず作り出してしまうよう定められた近代的な主体の条件を、シュルレアリスムはどこまでも高揚させた。一九一〇年代終わりから二〇年代初頭、映画が「見世物」（＝気散じ）から「物語」（＝没入）へと移行していったとき、シュルレアリスムは「見ること」の物質性も、「語ること」の虚構性も選び取ることはなく、過度に見ることと過度に語ることを重ね合わせて、「私」の時間を作り変えようとした。それを可能にしたものこそは、濃密な他者の存在に満たされているとともに明確な意味／方向性を奪われた、この不均質な匿名的閉鎖空間の喧騒である。

たとえば名前も顔もないものでありうるインターネット空間での出来事に比べ、シュルレアリストたちの体験がいかにも過去のものだという印象はありうるだろう。だがともあれ彼らは次のように予言していた。いつか物語を「語る」行為自体が過去のものとなり、「見る」ものとしてのメディアの物質性がふたたび露呈する時代がやってくるなら、そのときこそ名前を持たない顔は回帰するのであり、近代において、あるいはその果ての時代においてすら、愛してしまうことは私たちの宿命であるだろうと。

［註］

＊　邦訳文献については、それぞれ文脈に合わせて多少表現を変えた箇所がある。

（1）André Breton, *Œuvres complètes*, t. III, Gallimard, « Bibliothèque de la Pléiade », 1999, p. 1413.

（2）この点については次の邦訳書の解説を参照してほしい。ジョルジュ・セバッグ『崇高点』鈴木雅雄訳、水声社、二〇一六年。

（3）アンドレ・ブルトン「森のなかのように」。『野をひらく鍵』粟津則雄訳、『アンドレ・ブルトン集成7』所収、人文書院、一九七一年、三七四ページ。
(4) ブルトン『通底器』足立和浩訳、現代思潮社、一九七八年、九三ページ。
(5) この時代を扱った日本語による最近の成果として次の研究があり、多くの示唆を得た。小川佐和子『映画の胎動――一九一〇年代の比較映画史』、人文書院、二〇一六年。
(6) ブルトン「ジャック・ヴァシェ」、『失われた足跡』巖谷國士訳、『アンドレ・ブルトン集成6』所収、人文書院、一九七四年、六八ページ。
(7) ブルトン『通底器』、前掲書、五一ページ。
(8) ブルトン「森のなかのように」、『野をひらく鍵』、前掲書、三七四ページ。
(9) アラゴンやブルトンが出会った映画体験の歴史的な位置については、次の論文に明快な整理がある。齊藤哲也「シュルレアリスムの映画的条件――あるいは映画ならざるもの」、『層‐映像と表現』vol. 2、二〇〇八年八月、三七‐五八ページ。議論の細部には立ち入らないが、この論文からは全編に渡って刺激を受けたことを明記しておきたい。
(10) マンガにおけるイメージと音の関係については、次の論文で主題的に論じた。鈴木雅雄「フキダシのないセリフ」、鈴木雅雄・中田健太郎編『マンガ視覚文化論』、水声社、二〇一七年。
(11) André Breton, « Rêves », dans *Œuvres complètes*, t. I, Gallimard, « Bibliothèque de la Pléiade », 1988, p. 889.
(12) Pierre Naville, « Rêves », *in La Révolution surréaliste*, n° 3, avril 1925, p. 4.
(13) ルイ・アラゴン『アニセまたはパノラマ』小島輝正訳、白水社、一九七五年、一二六‐一二七ページ。

エルザ・アダモヴィッチ
シュルレアリスム本——詩人と画家は対話する

シュルレアリスム本とは？

シュルレアリスム本とは、現実にも、また想像の世界にも存在しうる。一方には一九二六年と一九六八年のあいだにエディション・シュルレアリストによって出版された作品や、ギ・レヴィ・マノ、イリアーズあるいはエメ・マーグらによる出版物が存在し、他方にはブルトンが夢に見た、ページは黒い羊毛で、背表紙が木製の小人の形をした本がある。本は、ブルトンが所有していたジョルジョ・デ・キリコの絵《こどもの脳髄》（一九一四）に描かれているように謎めいて閉じていることもあれば、ルネ・マグリットの《従順な読者》（一九二八）が持つ本のように開いていることもある。またポール・ボネやジョルジュ・ユニェやメアリー・レイノルズの装丁が人目を引くように、見せるためのものもあれば、マルセル・デュシャンとエンリコ・ドナーティの考案による、「触ってください」という誘い言葉とゴム製の胸がついた一九四七年のシュルレアリスム国際展のカタログの表紙【図1】のように、触らせるためのものもある。さらには嗅いでもらうためのものすらある。ジョルジユ・ユニェとハンス・ベルメールによる『枝形に彫られたウインク』（パリ、ジャンヌ・ビューヒャー、一九三九）という本の番号が若いものには、香水がつけられていたのだ！　本が階段になることもある。一九四七年のシュルレアリスム展の階段のステップ【図2】は、ニーチェからフーリエやフロイトまで、シュルレアリストたちのお気に入りの本の背でできていた。レオノール・フィニの『海底で見つかった本の表紙』（一九三六）のように、本が遺失物になることもある。何よりもまず、本は書かれたものと絵画的なものとを結び合わせ、シュルレアリスム詩人とシュルレアリスム画家との共謀や、言語的なものと視覚的なもののあいだの親和力を証するのだ。

挿絵本からシュルレアリスム本へ

シュルレアリスム本は、十九世紀の挿絵本とは区別される。挿絵本では挿絵が「パラテクスト」（ジェラール・ジュネット[1]）の、とりわけ「メタテクスト」（ルネ＝リエーズ・ヒューバート[2]）の役をしている。そこでは視覚的要素が描写や模倣の形をとって、それが付された物語や詩を読む際の、単なる補助として機能していた。そしてそれによって、本のロゴズ中心的な考えを実践していたのだ。しかし二十世紀初頭になると、とりわけダニエル＝アンリ・カーンワイラーが、一九〇九年にギヨーム・アポリネールの『腐ってゆく魔術師』にアンドレ・ドランの木版を添えて出版して以来、書物は詩的な言葉と絵画的作用との真の交わりの場となったのだ。また、後にやはりカーンワイラーが、シュルレアリストたちによる最初の芸術家本を何冊か出版している。そのひとつ、『シミュラークル』（パリ、シモン画廊出版、一九二五）は、ミシェル・レリスの詩とアンドレ・マッソンのリトグラフとを結び合わせている。模倣的反復やテクストの優位性――それらが伝統的な挿絵本を定義していた――に代わって、それ以降詩にもイマージュにも、作品において完全に自律したものとして存在する自由ができ、そ

図1　マルセル・デュシャンとエンリコ・ドナーティによる「シュルレアリスム国際展」（1947 年）のカタログ

図2 「シュルレアリスム国際展」（1947 年）の会場への階段

れによってテクスト的要素と絵画的要素は対等な関係となった。「共同作業において（とポール・エリュアールは書いている）、画家と詩人はともに自由でありたいと思っている。依存すれば弱体化し、理解と愛を妨げる」[3]。したがって挿絵本のあとには「芸術家本」、「画家本」、さらにイヴ・ペレが提案する呼び名で言えば「対話本」が続いた[4]。「対話本」という表現は、この複合型ジャンルの不明確さや、その実践の幅広さを反映している。

シュルレアリスム本は、第一にアポリネールの言う「同時性」の美学、すなわち詩と絵画を組み合わせた新しい抒情性の具体化である。この美学を自分なりに取り入れたシュルレアリストのトリスタン・ツァラは、「生き生きした詩的感情に恵まれた何人かの人々、〔……〕詩と絵画のあいだにもう障壁を設けない、新たな地平の探求者たち[5]」を賞賛する。言語的なものと視覚的なもの、語とイマージュとが、対立するか融合するかの境界に位置するシュルレアリストたちの試みは、数多く存在する。それが印刷上の実験（たとえばバンジャマン・ペレのポエム＝コラージュ「昨日アメリカを発見して」（一九二九）のようなもの）であろうと、芸術批評のテクスト（とりわけ『シュルレアリスムと絵画』（一九六五）という題の下に集められた、アンドレ・ブルトンの芸術論）であろうと、もしくは画家たちについての彼らの詩であろうと。これらすべての作品においてここで問題にしたいのは、書物という領域における彼らの芸術領域横断的な共同作業のことである。

シュルレアリスム本は何よりもまず、書かれたもの（詩、随筆、物語）と絵画的なもの（リトグラフ、グワッシュ、写真、コラージュ、銅板画）との出会いの場である。この出会いには、ルネ・シャールの『アルティーヌ』（一九三〇）のためのサルヴァドール・ダリの銅版画のような、詩集や随筆用の単なる口絵から、『旅人の樹』（パリ、ラ・モンターニュ出版、一九三〇）や『ひとり語り』（パリ、マーグ、一九四八）のためにジョアン・ミロとトリスタン・ツァラが行ったような詩人と芸術家による緊密な共同作業もあるし、ジョルジュ・ユニエの『骰子の七つ目の面』（パリ、ラ・モンターニュ出版、一九三六）【図3】のように、ひとりで制作した作品もある。

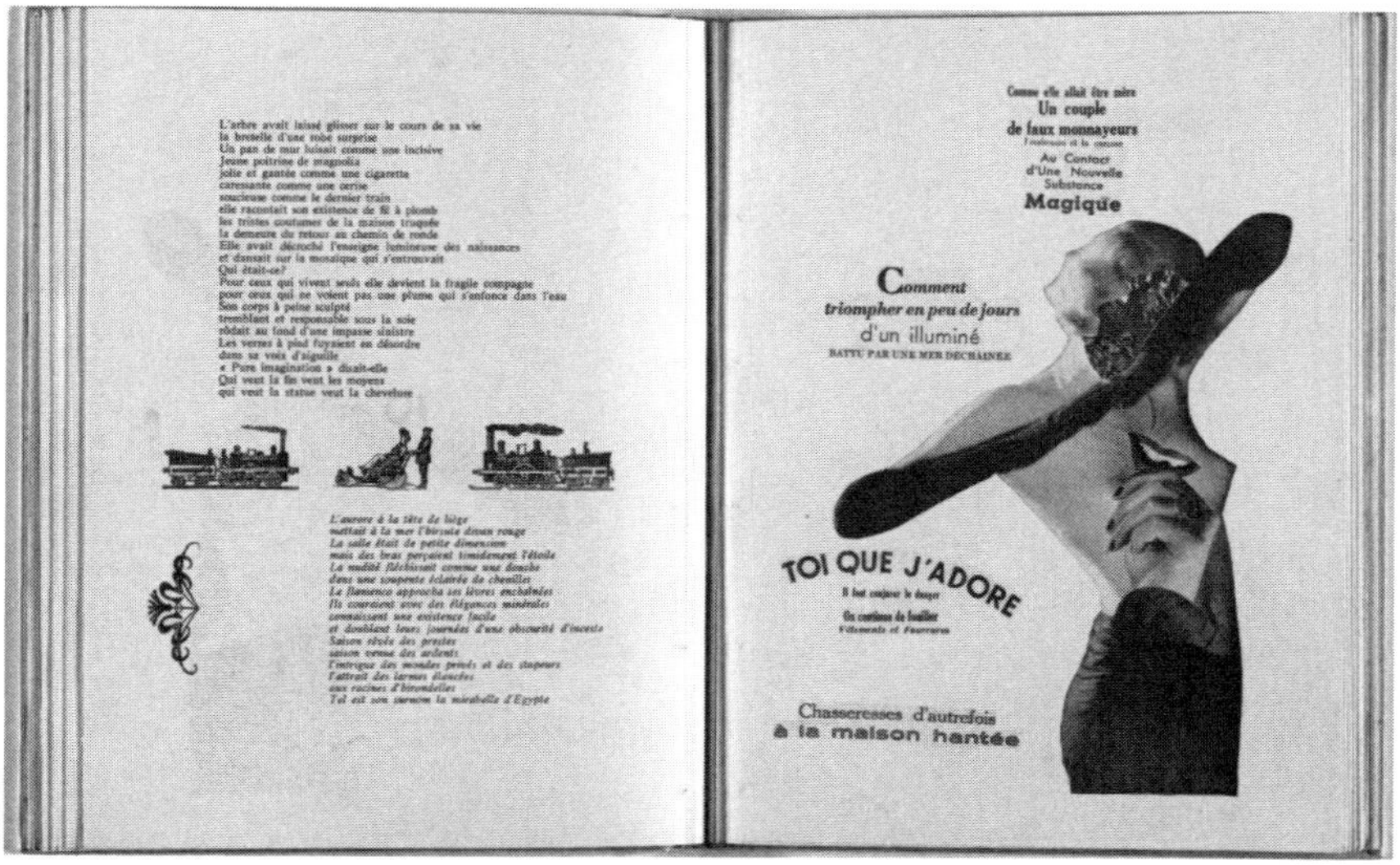

図3　ジョルジュ・ユニェ『骰子の七つ目の面』より

シュルレアリスム本をどう読むか

こうした多様性を前にしたとき問題になるのは、ある本がペレの唱える「対話本」なのか、あるいはジェラール・デソンが言うところの「奇形なもの、二つの頭、二つの胴体、四本の腕を持つオブジェ[6]」なのかを問うことだろうか。しかしそもそもこうした呼び方を用いることで、本を読むことに関して何か明らかになることがあるだろうか。そして実際に、こうした複合型の作品をどのように理解したらよいのか。そこには単なる合成品と真の交換の、どちらを見るべきか、またふたつの独白とひとつの対話の、どちらを見るべきか。それに、ふたつのばらばらな表現様式間の関係を、それらを均質化してしまうような論や「全体芸術」の概念、すなわちツァラの言うところの「ワーグナー的ブイヤベース」に帰することなく分析するには、どうしたらよいのか。そこで問題になっている関係は相似的か対立的か、あるいは単なる共＝存か。シュルレアリスム本は、書かれたものと造形的要素とが調和のとれた総体を形成する、総合的な形態として理解されるべきか。あるいは反対に、詩と絵画の関係を「断層」にまつわるフーコー的用語で、つまりただの貼り合わせや調和を欠いた総体として、還元不可能な不均質性のほうを重視して検討できるものなのか。もしルネ・シャールが主張していたように、「口と目は同じ大陸に生きていない」(7)というのが本当なら、人はこの隔たりをどう捉えればよいのか。芸術家本の批評家が直面する課題とは、以上のようなものである。(8)

その答えとなるいくつかの要素をより明確につかむために、まず、書かれたものと絵画的なものとの関係をめぐって、両大戦間にはふたつのアプローチが相対していたことを確認しておこう。

まずポエジーと絵画の混合物は、シュルレアリストたちだけでなく、芸術や文学に関する雑誌にも数多く見られたということがある。一九二〇年代に絵画＝詩を創作したジョアン・ミロは、「私は絵画とポエジーとをまったく区別しない」と主張することになる。ここでの「ポエジー」とはもちろん、そのもっとも広い意味で理解されており、それは絵画的実践をも組み入れるところまで行く。芸術批評家で出版人でもあるテリアードは、一九三六年に書かれたシュルレアリスム絵画に関するある記事のなかで、以下のように指摘している。「絵画は〔……〕ポエジーに奉仕していた。それからシュルレアリスム絵画が生まれた〔……〕。ひとつの必然的な反応の果実たる優れたシュルレアリスム絵画は、崇高な詩なのだ」(9)。このように拡大された「ポエジー」の概念は、「抒情性」という概念とも結びついている。この用語もまた、その時代の批評文学に幾度となく登場し、感動が美的経験の主たる目安と見なされるような主観的経験の検証に使われている。ポール・エリュアールにいたっては、「ポエジー」と倫理を同化させるところまで行くことになる。「真のポエジーは、死の形相をしたおぞましい利得から人間を解放する、すべてのもののなかに含まれている」(10)。彼はこの「真のポエジー」の例として、数あるなかでもサド、マルクス、ピカソ、ランボー、フロイトを挙げている。

ふたつめのアプローチは、書かれたものと絵画的なもののあいだの融合ではなく、非＝対応性を説くもので、言語学に由来している。ソシュールが『一般言語学講義』（一九一六）のなかで論じたシーニュ、シニフィエ、シニフィアンのあいだの関係の恣意性という考えを、ベルギー人シュルレアリストのルネ・マグリットが、一九二九年のテクスト「語とイマージュ」や、語とイマージュのあいだの恣意的な関係を具現した自らのいくつかの絵画において、再び取り上げたのだ。かくして『夢の鍵』（一九二八）においては、ひとつの卵を描いた絵が「アカシア」と題される一方で、「雪」が、山高帽の絵の題に使われている。

今私たちがたどったポエジーと絵画のコンビをめぐるふたつの美的アプローチ——融合と非＝対応性——は、シュルレアリスム本の読み方として、私たちが取りうる道筋を示してくれる。すなわち、一方にはテクストとイマージュの重なり合いという考えに基づく読み方があり、他方にはそれらの対立に基づく読み方があるのだ。

重なり合うケースに関しては、ポエジーと絵画の相互接続を論じる批評があり、それによって、テクストとイマージュのあいだの類似性や相同性が浮き彫りになる。たとえばエリュアールとマックス・エルンストの『反復』（パリ、オ・サンス・パレイユ、一九二二）では、テクストとイマージュの構成も、それらの間の関係も、コラージュの構成に基づいている。他の例としては、『眠る、石のあいだで眠る』（パリ、シュルレアリスム出版、一九二七）では、自由連想と夢をテーマとするバンジャマン・ペレのテクストと、イヴ・タンギーのデッサンのオートマティスムと夢幻妄想とが響き合っている。

より際立った重なり合いは、エリュアールの五篇の詩を添えた、彼の恋人だったヌーシュという若い女性の、マン・レイによる裸体写真で構成された『たやすいこと』（パリ、GLM、一九三五）【図4】というフォトポエムに見られる。ここでは、同一のページにあるテクストとイマージュの近さが、多様な相互作用を醸し出している。つまりソラリゼーションが身体を輪郭というひとつの線描的記号に還元し、それがテクストの様相と融合しているのだ。また、その写真家による女性的な形象の「変＝質化」——身体は切り取られ、二重化され、物神化され、断片化され、露出オーバーにされている——には、エリュアールのテクストにおける、女性の身体の「覆いを＝取る」役を担う隠喩によるヌーシュのイマージュの「非＝現実化」、もしくは「超＝現実化」が呼応している。たとえば水の隠喩（「君が起き上がると水は上り／君が横たわると水が広がる」）は、写真に写された裸体の輪郭を液体のイマージュに変容させ、身体＝水が広がるところとページの折り目が一致している。べつのところでヌーシュのイマージュは、それが「君の身体の窪みが雪崩を集める」という詩と並置されることで、風景に変容している。エリュアールは女性の生き生きした力を、広がり、発芽し、増殖する自然の運動に結びつけ、宇宙的な次元にまで拡大する隠喩のなかで喚起する（「君はどこにでもいて、どんな道も消し去る」）。そこでは、マン・レイによるイマージュはページの境を越えて広がる。かくして詩とイマージュは、真の対話的空間において相互を豊かにするのである。

こうした――詩と写真の重なり合いに注目した――読みが適切に見えても、それには書物の「両性具有的な性質」（この表現は［イヴ・］ペレによる）、つまりメディア間の出会いの混交性を軽視し、テクスト／イマージュの境界面を均質化する危険もある。ページ上の共謀関係を特権視すると、衝突に目が届かなくなる。トリスタン・ツァラとハンス・アルプの共同作業は、その明白な例を提供している。この詩人と芸術家は、『二五の詩』（チューリッヒ、コレクション・ダダ、一九一八）**【図5】**を含む、ツァラの詩とアルプの木版画を向かい合わせに配した三作品で共同作業をした。ここでまず確認できるのは、その接合がこの造形作家と詩人に共通する美学に基づいているということだ。つまりアルプのデッサンのオートマティスムは、一見すると偶然にまかせているように見えるものの、音とイマージュが互いを生み出すツァラの詩法と類似している。またアルプとツァラはふたりとも、プリミティヴィスムの表現方法を追求している。すなわちツァラの「黒人詩」や子どもの言葉遣いに近い彼の表現形態が、アルプの木版画の原初的な形態と響き合っているのだ。

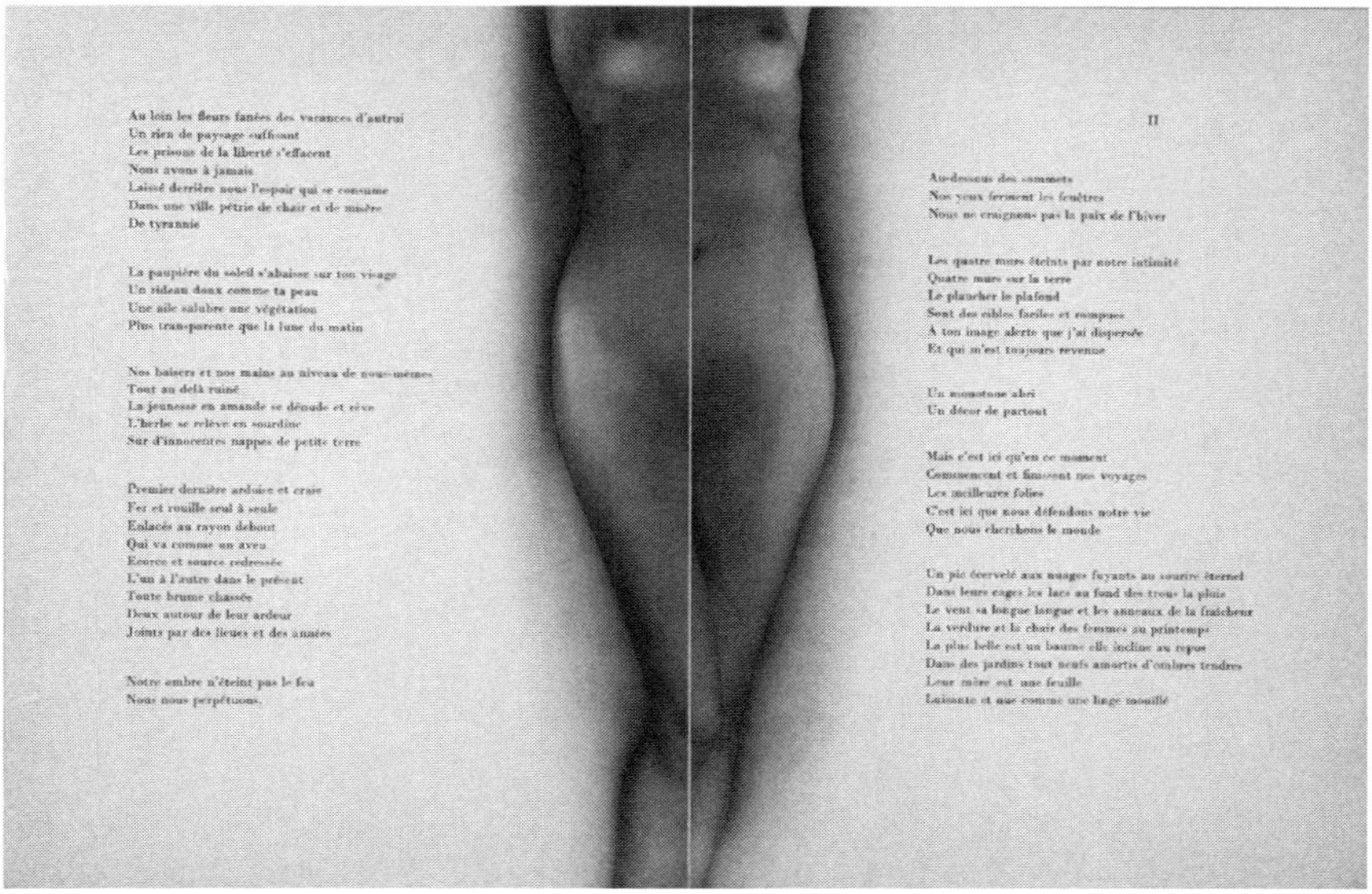

図4　マン・レイとポール・エリュアールによる『たやすいこと』より

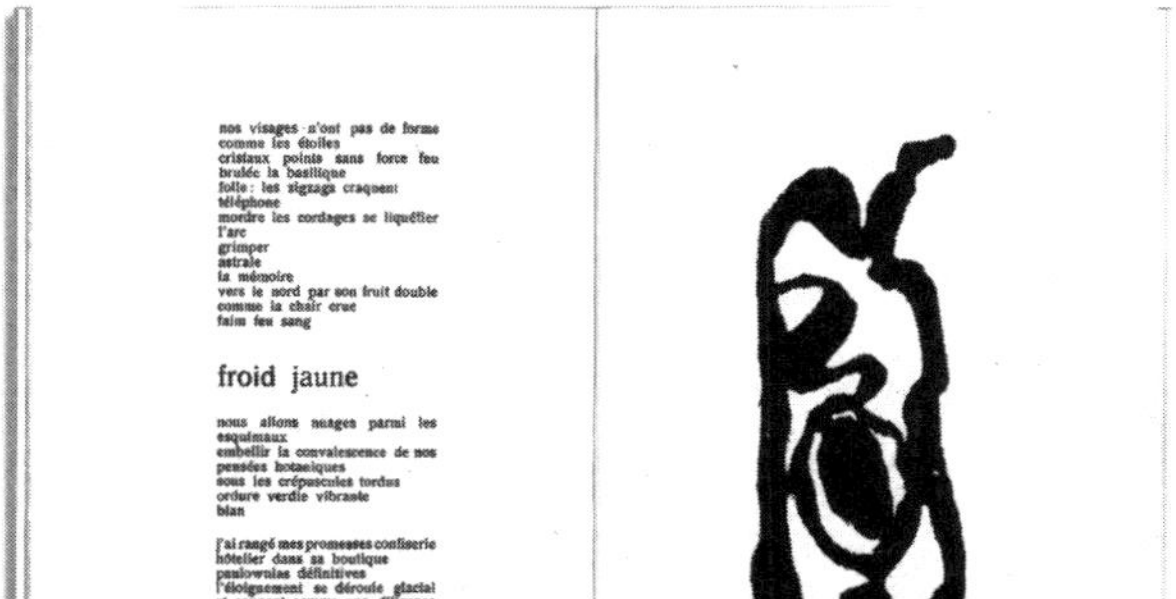

図5　ハンス・アルプとトリスタン・ツァラによる『二五の詩』より

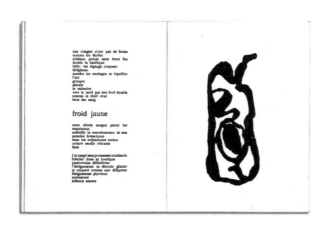

かくあれかし
三体の骨は
持たない《ナ》
持たない《ア》　ダダ
同じ場所で生き《イビディイリヴィ》　そこで笑い《リジディイディ》
板は
見かけ倒し
電気メッキだ
ラ
ガ
タ
ガ
ろくでなしども《リバルディイ》。(一)

同様に、言説の一般的な構造の拒否——句読点、大文字、構文の不在がそれを物語る——は、そうした自由な組み立てと、版画の形態がもたらす作用のうちでも、奥行きの効果がないこととのあいだに類似性を見出している。こうした類似関係にもかかわらず、この書物はまた、単純な並置に重要性を与えてもいる。つまり向かい合わせに置かれた版画と詩は、たとえ反響や類似性が互いを結びつけていようと、個々の独立性は維持しているのだ。つまりイヴ・ペレがツァラとアルプの共同作業をめぐって、ポエジーの空間と版画の空間とのあいだには「典型的な近接性」があるものの、そのことでこれらふたつの異なる表現様式のあいだの「意味深い違い」を消し去りはしないことに言及することで示唆しているように、近接性は同等性を意味するわけではない。

したがって確かなこと、それはふたつの異質な表現方法の違いのなかに緊密な共謀関係がとらえられるのは、詩的な要素と図的な要素とを反射しあう合わせ鏡のようにとらえることによってではなく、それぞれ自律したふたつの道程、もしくは空間とみなすことによってであるということだ。詩人の模倣をするのではなく、対等に創造的行為をしたいという欲求から、描写的というよりも、それ自体が行為のようなイマージュが生まれる。ゴットホルト・レッシングからジャック・デリダやミシェル・フーコーにいたるまで、ポエジーと絵画のあいだの対立に関する重要な文学研究は、読まれるものと見られるもの、見せることと言うことのあいだの還元不可能性を強調している。そのためフーコーは、差延《ディフェランス》という原理をこう説明する。

> だが、言語《ランガージュ》と絵画との関係は無限な関係である。〔……〕両者はたがいに還元しえぬものであるということだ。つまり、自分の見るものを語ろうとしても空しいし、自分の見るものはけっして自分の語るもののなかに宿らないし、譬えや隠喩《メタフォール》によって、語りつつあることを見させようとしても無駄なのだ。譬えや隠喩《メタフォール》や比較が光を放つ場所は、眼が繰り広げる場所ではなく、統辞法の継起性によって規定される場所にほかならない。(11)

そうであれば、シュルレアリスム本のテクスト的要素と図的要素とが生む作用はおそらく、衝突的もしくは貼り合わせ的、ただ共＝存しているもの、また不調和もしくは差異があるもの、さらには無差異的というように、さまざまな関係のありかたが構成されることにあると、考えられよう。差異の多様な形態に注意を払うこうした読みは、要するに、書物の物質的空間内の視覚的要素と言語的要素の空間的な隣接性や衝突を問うことや、表現形態間の仲介作用を自明のこととしないことに基づいているのだ。実際ミシェル・レリスが『ひとり語り』（一九四八）という作品におけるツァラとミロとの共同作業について論じたとき、彼が関心を持ったのは、テクストとイマージュが単に共＝存しているだけで、両者に関係がない点である。「おそらく、それらの語は自分たちだけで話している。それらは、ポエジー以外の法則に基づかず、自分たちだけで連なっている。そしてミロが使っているそれらの素材もまた、自分たちだけで存在しているのだ(12)」。

私たちはここで、〔イマージュの〕テクストへの服従関係からも、テクストとイマージュの重なり合いにとどまる読みからも遠いところにいる。ここでは、画家は詩人がやるような創造的行為を、詩人とは異なる別の行為によって繰り返す。そして、テクストの表現形態と共通の尺度では計れない表現形態によって、自らの絵画的探求を続けながら――ただ意味の次元でというのではなく――テクストの精神を引き継ぐのだ。芸術家は、テクストによる創造的行為に追加する。別のところでは、ロラン・バルトがサイ・トゥオンブリーの作品を前にして想起しているように、絵画的な記号はベクトルとして機能して、見る者の言葉による道程を揺るがしていると言えよう。

> ＴＷを直接模倣するのではない（そんなことをして何になろう）。無意識的にではなくとも、少なくとも夢みるように、私が私の読みから導き出すトレーシングを模倣するのだ。私が模写するのは生産物ではない。生産行為である。私はいわば、手の足跡を辿るのである(13)。

物質としての書物

芸術家と詩人による、こうした半ば身体的な応答関係を重視するからこそ、私たちは伝統的な挿絵本のロゴス中心的な発想とは対照的な、物質的総体としての書物に関心を向けるのだ。実際こうした視点から、書物はオブジェとして特権視されており、まさにこうした書物の物質的な側面を、ミロは出版人のジェラルド・クラメ宛の手紙のなかで強調している。「一冊の書物は、大理石を刻んだ彫刻と同じだけの尊厳を持っているはずだ」[14]。ミロがこのように、書物の創造の過程と物質的現実性とを同時に強調しているのは、彼が書くところによれば、「だれもがやるように挿絵を作ることが問題なのではなく、一冊の書物を作ることが問題なのであって、それはたやすいことではない」[15]からだ。彼の対談はまた、彼が書物を制作する過程に与える重要性をも明らかにしている。彼が言うところによれば、最初の段階から、彼はこれから自分が寄り添ってゆくテクストに浸る。「私は組み立ててから、私にとって非常に重要な植字から出発する。私は詩人の精神のなかに入ってゆく。私はそれらのことを、ものすごく考える。ふたつのことを同時に、すなわち本の組み立てとテクストの精神とを」。彼はそれから「沢山、猛スピードで、どんな紙切れの上にでも」デッサンする。三つ目の段階において、彼は「絵の具を使って、大きなサイズの紙にデッサンする。ひとたびそれができると、私は酸で銅板を刻み始める。すごく自由に、ほとんどひな型を考慮せずに」[16]。

このように書物の物質性に的を絞れば、当然装丁の重要性が認識されるはずだ。というのもそれは、書物というオブジェに奥行きと肌理を与え、それを単にながめるだけでなく、触るべきオブジェにするからだ。シニフィアンの役を担うオブジェという自らの態様を失うことなく、自らの本来的な物質性を獲得した書物は、「芸術と書物」というミシェル・ビュトールのテクストのなかで、次のように賞賛されている。

書物に、したがってテクストにまといつこう。私たちの身体全体で、それに参与するのだ。触覚は重要だ。一方には目で、他方には指で探査するものがある。書物を取り扱うことで、私たちには極めて重要な触覚的経験が授けられるのだ[17]。

シュルレアリスム本の数多くの装丁、とりわけポール・ボネによるブルトンの『ナジャ』の装丁（一九三四）やポール・エリュアールの『苦悩の首都』の装丁（一九三四）に頻出する手のモチーフは、おそらく書物の触覚的性質を示唆している。その他の例として、アメリカ人装丁家メアリー・レイノルズによるマン・レイとエリュアールの『自由な手』の装丁（一九三七）に組み込んだ山羊革の手袋もある。

シュルレアリスム本と大衆文化？

ポール・ボネやメアリー・レイノルズの作品は、その大部分が一点ものである。そのことから、シュルレアリスム本は何よりもまず貴重なオブジェで、一点もの、もしくは部数限定本であると考えるかもしれない。もしそうであれば、それはシュルレアリスムの精神に、とりわけグループの革命的な狙いに反することになる。しかし反対にシュルレアリスム本は、それが高貴で希少で高価な遺物というその社会的地位とほとんど相容れないような大衆文化的要素を組み入れているという意味では、伝統的な書物の破壊や、大衆化の機会を狙っていると言えるのだ。その例として、ふたつのコラージュ＝本を簡単に確認しておこう。ジョルジュ・ユニェの『骰子の七つ目の面』（一九三六）と、マックス・エルンストの『慈善週間』（パリ、ジャンヌ・ビュッヒャー、一九三四）である。

ジョルジュ・ユニェの『骰子の七つ目の面』は、二十の「ポエム＝デクパージュ」で構成されている。題辞のように置かれた引用が、この作品のトーンを決めている。一方にはロートレアモンの文――「詩は万人によって作られねばならぬ。ひとりではなく」。そしてもう一方にはグザヴィエ・フォルヌレのそれ――「私の知っているもっとも偉大な泥棒、――それは私、――もしあなたが私の書いたものを読むなら」。これらの文は、シュルレアリスム的コラージュを特徴づける借用のやり方を強調している。ユニェは定期刊行物の断片と『パリ・マガジン』のような大衆的な出版物から取られた写真、とりわけ増殖した足、唇、胸、また頭がなかったり、繋がれたり、切り刻まれたりしている身体など、女性の身体のフェティシズム的なイマージュを組み入れる。テクストのほうは、多様な植字の新聞の断片から作られ、性欲をかきたてる文章を安直に模倣した、中断された不完全な物語を組み合わせている。

　大衆文化はまた、マックス・エルンストの三つめのコラージュ＝ロマン、『慈善週間もしくは七大元素』の原材料も供給している。一九三四年に出版されたそれは、はじめ大衆小説の出版形態をまねて、違う色の紙の表紙のついた五つの冊子の形で出版された。とりわけその物語は大衆小説、なかでもメロドラマのパロディだ。コラージュに使った素材を、エルンストは民族学誌やギュスターヴ・ドレやシャルコーから滅茶苦茶に取ってきている。特に多くの素材が、挿画つき小説や、十九世紀に大人気だった「恋愛劇」から取られている。例えば『挿画つき大衆小説《フイユトン・イリュストレ》』紙に大衆小説として掲載されたジュール・マリーの『パリの亡者たち』など。また、登場人物（仮面をつけた犯罪者、怪盗、女性の犠牲者、妖婦や殺人鬼）のレベルであれ、お決まりの行為（追跡、監禁、殺人、誘惑、拷問）であれ、興奮させる場面（お涙頂戴からお色気や野蛮な場面まで）であれ、大衆メロドラマや風俗喜劇を想起させる定番のものが、その本にはふんだんにある。それらすべては、すでに以前から過剰さが特徴とされていた大衆的なジャンルの性格を、過剰なほど備えている。愛書家たちのための美しい装丁やオブジェとしての書物からは遠く隔たったところで、『慈善週間』はその素材のつましさそのものによって、書物の物質性をはっきりと示し、見やすい形でテクストとイマージュとの関係を問い直しているのだ。

結論

「発見と驚異との驚くべき協力」。『ひとり語り』から取られたこのエリュアールの言葉は、シュルレアリスム本のもとにある共同作業、すなわち詩人と芸術家の、テクストとイマージュとの共同作業を要約しているだろう。しかし忘れてはいけないのは、シュルレアリスム本を読む行為も、この「驚くべき協力」の一部をなしているということだ。書物の無数の「発見と驚異」に向けて開かれた、画家と詩人に協力する能動的な行為者として。エリュアールにとって、「いくつかの書物は扉のように」書物の向こうの想像的な世界に通じている。(18) そしてブルトン自身、「扉のように開け放たれて、その鍵を探すには及ばない書物」だけに関心があると打明けている。(19)

（永井敦子訳）

［原註］

（1） Gérard Genette, *Seuils*, Seuil, coll. « Poétique », 1987.

（2） Renée Riese Hubert définit le « méta-texte » comme « moyen "d'écrire" sur un autre texte qui le rend lisible de différentes façons ». *Surrealism and the Book*, Berkeley, Los Angeles, Londres, University of California Press, 1988, p. 23.

（3） Paul Éluard, « Donner à voir », dans *Œuvres complètes*, t. I, Gallimard, « Bibliothèque de la Pléiade », 1968, p. 983.

（4） Yves Peyré, *Peinture et poésie: le dialogue par le livre 1874–2000*, Gallimard, 2001.

（5） Tristan Tzara, « Le Papier collé ou le proverbe en peinture », in *Cahiers d'art*, vol. 6, n° 2, 1931.

（6） Gérard Dessons, « Tératologie du livre d'artiste », in *Peinture et écriture : le livre d'artiste*, textes réunis par Montserrat Prudon, La Différence / UNESCO, 1997, p. 35.

（7） René Char, « Paul Eluard », dans *Recherche de la base et du sommet*, dans *Œuvres complètes*, Gallimard, « Bibliothèque de la Pléiade », 1983, p. 716.

（8） cf. Elza Adamowicz, « The *livre d'artiste* in Twentieth-Century France », *French Studies*, vol. LXIII, n° 2, 2009, pp. 189-198.

（9） Tériade, « La peinture surréaliste », in *Minotaure*, n° 8, 1936, p. 5.

(10)　Éluard, « L'évidence poétique », dans *Œuvres complètes*, *op.cit.*, p. 521.

(11)　Michel Foucault, *Les Mots et les choses*, Gallimard, 1966, p. 25.〔ミシェル・フーコー『言葉と物——人文科学の考古学』渡辺一民・佐々木明訳、新潮社、一九七四年、三三－三四頁。訳語を変更した。（訳者）〕

(12)　Michel Leiris, « Tu es sorti vivant », dans *Derrière le miroir*, n°s 29-30, 1950, p. 2.

(13)　Roland Barthes, « Cy Twombly : non multa sed multum », dans *Essais critiques III : L'Obvie et l'obtus*, Paris : Seuil, 1982, p. 158.〔ロラン・バルト「サイ・トゥオンブリ　または　量ヨリ質」『美術論集』沢崎浩平訳、みすず書房、一九八六年、一〇三頁。〕

(14)　Anne Hyde Greet, *Joan Miró, Gérald Cramer : une correspondance à toute épreuve*, Genève, Patrick Cramer, 2002, p. 29.

(15)　Anne Hyde Greet, « Miró, Éluard, Cramer : *À toute épreuve* », in *Bulletin du bibliophile*, n° 2, 1983, p. 229.

(16)　Joan Miró et Georges Raillard, *Ceci est la couleur de mes rêves*, Seuil, 1977, p. 152.

(17)　Michel Butor, *L'Art et le livre*, Musée Royal de Mariemont, Morlanwelz (Belgique), 1988, p. 20. p. 26.

(18)　Éluard, « Espérer réaliser la véritable lisibilité », dans *Œuvres complètes*, t. II, Gallimard, « Bibliothèque de la Pléiade », 1968, p. 812.

(19)　André Breton, *Nadja*, dans *Œuvres complètes*, t. I, Gallimard, « Bibliothèque de la Pléiade », 1988, p. 651.

[訳註]

(一)　以下の一部。Tristan Tzara, « Défilé fictif et familial Ribemont-Dessaignes », dans *Maisons*, dans *Œuvres complètes*, tome 1 1912-1924, Flammarion, 1975, p. 137.

千葉文夫

マルセル・デュシャン／ローズ・セラヴィの３Ｄ映画

《大ガラス》の所有者がアレンズバーグ夫妻からキャサリン・ドライアーへと代わるのは一九二三年のことである。カルヴィン・トムキンズによれば、持ち主の交代にともない、マルセル・デュシャンはセントラル・パーク・ウェストのドライアー宅まで危険をともなう「大作」の運搬に同行し、みずからデザインした木製の台座にガラス板を嵌め込む作業に到るまで、すべてを見届けたという。何よりも興味深いのは、このときガラス裏の下部に「彼女の独身者たちによって裸にされた花嫁、さえも／マルセル・デュシャン／一九一五‐一九二三年／未完」という書き込みが黒絵具で記され、「決定的に未完」という宣言がなされたことである。それまで八年間にわたって制作に取り組んできた作品を最終的に仕上げるにはなおもすべきことがあるにせよ、残された仕事はさほど複雑なものではなかったはずだとカルヴィン・トムキンズは言う。この件に関してデュシャンは、無意識のうちに未完の状態におこうとする思いがあったと語っている。なかでも「仕上げる」という伝統的やり方に付随する諸々の事柄を受け入れることができずに途中で止めたのだとする晩年の発言は、デュシャンの姿勢を知るうえで銘記すべき事柄だろう。

《大ガラス》放棄とともにデュシャンはもはやチェスしかしないという伝説が誕生する。たしかにそれ以後のデュシャンがチェスに傾ける情熱は強まり、一九二〇年代に入るとフランス・チェス選手権のメンバーとなって試合に参加する彼の姿が繰り返し見られるようになる。そのいっぽうで、世間の目を欺くかのようにして、一時は芸術の世界から足を洗ったと見なされていたこの人物が、複雑さからすれば《大ガラス》に劣らないとされる「大作」の制作をひそかに進めていた経緯もすでによく知られている。デュシャンの死とともに存在が明らかになった《遺作》は一九四六年に制作が開始されたものであり、《大ガラス》放棄の時点から計算すると、あいだには二十年あまりの歳月のへだたりがある。この空白期間をデュシャンはどのようにして過ごしたのか。「空白」という表現によって問題を単純化する怖れがないわけではないにせよ、われわれにとってのさしあたっての課題はこの空白の意味を問うことにある。とくにローズ・セラヴィの出現と消滅、回転板を用いたいくつかの光学的実験、さらには3D効果を狙ったフィルム制作など、一九二〇年代から三〇年代半ばにかけてなされる遊戯的な営為を検証しなおすことによって何が見えてくるのか。なかでも一九二三年から二六年にかけての三年間、デュシャンがパリ十四区のホテル・イストリアに滞在していた時期がわれわれにとっての主要な関心事ということになるだろう。

ローズ・セラヴィの出現

デュシャンが最初にニューヨークを訪れるのは一九一五年六月のことだが、それ以後二〇年代初頭にかけての数年間、デュシャンはニューヨークを本拠とする生活に入る。流れに変化が生じるのは、「大作」の放棄と同じく一九二三年のことである。この年を転換点として、彼は滞在期間六カ月のビザ延長を口実とする便宜的なパリ滞在のあり方を改め、その後二六年間にわたりフランスを本拠地と定め、都合三回におよぶ短期間のアメリカ滞在を除けば国外に出ることはない。この転換と連動するかのように、アーティストとしてのマルセル・デュシャンの姿は表舞台から消え、その代わりにローズ・セラヴィが姿をあらわすことになる。ローズ・セラヴィの出現の日時は一九二〇年晩夏から初秋のあいだ、作品への署名としてマルセル・デュシャンではなく、ローズ・セラヴィの名が記されるようになるのは《フレッシュ・ウィドウ》（一九二〇）が最初だった。正確に言うと、この場合に用いられたのは「著作権はローズ・セラヴィにあり」という表現であるが、《ローズ・セラヴィよ、なぜくしゃみをしない》（一九二一）では、作品名に相当する部分にこの名が用いられている。一九二〇年から二一年にかけて、女装したデュシャンを被写体としてマン・レイが撮影したローズ・セラヴィのポートレート写真も有名だが、あたかもこの交代劇を象徴するかのように、写真の下部には「愛をこめて、ローズ・セラヴィ、またの名をマルセル・デュシャン」という書き込みがなされている。(1)

ローズ・セラヴィの最後のあらわれは《箱の中のトランク》（一九三六－四一）の共作者としての名にあるとする説が有力である。GLM書店からローズ・セラヴィの名を書名にかかげ、その言語遊戯の集大成にあたるような一冊が一九三九年に刊行されているのは、退場を予告するような出来事だったというべきかもしれない。いずれにしても一九二〇年の出現の時点から計算すると、ほぼ二十年間にわたってデュシャンはローズ・セラヴィとしてもうひとつの人生を生きた計算になる。

ローズ・セラヴィの行動範囲はひろい。まずは有名なポートレート写真では、あたかも女優もしくはモデルのようにポーズをとる姿が見られ、そのほか《フレッシュ・ウィドウ》や《オーステルリッツの喧噪》の場合に見られるようにレディ・メイドの署名者もしくは著作権保持者、《アネミック・シネマ》（一九二六）を代表格とする回転板を用いた作品の制作者もしくは著作権保持者、数々の言語遊戯の作者、《グリーン・ボックス》や《箱の中のトランク》の制作者もしくは刊行者などの姿をとってあらわれる。その遊戯的な営みは気まぐれなものとも見えるが、そこにある種の一貫性を認めることは可能だろう。

この点をめぐる第一の証拠物件として、まずはローズ・セラヴィの名刺[2]に目を向けることにしよう。言語遊戯の特徴といえばそれまでだが、oculisme de précision という最初の一行からして翻訳不可能である。そこに認められるのは、ひとまず「眼科医」(ocultiste) との結びつきを濃厚に感じさせるとともに、「尻」(cul) との卑猥な連合関係にある oculisme という語に加えて、「光学器械」(optique de précision) の構成要素である「精密」(précision) を組み合わせた造語である。《回転ガラス板》(一九二〇) や《回転半球》(一九二五) には「光学器械」(optique de précision) という表現が補足的に用いられているが、これは一九一〇－二〇年代に光学および眼科に関係する種々の機器の説明に用いられた表現だったという。[3]《回転円板》から《回転半球》および《アネミック・シネマ》を経て《ロトレリーフ》(一九三五) に到る視覚的実験の試みのすべてがローズ・セラヴィの名のもとに行われていることを考えれば、気まぐれな遊戯という以上の持続的探究の跡をそこに見てとることができる。

《アネミック・シネマ》

デュシャンにとって、一九二三年から二六年にかけてホテル・イストリアに暮らした時代がチェスの詰め手の研究に明け暮れる生活だったとしても、われわれにとってみれば、それは映画『幕間』への「出演」や実験映画『アネミック・シネマ』の制作によって記憶すべきものとなる。ピカビアの構想にもとづく『幕間』でのデュシャンの登場場面は数分程度の短いものだが、そこでの彼はシャンゼリゼ劇場の屋上でマン・レイを相手にチェスに興じる姿を見せるだけで、《階段を降りる裸体 No.2》、《噴水》などによって一躍有名になった芸術家の姿をそこに見ようとしても肩すかしを食うことになるだろう。

《アネミック・シネマ》はマン・レイ、さらにはマルク・アレグレの協力のもとにデュシャンが制作した実験映画である。上映時間七分ほどの短編であり、回転板の動きにしたがって、そこに描かれた螺旋模様が前面にせり出したり、後ろに退いたりして見える3D効果を追求するものであり、その単純さからして、《大ガラス》および《遺作》などの大作とこれを同列に論じるのは無謀だとしても、遊戯的あるいは周辺的なものとして切り捨てることができない要素がある。タイトルの「アネミック・シネマ」は「貧血症の映画」を意味し、この短編の単調さへのアイロニカルな意識がはたらいていると考えられもするが、細かなことを言えば、フランス語ならばanémiqueとあるべきところがそうなっていないし、形容詞の位置も名詞の前だったりしてフランス語表現としては変則的であり、かといってアクサン記号があるので英語表現というわけでもない。要は、アナグラムの原理にしたがって、ほぼ左右対称となるような語の配列をめざしたということにある。タイトルロールに引き続き螺旋形が描かれた回転板が十種類、文字が書かれた円板が九種類ほど、その両者が交互にあらわれる。螺旋形の円板のほうは時計回り、文字円板はその逆に回る。デザインによって効果は異なるが、螺旋模様が前後にうごくその感覚は、言い換えれば二次元の平面から三次元を覗き見る雰囲気だ[4]。エンドロールには「著作権はローズ・セラヴィにあり」という文字が刻まれるだけで、デュシャンの名も、二人の協力者の名も見えない。手書きでローズ・セラヴィの署名がなされ、ご丁寧にも指紋が添えられている。

「アネミック・シネマ」というタイトル名が数年前から用いられていたことはマン・レイの自伝『セルフ・ポートレート』に記されている。一九二一年七月末にパリに到着してまもなく、パリ郊外のジャック・ヴィヨン宅に案内された彼は、さかさまにした自転車の車輪に取り付けられた回転板を撮影したフィルムの上映を見たという。このときすでに「アネミック・シネマ」という呼び方もなされていたというが、レディ・メイド第一作として名高い《自転車の車輪》(一九一三)と映画の結びつきを示唆している点が何よりも興味深い[5]。《自転車の車輪》について、デュシャンはあるところで、「レディ・メイド」というよりも、むしろ「インテリア家具[6]」あるいは「気晴らしのガジェット」にすぎなかったとしている[7]。サティが提唱する「家具の音楽」をもじっていえば、「家具の映画」と呼んでもよさそうだ。

回転する車輪の影が壁に映るのを飽きずにデュシャンが眺めた話も有名である。ロベール・ルベルは、プロジェクターを用いて、拡大された影が壁に映っている場合もあったと指摘している。デュシャンにとって最後の油彩となった《お前は私に》（一九一八）はアナモルフォーシスの要素を抱え持つ作品だが、そこにも自転車の車輪らしきものの投影像が描き込まれており、(8)回転に加えて、場合によっては変形をも含んだ投影という要素がすでに初期の段階であらわれていたことを教えてくれる。このようにして《自転車の車輪》から《アネミック・シネマ》制作への展開の筋道を想定することが可能になる。

デュシャンと映画の関係はなおも考えてみる要素がいろいろありそうだ。レオンス・ペレ監督の映画に傷病兵役でエキストラ出演した経験などを含む映画との関係の再考をうながす論考も存在し、(9)今後の課題という面がないわけではないが、全体的に映画との関係は偶発的で一貫性が欠けているように見える。ただしデュシャンの『ノート』には映画にかかわる記述が含まれており、なかには《アネミック・シネマ》に直接関係するものもある。とりわけ興味深いのは、anémic と cinéma の二つの語を鏡像のように向かい合った姿で書き記した手書きメモの転写の部分である。この部分を見ると、二つの語のあいだには太い垂直線が引かれ、遠近法的な奥行きを示すかのようにして、文字が斜めに並んでいる。二つの c の文字のうちの一方は左右が逆になっており、もういっぽうの c と背中合わせになって、その全体が x に見えるような工夫がなされていて、執拗に左右対称性の追求がなされていることが見て取れる。とくに中央の太い垂直線が鏡を立てたような具合になっているのは立体視を連想させる興味深い点でもある。

『ノート』に収められた断片的メモをさらに読み進めると、断章番号にして一八九から二〇〇もしくは二〇一まで、多かれ少なかれ映画に関係すると思われる記述に遭遇する。断章一八九につづいて、大文字で「アネミック・シネマ」と記された部分を見出し語と解釈すれば、その前後は《アネミック・シネマ》関連のものと見えなくないが、実際にこれを具体的な言及として捉えるのは困難だ。具体性に乏しくとも、メモは興味深い内容をもっている。たとえば断章一八九には、「ナイフの刃、透明さ、X線、四次元」という言葉が見え、デュシャン特有のX線、四次元などへの関心が窺える。それだけでなく、この場合のX線は、さきほど鏡像のようだと述べたAnémic Cinémaの文字の配列にあらわれるxの文字の書かれ方にも反映しているのではないか。断章一九〇以下の部分もきわめて興味深い。たとえば「構想」と題された項目に集められたメモに見出される以下の記述は何を意味しているのだろうか。

一九〇「二種類の投射を利用する、ひとつはスクリーンの裏側、もう一つはスクリーンの前面から」、「連続した二種類ないし数種類のフィルムからなる混成」、「フィルムのいっぽうともういっぽうのスチールからなる混成」、「斜めの効果、軸の上でスクリーンを回転させる」(エル・グレコ風の人物)

一九五「目的＝ざわめく見世物小屋の興奮にも似た効果、まともに見ていられないほどの何かをもたらす[10]」

具体性を欠いた「構想」だとしても、映画の可能性を通常とは別のかたちでさぐろうとする思考のはたらきをそこに読み取ることは難しくはない。「スクリーンの前面と裏側の両方向から投射をおこなう」は《大ガラス》の見え方にも関係すると考えることもできるだろう。「スクリーンを回転させる」をも含めて、ここで語られるプロジェクトの数々は、必ずしも実現不可能といったものではないように思われるが、仮に実現したとしても果たしてどのような効果が得られるのかは明確ではない。

同じく『ノート』には、視覚体験が身体におよぼす効果に関する記述がある。たとえば「見世物小屋の興奮にも似た効果」とは、《アネミック・シネマ》から《ロトレリーフ》への展開、さらにはまた《遺作》に内包される狙いにも関わりがあるものだとする見方もありうるし、あるいは「見世物小屋の興奮」という言葉には、一九一三年に書かれたよく知られたメモにあるデュシャン固有の「芸術ならざる作品」に向かうベクトルを見て取ることができるかもしれない。同じく番号一九〇のメモには「たくさんの車のヘッドライト（実物）を観客に向ける、カラーでなおかつ強烈に」という記述も見出される。一九二四年にシャンゼリゼ劇場で上演されたスウェーデン・バレエ団による《本日休演》の舞台装置が連想される瞬間でもある。[11] ピカビアによるこのときの舞台装置は、舞台奥を金属の円板で覆い尽くし、まぶしい反射光を観客席に送り返すものだったという。断片的と言えばあまりにも断片的な記述であるが、そこから浮かび上がるのは、スペクタクルが観客の肉体に及ぼす効果への関心だといってもよいのではないか。「船酔い」「動き出すエレベーターの印象」、「完全に正面にあるわけではない対象が急速に遠ざかったり接近したりする」など、とくに番号一九〇のメモに見られる一連の記述は、そのような読みにわれわれを誘う。

3Dプロジェクトの系列

《アネミック・シネマ》のほかに、デュシャン自身の映画制作に関してはマン・レイとの共同でおこなった3Dフィルム制作の試みがあったことが知られている。フィルムが現存しているわけではないので、これについてはマン・レイの自伝の記述をもとに想像するほかはない。[12] それによれば、二台のカメラを用い、十五フィートのフィルムを撮影し、現像と定着を試みたものの、フィルムが絡んでしまって失敗に終わったが、残ったフィルムの断片の上映からは「奥行きのある効果」が得られたという。デュシャンの『ノート』に見出される「二本あるいはそれ以上の本数のフィルムを混合する」という記述は、このような試みに関係するとも考えられる。《アネミック・シネマ》とこの3Dフィルム制作との平行関係の先には、螺旋と回転、言語遊戯への関心だけでなく、立体視を含む、投影を介した別次元の探究への通路がひらかれる。

一九二〇年の《回転ガラス板》に始まり、《回転半球》、《アネミック・シネマ》を経て《ロトレリーフ》へと到る試みは《アネミック・シネマ》をもってひとまず収束をえることになるだろう。一九三五年には《ロトレリーフ》が制作されているが、これは新たな実験というよりも、これまでの回転板の実験を大衆化しようとする企画だった。[13] 新たに用意されたのは直径二十センチの計六点の厚紙円盤であり、その両面にオフセット・リトグラフによるカラー印刷がなされており、それぞれにタイトルがついているが、「日本の魚」を始めとするその命名法にはローズ・セラヴィ流の諧謔の味わいはない。

デュシャン研究の文脈にあって、一九二〇年代の視覚的実験に関連するものとしては、ジャン・クレールの論考を始めとする先行研究が存在している。なかでも強い読みを示したのは、「パルス」という切り口から、螺旋運動が呼び起こす感覚を捉え直そうとするロザリンド・クラウスの試みだろう。[14] クラウスによれば、回転円盤の運動は性行為の連想を誘うものであり、この点も含めて「視覚的なものの肉体化」が主要関心事となっているとされる。そこからデュシャンは「モダニズム絵画の脱肉体化された視覚性に異を唱え、眼に身体器官としての状態を回復させた」という結論が導かれることになるのである。クラウスの読みは、リオタールのデュシャン論を踏まえながら、精神分析的読解を発展させたものだが、近年はラルス・ブランクがジャン・クレールの後を受けて、十九世紀から二十世紀初頭にかけての視覚論の展開との関連においてデュシャンの試みを位置づけしなおそうとしている。[15] ブランクの試みは、一九二〇年代のデュシャンの視覚的実験のコンテクストを徹底的に洗い直そうとするものであり、その寄与は大きい。それでもなお、精神分析的読解、視覚論的読解が触れえない部分として、アイロニー、遊戯、韜晦からなるとらえがたいデュシャン／ローズ・セラヴィの領域が残る。

単眼視と両眼視、あるいは遊歩者の感想

ニューヨークの近代美術館には比較的小型のデュシャンのガラス作品（一九一八）が展示されている。台座の部分には、タイトルに相当するフランス語の書き込み「*A Regarder (l'autre côté du verre) d' un œil, de près, pendant presque une heure*」（《約一時間、片眼を近づけて（ガラスの裏側から）見ること》）がある。この作品の裏側にまわって、ガラス面に嵌め込まれたコダック社製レンズ部分に目を近づけて一時間近く覗き込むような酔狂な人間など現実にはいないはずだが、この作品に前に立って書き込みの意味を理解する者は、遙か彼方からデュシャンが目配せをして、「ほら、覗き込んで何が見えるのか言ってごらん」と聞かれているような気になるかもしれない。「作品」とは、一定の距離をおき、対象として眺めるための何かだという考えからすれば、このガラス製の物体は通念を裏切っている。見る対象ではなく、覗き込むための装置とだとみずから言っているようなものだからだ。覗き込んでそれなりの効果が得られるならば話は別だが、レンズが嵌め込まれた部分を覗き込んでみても、ガラス板の向こうには輪郭のぼやけた展示室風景が見えるだけで、「光学器械」としての役割は果たしていない。あの長ったらしいフランス語の文はタイトルというよりも、問題の物体をどう扱うべきなのかを指定する使用法の記述に似ている。使用法といっても、もちろんパロディである。何よりも百年近い時のへだたりをおいて制作者と見る者のあいだにある種の共犯関係が成立するのであり、このような交流をアナクロニックなかたちで成立させるのがデュシャンあるいはローズ・セラヴィ特有の遊戯なのである。

視覚装置というならば、もちろん《大ガラス》にもそのような性格がそなわっていた。ニューヨーク近代美術館にある小さなガラス作品と同じく、フィラデルフィア美術館にあるこの作品の場合もまた、裏側にまわって中庭にある噴水がガラス面に映り込んでいるのを眺めたり、「眼科医の証人」の部分に同じように嵌め込まれた

コダック・レンズを覗き込んでみたりすることができる。それればかりではない。隣の部屋にある《遺作》もまた「視覚装置」的な側面をそなえている。扉に穿たれた二つの小さな孔から覗き込む感覚は独特のものであって、その感覚は、写真はおろか動画でも再現できない。カメラのレンズは、扉にあいた小さな二つの孔を同時に覗き込むわけにはいかないからだ。その独特な感覚について、リチャード・ハミルトンは、孔から覗き込むと明るい外の光景が見える逆転によるものだと述べているが、内と外が反転したような感覚に加えて、その風景のなかで滝だけが動いて見える仕掛けがあるのもその不思議な見え方につながる要素だろう。ただしそれがすべてというわけではない。話は大きく飛ぶが、その感覚に響き合うものは、ニューヨークの自然史博物館に設置されたジオラマに見出される。この博物館には無数の小部屋があり、動物、鳥類などの剥製が飾られている。驚くべき規模、完成度の高さを示す世界有数のジオラマであって、その迫力、存在感はまさにこの種のものの王者といってもよい。《遺作》の見え方がジオラマの見え方に近いという指摘をしているものにオクタヴィオ・パスのデュシャン論がある。[16] デュシャンにおける光学的現象、立体視への関心の一貫性を論じた点で先駆的な位置にあるものだといえる。近年の刊行物ではペネロープ・ハラランビドゥーがこのあたりの問題を深く掘り下げることに成功している。[17] 彼女は自然史博物館のジオラマがどのように作られたのかを調べ、ジオラマ制作に加わったアーチスト、ジェームズ・ペリー・ウィルソンの仕事に言及している。デュシャンが自然史博物館のジオラマを実際に見たかどうかは分からないが、「遺作」の制作過程を調べてみると、驚くほど自然史博物館のジオラマと似ているといえよう。われわれはここに新たな視点を見出すように思う。それはドゥルーズ風にいうならば、ジオラマ制作者／アーチストとしてのジェームズ・ペリー・ウィルソンとデュシャンを繋げる「内在平面」であり、いわゆる「影響関係」などとは完全に別の次元において、アーチスト／制作者という存在様態を考え直す可能性だと言い換えてもよい。

ジオラマはステレオ写真とは別物でありながらも、近い部分も抱え持っている。とくに近年トーマス・ルフが試みているようなボックス型の装置を用いたステレオ写真を見るときにそのことが強く感じられる。覗き込んだ場合に得られる独特な感覚は、近景、中景、遠景の分離から来るものだろう。ある種の3D映画体験でもそのようなことが起きるし、ジョナサン・クレーリーも触れているように、オルセー美術館所蔵のマネの《草上の昼食》を見ていても同様な現象は起こりうる。ニューヨーク近代美術館にある小さなガラス作品が制作されたのはデュシャンがブエノス・アイレスにいた一九一八年のことだが、海景に上書きされたようにピラミッド状の図形が浮き上がるしかけの《ハンドメイドのステレオ写真》が制作されたのも同じ年、同じ場所でのことだった。

一九二〇年代のデュシャンの視覚的実験によって焦点化されるのは、単眼視の問題である。回転板の世界は単眼視に徹することによって、前方にせり出したり後方に引っ込んだりというレリーフ効果、あるいは揺れとかうねりなどのコントロールしにくい動きが見えてくるというわけであり、3D効果をめぐる《ロトレリーフ》についてのデュシャン自身の言葉も、その点を強調していた。単眼視の典型的な例をわれわれは眼科医や眼鏡屋で日常的に体験している。今度は右目で見て下さい。今度は左目で、今度は両目で、などの指示にもとづくあり方である。デュシャンのニューヨークのスタジオの写真では、《回転円板》の脇になぜか検眼用文字の紙が貼られているのが見えるが、その彼自身、単眼視の追求を以下のような言葉でメモに書き記している[18]――「片目で見るもの／左目で見るもの／右目で見るもの〔……〕見るための一連のものをひたすら単眼(左であれ右であれ)をもとにして組み立てることができるだろう」。これを生真面目な探究と受け止めるべきか、それともエリック・サティが一九一四年に作曲したヴァイオリンとピアノのための小曲のタイトルとして用いられた「右と左に見えるもの(眼鏡なしで)」という表現に近い遊戯的なものと受け止めるべきか。われわれに求められるのは両者を合わせ見る二重の視線ということになるのではないか。

単眼視の問題と立体視の問題は別物だと思っていると足を掬われることになる。立体視もまた単眼視の問題の別のあらわれという側面をもっているからだ。立体視の問題とは、通常の視覚世界のように片方の目がもう片方の目を補って見ている状態とは別の事柄であり、立体写真はそのことを明らかにする。立体視とはむしろ単眼視の二乗という問題なのだ。われわれの視線はこうしてデュシャンの「作品／視覚装置」によって別の次元に導かれてゆく。純粋に視線だけの問題ではない。そこにはデュシャン特有のアイロニーと遊戯と韜晦の味わいがある。デュシャンの解釈学が夥しい紙数を費やしてなおも届かない部分がどこかにあるとすれば、その独特な配合のあり方ということになるのではないか。

【註】

（1） 写真の撮影日時について、近年は一九二〇－一九二一年と幅をもたせる記述がなされることが多い。ポンピドゥー・センター刊行の図録（二〇〇一年）では「マン・レイ撮影、マルセル・デュシャンによる修正」という説明が加えられており、だとすれば、「演じられた写真」というだけでなく、レディ・メイドに通じる「加筆」の要素も加わっていることになる。ローズという名の綴りについて、当初は Rose となっていた綴りが、r をひとつ書き加えて Rrose となった経緯も繰り返し語られている。

（2） « OCULISME DE PRECISION / RROSE SELAVY / NEW YORK – PARIS / POILS ET COUPS DE PIEDS EN TOUS GENRES ». Cf. Marcel Duchamp, *Duchamp du signe* suivi de *Notes*, Flammarion, 1975, p. 150.

（3） Lars Blunck, « "Purely Optical Things"? On Marcel Duchamp's Precision Optics », *Artibus et Historiae*, Vol. 32, No. 63, 2011.

（4） ピエール・カヴァンヌとの対談では、《アネミック・シネマ》の制作は、回転装置で円板を回転させて撮影したのではなく、手で一コマ分を動かして撮影したと言われている。つまり実写ではなく、ストップ・モーションによるアニメーション撮影ということになる。じっさいに《アネミック・シネマ》を見た感覚からいえば、螺旋模様の描かれた円板は機械的に回転させて撮影されたようであり、文字板の回転がぎくしゃくした動きを見せるところから、こちらについては上記の操作がおこなわれているだけかもしれない。

(5) Man Ray, *Self Portrait,* London & New York, Penguin Books, 2012, p. 117.

(6) Calvin Tomkins, *Marcel Duchamp, The Afternoon Interviews*, New York, Badlands Unlimited, 2013, pp. 53-54

(7) 『デュシャンは語る』岩佐鉄男・小林康夫訳、ちくま学芸文庫、一九九九年、九一頁。

(8) Robert Lebel, *Sur Marcel Duchamp*, Editions Trianon, 1959, p. 42.

(9) James Housefield, *Playing with Earth and Sky : Astronomy, Geography, and the Art of Marcel Duchamp*, Hanover, New Hampshire, Dartmouth College Press, 2016, pp. 131-133.

(10) Marcel Duchamp, *Duchamp du signe* suivi de *Notes*, *op. cit*., pp. 361-363.

(11) 《本日休演》の初演時の舞台では幕間に映画《幕間》が上映された。

(12) Man Ray, *Self-Portrait*, *op. cit*., pp. 99- 100.『マン・レイ自伝　セルフ・ポートレート』千葉成夫訳、文遊社、一二九－一三〇頁。

(13) 《ロトレリーフ》は発明展コンクール・レピーヌに出品された。デュシャンは五百部制作したが、彼のブースを訪れる人はほとんどなく、二部しか売れなかったという。

(14) 複数のヴァージョンがあるが、ここではハル・フォスター編『視覚論』（榑沼範久訳、平凡社）に収められた「見る衝動／見させるパルス」を代表例としてあげておこう。

(15) Lars Blinck, *Duchamps Präzisionsopitik*, München, Verlag Silke Schreiber, 2008.

(16) Octavio Paz, *Marcel Duchamp : L'Apparence mise à nu…*, Gallimard, 1977, p. 144.

(17) Penelope Haralambidou, *Marcel Duchamp and the Architecture of Desire*, Burlington, Ashgate, 2013, p. 168.

(18) Marcel Duchamp, *Duchamp du signe* suivi de *Notes*, *op. cit*., p. 113.

昼間賢

書物への写真、書物から写真へ——ロジェ・パリーを例として

写真は、十九世紀前半の発明以来、公的にはジャーナリズムにおいて、広く調査資料として、私的には肖像写真のかたちで発展してきた。それが文化事象の一つとして認められ、文化的な価値を備えるには、すなわち「写真」のための写真が撮られるまでには、長い時間が必要だった。写真が「写真」のためにも撮られるようになった時代。ヨーロッパでは実質的には第一次大戦後に始まる二十世紀の前半を、フランスでは特に両大戦間と称されるその時期を、たとえばそのように言い換えることができるだろう。写真は、最初の大戦が主にヨーロッパの帝国主義的国家間で行われたのと軌を一にするかのように、産業化の進む当該諸国において急速に広まり、そのなかから派生した「写真」のための写真、すなわちモダニズムの一形態としての写真の増加は、ごく短期間で国際的な現象へと変貌を遂げた。本稿では、そのさなかにパリで出版された一冊の書物を事例とし、従来は「シュルレアリスム」や「パリ写真」といった主題系に依拠して個別に評価されてきた両大戦間の「フランス写真」を書物との関係において、複雑な、複合的なイメージの媒体としてみたい。国際的な現象を国（言語圏）別に分解することの限界と弊害を念頭に置きつつ。

なお、イメージという語は、特にフランス語の image（イマージュ）は、文脈次第で、現実の反映（画像、映像）も非現実的な投影（想像）も意味しうる、同一性と他性が共存する厄介な語だが[1]、本稿では、一枚の写真の周囲に付帯するまなざしの部分を含みうるその両義性を、新たな展望のための言わば融通として援用していきたい。その展望が適宜描き出されれば、ことは、両大戦間のフランスで撮影された写真の再評価にとどまらず、それとともに始まったより本質的な変容の指摘にいたるはずだ。

劇場に展示された写真本

当の書物については、原題の Banalité を本稿では『つまらないもの』と訳し、以下この仮題によって述べてゆく。みずからを「つまらないもの」と卑下しつつも、光の都パリにおけるその登場は、決してありふれた出来事ではなかった。この本は、一九三〇年一月三日、前年に開業したパリのピガール劇場——これはアールデコ風の素晴らしい建築だったらしい——で、ガリマール書店の近刊の大型本や豪華版の一点として展示されている。元は文字のみの文学作品だったが、この特別版には十六枚の写真が含まれていたからだろう。筆者の所有する原書の複写版の奥付には、出版年月日が一九三〇年二月十五日と記されている。つまり、年初に展示された一冊は、日本語で言うところの「見本」であり、まさに見るための本でもあったことになる。

著者はレオン＝ポール・ファルグ。象徴派の詩人であり、エリック・サティやモーリス・ラヴェルの歌曲の作詞者としても知られている。ファルグは、第一次大戦前に詩集を二冊刊行した後、大戦後は長らく出版から遠ざかっていたが、一九二八年の一年で四冊の詩集を、ガリマール書店から出している。その皮切りになった作品が、初版が二八年四月十七日と記された『つまらないもの』だ。内容は、主に過ぎし日々の虚構の回想で、それ自体は書名のとおり、特に強烈な印象を与えるものではないが、定型詩や自由詩、詩的散文や古典的な散文によって構成されている点で、独特の作風である。今日ではほとんど顧みられない作品ではあるが、激動の一九二〇年代も後半という時期においては、詩人には復活の意欲が芽生え、版元では、時流とは距離を置こうとする読者層を見こんでの出版だったようだ。

『つまらないもの』の出版のおよそ一カ月後、二十世紀前半のフランス文学においてもっとも重要な作品の一つが、同じくガリマール書店から出版される。奥付は一九二八年五月二十五日と記された、アンドレ・ブルトンの『ナジャ』である。シュルレアリスムの傑作とも称されるこの作品には、周知のとおり図版が数多く収録されており、なかには写真も含まれている。写真入りで特別に刊行された『つまらないもの』は、写真が重要な役割を担う『ナジャ』に連なる意欲的な作品だったのではないか。前者は、少なくとも形式の面で後者の影響を受け、両大戦間に本格化する文学と写真の関係において、後続の目標になりうる作品だった。すなわち、文章と写真が織りなす複合的なイメージの、新しい形式の可能性である。後者から前者へと開かれたまま十分探られた形跡のない、一つの展望を描き出さなければならない。

図１　レオン＝ポール・ファルグ『つまらないもの』（1930 年，豪華版）の表紙

新たに加えられた写真の形態を確認しておこう。豪華版の表紙【図１】には、「ロリスとパリーの作品」（原語は composition）と記されていて、扉には、「ロリスとパリーの、レオグラムと物の探求がイラストとして添えられた」と書かれている。写真という語はどこにも見当たらない。代わりに用いられた **réogramme** は作者たちの造語で、意味は不明。他では使われておらず、このとき限りの命名だった。実際には、クリスティアン・シャートの「シャドグラ

フ」やマン・レイの「レイヨグラフ」と同じ手法を用いたフォトグラムの一種と見られ、後の対談ではロリス、本名はファビアン・ロリスが「あなた方がフォトグラムと呼ぶもの[2]」と言い換えているので、そう理解してよいだろう。ただし、純然たるフォトグラムは五点のみで、大半は、カメラを用いた通常の写真に手を加えたものである。同じ対談ではレオグラムが共同作業の結果であることが明言されているが、役割分担はあり、フォトグラムは主にロリスの担当、写真はパリーの担当であることがわかっている。三〇年代以降は主に俳優として活躍するロリスは写真から離れてゆくので、これ以降はパリー一人について話を進めよう。

決定的な出会い

ロジェ・パリーは一九〇五年、パリに生まれる。二三年に名門の国立装飾美術学校に入学し、二五年から産業美術の先端でもあったプランタン百貨店の内装部門で働きはじめる。そして二八年に、二つの決定的な出会いがあった。写真家モーリス・タバールとの出会い、それから作家アンドレ・マルローとの出会いだ。リヨン出身のタバールは、一四年から二八年まで、フランスではなくアメリカで写真を学び、友人でもあったマン・レイの影響のもと、小型カメラの普及とともに盛んになっていた、いわゆるストレート写真とは一線を画した独自のスタイルで名を上げてゆく。タバールにとっては、帰国してすぐのころ年若いデザイナーと知り合ったことになるが、二人は意気投合し、二九年春に印刷業界のパイオニアだったドゥベルニー&ペニョ鋳造所が設立した最新の写真スタジオ【図2】で、主任と助手の関係を超えた共同作業に取りかかる。これが先行してあり、かつうまくいっていたので、『つまらないもの』の豪華版のための作業も順調に進んだのだろう。パリー研究の第一人者で一大収集家でもあったクリスティアン・ブクレによると、作業にはタバールも助言していたとのこと。パリーが写真に手を染めてからレオグラムの制作まで、一年たっていなかった。二九年と言えば、五月から七月にかけてドイ

図2　モーリス・タバール，「スタジオのロジェ・パリー」，1928 年

ツのシュトゥットガルトで開かれた展覧会「映画と写真」が世界的な影響を与えた年でもある。パリーは同展に出品者として赴いたタバールから最新の動向を伝えられていたようだ。

もう一人の重要人物、アンドレ・マルローについては、詳細は不要だろう。作家になろうとしてまず本の世界に入ったマルローは、二〇年代の前半を旅行に費やし、特に仏領インドシナで過ごす。最終的には二六年の初頭に帰国し、翌年ガリマール書店の制作責任者になってからは、三三年の名作『人間の条件』に結実する創作活動と並行して、文学界の仕掛人として活躍してゆく。文学作品に写真を用いた豪華版の制作をパリーに持ちかけたのは、以前から写真に関心を抱いていたマルローだった。ファルグの作品を選んだのはパリー自身だったようだ。豪華版は、非売品の分を加えても三六七部しか刷られなかった、ごく少部数の出版だった。ガリマール書店にとっては、何の実績もない三人の若者に託した結構な賭けだったわけだが、そこには良き時代の余裕が、遊びの部分が介在してもいただろう。マルローとパリーの関係はその後も続き、ガリマール書店の販売促進のポスター【図3】や翻訳探偵小説のカバーの写真デザイン【図4】、また一九六〇年に刊行が始まった美術全集「人類の美術」の何冊かのレイアウトなど【図5】、パリーはガリマール書店のある重要な部分を担ってゆく。ジャン＝ポール・サルトル、ミシェル・レリス、レーモン・クノー、ピエール・ドリュ・ラ・ロシェル、ジャン・ジュネ、マルグリット・デュラス、そして盟友アンドレ・マルローの肖像写真の撮影者としても、パリーは知る人ぞ知る存在だ。

デザイン的イメージ、言葉のイメージ

次に、ファルグの「詩」にパリーとロリスの「写真」が加わったこの作品の特徴を、両大戦間のフランス文化において、三つの角度から考察する。文学史の上にも写真史の上にも適切な位置づけの難しいこの作品に賭けら

図 3　アントワーヌ・サン＝テグジュペリ『人間の大地』（ガリマール，1939 年）用の販促ポスター

図 4　翻訳探偵小説のカバー表紙（左）とそのためのブツ撮り（右），1933 年

図 5　エジプトの聖マリア像，14 世紀初頭。アンドレ・マルロー『世界の彫刻の空想美術館』，1952 年，図 541

れていたものを、主に写真の側から積極的に評価してみたい。

第一に、『つまらないもの』の写真家が、写真専門の職業写真家ではなく、写真をデザインの観点から総合的に捉えた、デザイナー的な写真家だったということ。写真がそれ自体として芸術の分野でも評価されるようになりつつあった時期に、個々の写真が撮影の時点では依拠しつつも最終的には切り離されることになる文脈を、現実世界ではなく本の世界に求めた写真家の作品であること。わずかな時間で技術を学び、技法を試み、創造的な環境にも恵まれていた写真家は、近代芸術の関門としての問い「○○とは何か」——この場合、○○には写真が入る——に対する答えとしての「写真」を、本のなかに、その周りに見出した。パリーの写真には、撮影の時点ですでに最終形が見えているのかと思われるくらい、大きくて長い、イメージの過程が目に浮かぶ。パリーが写真に興味を持ったのは、プランタンで働くうちに、ショーウインドーに写真を使う機会が増えていたことから、だったらしい。ある画像を特定の空間において、それがもっともよく見えるかたちを探り、全体を一つのイメージとすること。パリーは、ブルトンの『ナジャ』もさることながら、実際にはこれと同じ年に出版された『シュルレアリスムと絵画』の比較的有名な一節「いったいいつになったら、価値のあるすべての書物が挿絵の使用を止めて、写真のみを添えて出版されるようになるのだろうか[3]」に、より大きな影響を受けていたかもしれない。この問題提起に、『つまらないもの』の豪華版が見事に応えたことになるからだ。

もっともこの間に、アンドレ・ジッドの『コンゴ紀行』が『続コンゴ紀行　チャド湖より還る』と一冊になり、やはりガリマール書店から、マルク・アレグレ撮影の六四枚の写真を含む豪華版として、二九年六月十二日に刊行されている。パリーとロリスは、この時点ですでにレオグラムの制作を始めていたので、両者は一見無関係に見えるが、実は、パリーはロリスとともに、三〇年の六月に、すなわち出世作の刊行からほどなくして、西アフリカの沿岸部を旅している。ところが、そのとき撮った写真の大半が、帰りの船内で、事故で失われてしまう。その巻き返しだろうか、二人はその後、三二年の四月から八月にかけて、今度はタヒチへ赴いて、その成果が三四年の秋にパリー単独の写真集『タヒチ』として――ただし、それには序文以外の文章は付いていない――日の目を見る。こうしてみると、アフリカ旅行の失敗とともに『コンゴ紀行』の豪華版の影響がパリーにおいて皆無だったとは考えにくい。産業美術出身の写真家は、シュルレアリスムと民族誌学という両大戦間のフランス文化の二つの方向の双方に目を向けていた、稀有な写真家だったことになる。

ちなみに、フランスでは一八八〇年代以降、ジロタージュという写真製版技術によって、挿絵や図版を添えた書物が珍しいものではなくなる。[4]八二年に出版された、挿画や図版ではなく写真を用いたジョルジュ・ローデンバックの『死の都ブリュージュ』は、文学作品に写真を用いた最初の事例であり、「写真小説」のパイオニアとみなしうる[5]それから、ブルトンの『ナジャ』を介して、現代文学のいくつかの作品へと、二十世紀以降のフランス文学には写真が重要な要素としてある作品の系譜が認められる。またそれだけでなく、写真製版によって実現した、イメージ豊かな口絵に飾られた文学作品が、特に二〇年代後半には数多く見られることも指摘しておきたい。ピカソやブラックなどの大家だけでなく、アレクサンドル・アレクセイエフ、ルネ・ベンスーサン、ギュス・ボファといったより専門的な画家が、作品の解釈にも影響するくらい独創的な絵を提供している。

第二に、より大きな展望においては、写真と書物との関係をたとえば以上のように考えることが、この時期の「フランス写真」の再考につながる。写真文化は優れて国際的な文化であり、それだけに、フランスに固有の写真とは、そのようなものがあるかどうかという問題提起は、これまであまりなされてこなかった。周知のとおり、両大戦間のフランスで写真と言えば、まずパリを対象とした写真、いわゆる「パリ写真」が想起されるだろう。知名度の高さにもかかわらず、その写真家たち、すなわち、ジェルメーヌ・クリュル、アンドレ・ケルテス、ブラッサイ、エリ・ロタールなど、パリの街かどを鮮やかに切り取ってみせた写真家たちの多くが外国の出身であることから、フランス写真という設定はむしろ避けられてきたようでもある。筆者自身も、長い間それ以上の疑問を持たなかったのだが、あるときロジェ・パリーの写真を知り[6]、興味を覚え接していくうちに、フランス写真とは何か、フランスらしい写真があるかどうか、といった答えの出にくい問いを、フランスにしかない写真があるかどうか、という問いに換えてみれば、答えのきっかけが、マン・レイからモーリス・タバールへ、そしてロジェ・パリーへと受け継がれる、実験的な、ときに「シュルレアリスム写真」と呼ばれる場合もある一連の作品に見つかるのではないか、と思いいたった。すでにクリスティアン・ブクレが、写真とシュルレアリスムの接触から生じたある種の写真を、作為なしのストレート写真でも作為ありの絵画的《ピクトリアル》写真でもない「第三の路線」とし、それを「フランス的な路線」、さらに「この時期のフランス写真に特有の傾向」と言い換えているように[7]、この路線は、手法の面では折衷的であり、また新しい芸術には新しい作品の概念を考慮しなければならないが、そこで書物という総合的な場がその副産物とともに機能する。詩と写真が共存する『つまらないもの』の豪華版は、その格好の事例だ。パリーはストレート写真も巧みであり、また広告写真やヌード写真も手がけている。一人の写真家のなかに様々なスタイルが混在してあり、それが興味深く思われる。

　第三に、本稿では詳述する余裕はないが、『つまらないもの』の豪華版における、文章と写真の特異な関係に立ち入らなければならない。特異というのは、すでに書かれてある文章に触発されたかたちでの写真という点では特に珍しくはなく、『ナジャ』におけるジャック＝アンドレ・ボワファールの写真もその種のものとみなしうるが、『つまらないもの』におけるパリーの写真は、触発された結果が写真というわけでなく、あくまでもその前段階のイメージであり、そのイメージを表したものとしての写真という二重の関係に見えることを指している。現実の話ではなく虚構の回想であり、散文ではなく本質的に詩的である作品に対面した写真は、通常の写真ではありえず、みずから作り出さなければならなかった。むしろその可能性のために、すなわち、創造の余地のある、体裁が複合的でまるでコラージュのような特殊な作品に狙いを定めたということなのだろう。この作品には、街中で偶然撮ったような、作為が見られないような写真は一枚もなく、加工が施されていないものでも、屋外の適切な場所に意図のある物体を置いて撮られている【図6】。他の多くは、マン・レイ風のフォトグラムや、モンタ

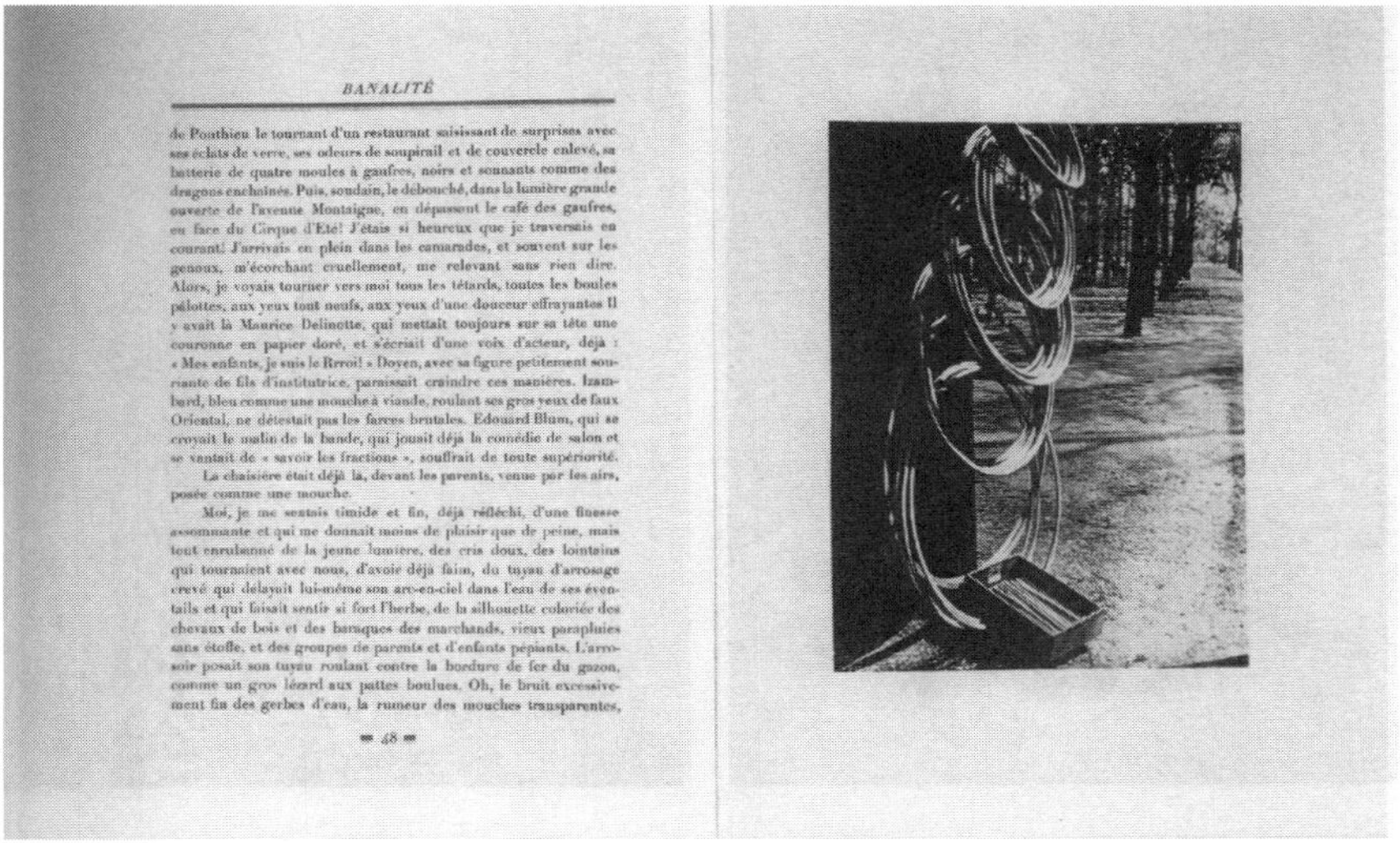

BANALITÉ

de Ponthieu le tournant d'un restaurant saisissant de surprises avec ses éclats de verre, ses odeurs de soupirail et de couvercle enlevé, sa batterie de quatre moules à gaufres, noirs et sonnants comme des dragons enchaînés. Puis, soudain, le débouché, dans la lumière grande ouverte de l'avenue Montaigne, en dépassent le café des gaufres, en face du Cirque d'Eté! J'étais si heureux que je traversais en courant! J'arrivais en plein dans les camarades, et souvent sur les genoux, m'écorchant cruellement, me relevant sans rien dire. Alors, je voyais tourner vers moi tous les têtards, toutes les boules pâlottes, aux yeux tout neufs, aux yeux d'une douceur effrayantes Il y avait là Maurice Delinotte, qui mettait toujours sur sa tête une couronne en papier doré, et s'écriait d'une voix d'acteur, déjà : « Mes enfants, je suis le Rrroi! » Doyen, avec sa figure petitement souriante de fils d'institutrice, paraissait craindre ces manières. Izambard, bleu comme une mouche à viande, roulant ses gros yeux de faux Oriental, ne détestait pas les farces brutales. Edouard Blum, qui se croyait le malin de la bande, qui jouait déjà la comédie de salon et se vantait de « savoir les fractions », souffrait de toute supériorité.

La chaisière était déjà là, devant les parents, venue par les airs, posée comme une mouche.

Moi, je me sentais timide et fin, déjà réfléchi, d'une finesse assommante et qui me donnait moins de plaisir que de peine, mais tout enrubanné de la jeune lumière, des cris doux, des lointains qui tournaient avec nous, d'avoir déjà faim, du tuyau d'arrosage crevé qui délayait lui-même son arc-en-ciel dans l'eau de ses éventails et qui faisait sentir si fort l'herbe, de la silhouette coloriée des chevaux de bois et des baraques des marchands, vieux parapluies sans étoffe, et des groupes de parents et d'enfants pépiants. L'arrosoir posait son tuyau roulant contre la bordure de fer du gazon, comme un gros lézard aux pattes boulues. Oh, le bruit excessivement fin des gerbes d'eau, la rumeur des mouches transparentes,

— 48 —

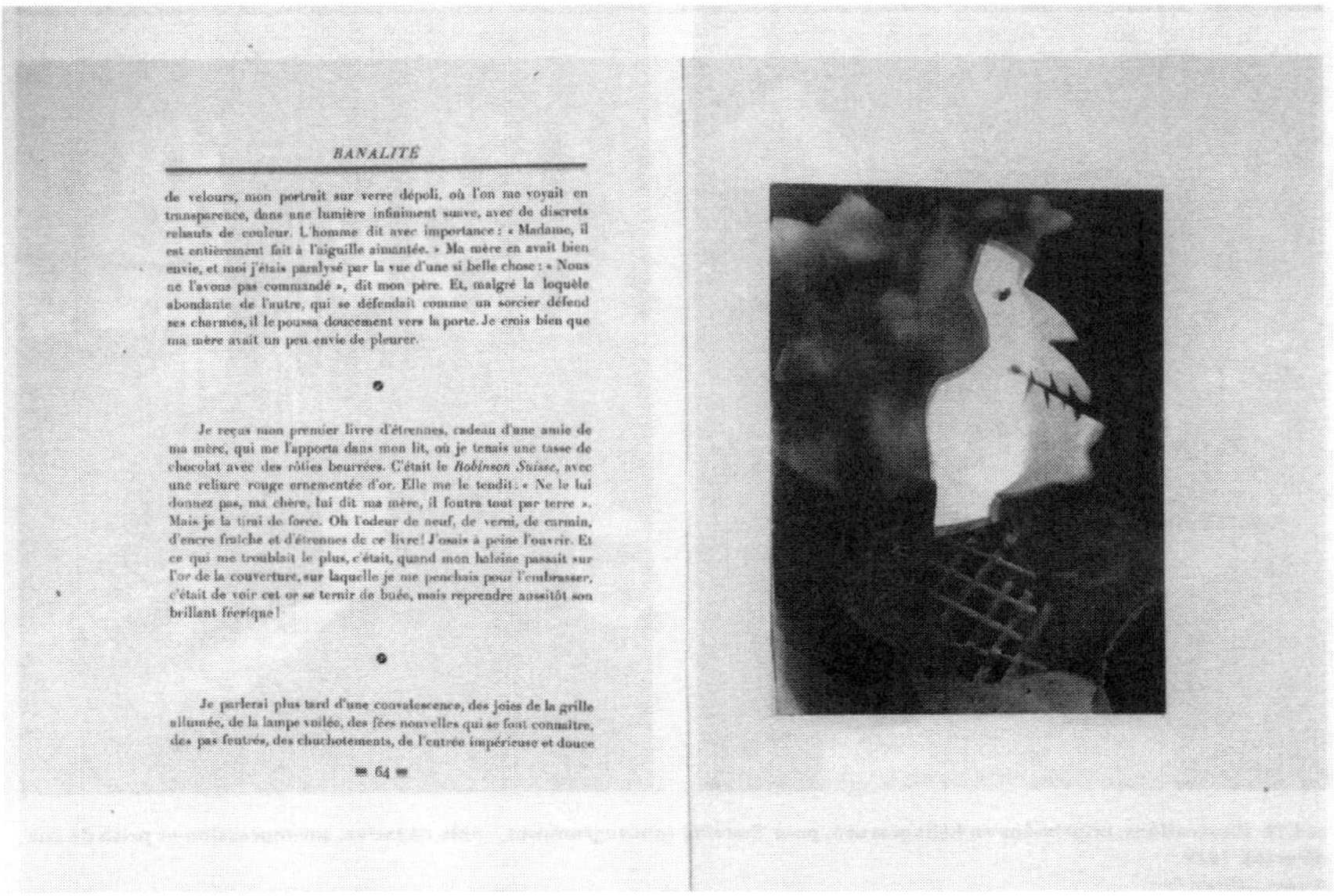

BANALITÉ

de velours, mon portrait sur verre dépoli, où l'on me voyait en transparence, dans une lumière infiniment suave, avec de discrets rehauts de couleur. L'homme dit avec importance : « Madame, il est entièrement fait à l'aiguille aimantée. » Ma mère en avait bien envie, et moi j'étais paralysé par la vue d'une si belle chose : « Nous ne l'avons pas commandé », dit mon père. Et, malgré la loquèle abondante de l'autre, qui se défendait comme un sorcier défend ses charmes, il le poussa doucement vers la porte. Je crois bien que ma mère avait un peu envie de pleurer.

•

Je reçus mon premier livre d'étrennes, cadeau d'une amie de ma mère, qui me l'apporta dans mon lit, où je tenais une tasse de chocolat avec des rôties beurrées. C'était le *Robinson Suisse*, avec une reliure rouge ornementée d'or. Elle me le tendit : « Ne le lui donnez pas, ma chère, lui dit ma mère, il foutra tout par terre ». Mais je la tirai de force. Oh l'odeur de neuf, de verni, de carmin, d'encre fraîche et d'étrennes de ce livre! J'osais à peine l'ouvrir. Et ce qui me troublait le plus, c'était, quand mon haleine passait sur l'or de la couverture, sur laquelle je me penchais pour l'embrasser, c'était de voir cet or se ternir de buée, mais reprendre aussitôt son brillant féerique!

•

Je parlerai plus tard d'une convalescence, des joies de la grille allumée, de la lampe voilée, des fées nouvelles qui se font connaître, des pas feutrés, des chuchotements, de l'entrée impérieuse et douce

— 64 —

図6 『つまらないもの』のレイアウト

ージュ（合成）、デクパージュ（切り貼り）、ソラリゼーション（過剰露光）、ダブル・エクスポージャー（二重露光）がそれぞれに施されていて、当時の写真術の諸々の可能性が追求されている。これらの写真作品には、詩や詩的散文からなる本文と、情景の喚起において同等の力が認められる。テクストとイメージの関係は、後者が前者の例証となるものではない。それどころか、この特殊な作品においては前者が後者の説明になっているかのようにも見える。時系列的には、ありえないことなのだが。文章の添え物ではなく、その視覚的変換としての写真。ファルグの詩に触発されたパリーの写真は、再度ブクレにしたがえば、[8]「人間存在の不在」を確保しつつ、「写真固有の、内在的な欠如を、外部の明らかな不在を活用する可能性」や「中断された現実の瞬間を示唆する可能性」を追い求め、見る者はそこで「謎解きの鍵を与えられていない不思議な物語に直面する」ことになる。たしかに、**図**7の、砂山にも墓場にも見える作品や、**図**8の、主のいなくなった部屋の片隅に、上下さかさまに置かれた男女の肖像写真が印象的な、全体としてはウジェーヌ・アジェ風の作品、それから**図**9の、見事な重ね写しのなかに、シュルレアリスム的な記号が謎めいている作品が、**図**10の、作品の主要な部分である「一九〇九年、家族の書類のなかから見つかったもの」と題された断章群の冒頭に置かれた、**図**9の、つまり最後の作品と構図が左右さかさまになっている作品へと送り返される仕組みなど、パリーの写真は、アジェの方法とは実に対照的な方法で、しかし結果的には同様に、起源の消失を暗示する痕跡であるかのようだ。一見、アジェの写真は痕跡そのものに見え、パリーの写真は痕跡の表現になるわけだが、痕跡以前へと遡るまなざしを感じさせる点では、両者は似ている。そのとき写真は、事物の反映ではなくなり、かつてあったらしきものへの手がかりとなる。それはもう遠ざかってしまい、追いつくはずもないのに。

図 9 『つまらないもの』図 16

図 7 『つまらないもの』図 11

図 10 『つまらないもの』図 4

図 8 『つまらないもの』図 14

撮影と歩行、その後

以上のとおり、写真作品によって変貌を遂げた文学作品の特徴を、デザイナーでもあった写真家の経歴と、写真と書物の関係、それから書物の内部における、双方の繊細な関係性という三つの点から概観した。もう一つ、これは漠然とした印象でしかないが、レオン＝ポール・ファルグは、今日では象徴派の詩人として以上に、パリの散歩者として知られているのではないか。写真を撮ることと歩くこと、移動することは、無関係ではない。『つまらないもの』でも、文章の主調は虚構の回想だが、ところどころにパリやパリ近郊の地名が記されていて、それほど長くはない作品にしては、あちこちを移動する感じがする。また冒頭の詩「駅」は、その内容から北駅であると察せられるのだが、この一帯は一九三九年に出版された『パリの歩行者』の冒頭で描き出されている、ファルグのお気に入りだった「私の界隈」だ。これが、ある部分ではブルトンの『ナジャ』の場所とも重なっていることに気づくと、何か関係があるのか、なぜその辺りだったのか、との疑問が生じる。実は、豪華版の制作にかんしてファルグとパリーのやりとりなどは確認されていないものの、詩人は写真に関心を抱いていたらしい。事実、二七年六月に『新フランス評論』に掲載されたファルグの記事では、不自然なほど「写真」という語は避けつつも、新しいメディアの芸術上の可能性を積極的に見た表現が多く記されている。[9] そして同じ年の九月には、ファルグが三年前の創刊から積極的に関わっていた季刊文芸誌『コメルス』に、ファルグの担当分として『ナジャ』の第一部が掲載される。ちょうどそのころ、正確には少し後になるだろうか、ブルトンはボワファールとともにパリの方々を歩き回り、『ナジャ』のための写真を撮ってもらっていた。耽美的で年老いた詩人が理論家肌で新進気鋭の詩人に写真使用の可能性を示唆したとは考えにくいものの、『ナジャ』から『つまらないもの』の豪華版への影響関係において、適切な素材の提供者以上ではありそうになかったファルグは、案外重要な役割を担っていたのかもしれない。

パリーとロリスのレオグラムは、一九三〇年の春に出版された写真にかんする二つの冊子、一つは写真に力を入れていた美術誌『アール・エ・メティエ・グラフィック』の特集号、もう一つは小説家ピエール・ボストの序文付きで十三人の写真家が紹介されている『フォトグラフィ・モデルヌ』にも一部が収録され、ケルテス、クリュル、タバール、ロタール、ヨリス・イヴェンスらの作品と肩を並べている。その後もパリーの評判は広がる一方で、ミュンヘン、ニューヨーク、ブリュッセルなどで各種展覧会に参加する、フランスでは数少ない国際的に有名な写真家になる。特筆すべきは、合衆国におけるシュルレアリスムの展開に一役買った画商、アジェの遺産の購入者としても知られるジュリアン・レヴィが三二年の一月に催した展覧会、その名も「サーリアリズム」だ。パリーの作品はそこで、モホイ＝ナジ、アジェ、マン・レイ、ボワファール、タバールらの作品とともに紹介され、二月に始まった別の展覧会「現代ヨーロッパの写真」でも展示される。出品されたのはどれも、すでにレヴィの手に渡っていた『つまらないもの』用の写真作品の一部だった。パリーの写真は、言わば逆輸入的に評価された面がある。フランスで芸術になったアメリカのジャズのように。

「写真小史」を乗り越えて

最後に、先に引用したブクレの重要な指摘「両大戦間のフランス写真に特有の傾向」について、それが今日わかりにくくなっているとしたら、その理由は何なのか、本稿では二つの論点を挙げておく。

第一には、ヴァルター・ベンヤミンの写真論の影響が考えられる。ベンヤミンは有名な『写真小史』のなかで、当時は好評を博していたアルベルト・レンガー＝パッチュの写真集『世界は美しい』の美学を厳しく批判している。その写真は、ドイツでは重要な概念であった「新即物主義」の一つの成果であり、それまでは撮影対象にならなかった日用品や工場の機械、また植物などの物質的な美を捉えた画期的な写真として、その影響はドイツ以外へも波及した。ベンヤミンはそれに物神化の徴候を感知し、それを「写真的創造物」[10]と言い換えて、その利便性を問題視した。この批判は、それ自体としては異論の余地はなく、特に写真と社会の関係を考える際には考慮すべき点である。が、社会における写真使用の形態がドイツとは異なっていたフランスの写真についてはそれほど適切ではなく、逆に重要な部分まで切り捨ててしまうものでもあるだろう。この時期の「フランス写真」は、良くも悪くもイデオロギーの問題には関係していなかったからだ。

ベンヤミンは、他方ではシュルレアリスムに関心を抱き、直接的な影響を受けた（当時のドイツでは）稀有な思想家である。その思想家は、『写真小史』のなかで「シュルレアリスム写真」として、シュルレアリスムと写真の関係に正しく注目してはいるものの、その先駆者にアジェを名指していて、これはアジェに続くフランスの写真家たちにとっては不幸なことだったかもしれない。[11] シュルレアリスムと写真を結びつけるなら、第一にすべきは、一九二二年に制作されたマン・レイの作品集『妙なる野』における、写真とトリスタン・ツァラ執筆の序文[12]の評価だろう。ただしこれは、当初は私家版で、つまり出版物ではなく、それにツァラはシュルレアリストではない以上扱いの難しい問題なのだが、大局的に見て大事な点は、物理的現実の反映ではなく心的現象の図像としての写真の擁護に、同時代文化における適切な位置づけにあったはずだ。ベンヤミンはそれをしなかったのか、できなかったのか、いずれにせよ、三一年も半ばを過ぎた時点での写真評論の執筆者は、マン・レイからタバールへ、そしてパリーへという系統に、少なくとも言及すべきだったと思う。

第二には、写真が重要な役割を担う本の出版が、たんに続かなかった、という単純な理由がある。続かなかった理由も一義的には明らかであって、二九年秋に始まった世界恐慌の影響だ。二〇年代の後半のフランスでは、先に述べたように、かなりの数の文学作品が様々な画家の作品に飾られて出版され、愛書家に迎えられていた。『つまらないもの』の豪華版も、その層に向けられたものだ。挿絵ではなく写真を用いた新しい文学作品の再創造を任された写真家は、写真にかんする動向が非常に活発だった時期の最後に決定的な仕事を発表できたことになるが、それでも、個人名義の写真集は三四年の『タヒチ』のみ。パリーに写真術を教えたタバールにいたっては、生涯一冊もなかった。写真とは、一人の人間の片方の目が捉えた何ものかの一部分であり、それはそれで完結しているが、大局的にはある集合表象の構成要素として見るべきもの、完全に独立してはありえない。一枚の写真は、連鎖においてある。連鎖をなすもの、すなわち一つ一つをつなぐヴィジョンもまた、集合的な支えによってある。

ロジェ・パリーは時代の流れとともにあった写真家だった。多くの研究者が認めるように、両大戦間のフランス写真の黄金時代は一九三〇年前後の数年間でしかなく、パリーの活動時期は、それにぴったりと重なっている。まだ展覧会も写真専門誌も稀な時代、グラフ誌や一般誌の特集号、写真を表紙に掲げた機関誌——特に、アジェの写真を用いた『シュルレアリスム革命』——などの出版物が、写真を芸術として評価するための場として重要な役割を担っていた。本稿の趣旨は、そこに書物を、ある種の文学作品を加えて総合的に評価することが、両大戦間のフランス文化においては欠かせないというものである。なかでも、特別な作品の豪華版は、愛書家という人数の限られた人たちのための、内的な空間、つまり内輪だ。そのための写真作品によって名を上げたパリーは、パリの街路に画期的な見方を与えた外国出身の写真家たちとは違って、本質的に、室内の、スタジオの写真家だった。そこがパリーにとっての外国《エトランジェ》だったのかもしれない。その創造的な写真は、世界恐慌に続く不況とともに、そしてヨーロッパが次の大戦に向かうなかで、次第に見えにくくなってゆくが、それが表れる際に詩と詩的散文からなる文学作品を必要としたことを、限界としてではなく、探り尽されてはいない可能性として積極的に見直す作業を継続したい。

[註]

(1) Michel Poivert, « La photographie est-elle une “image” ? », *in Études photographiques*, n° 34, 2016.

(2) Christian Bouqueret, Christophe Berthoud, *Roger Parry, le météore fabuleux*, Marval, 1996, p. 19.

(3) アンドレ・ブルトン『シュルレアリスムと絵画』瀧口修造、巖谷国士監訳、人文書院、一九九七年、五六頁。

(4) 寺田寅彦「小説の挿絵――変換と差異としてのイラストレーション」『パリ　十九世紀の首都』竹林舍、二〇一四年。

(5) 塚本昌則「時のゆがみ――ローデンバック、ブルトン、ゼーバルトの〈写真小説〉」『写真と文学――何がイメージの価値を決めるのか』平凡社、二〇一三年。

(6) ピエール・マッコルラン『写真幻想』クレマン・シェルー編、昼間賢訳、平凡社、二〇一五年、六九頁。ロジェ・パリーは、ギュス・ボファが二〇年代に継続して主宰していた展覧会「サロン・ド・ラレニェ」への出品を介して、ボファの親友だったマッコルランと知り合ったらしい。マッコルランについては、自他撮影の肖像写真や自他筆の肖像画が数多く残っているが、人物の姿なしで物によってマッコルランを表象した写真（キャプションが「無題（マッコルラン賛）」と記されている）は、おそらく上記に再掲されたもののみ。秀逸な写真である。同展は若い画家や写真家と編集者の出会いの場として機能していた。Emmanuel Pollaud-Dulian, *Le Salon de l'araignée et les aventuriers du livre illustré 1920-1930*, Michel Lagarde, 2013.

(7) Christian Bouqueret, Christophe Berthoud, *op. cit.*, p. 10.

(8) Christian Bouqueret, *Des années folles aux années noires. La nouvelle vision photographique en France 1920-1940*, Marval, 1997, p. 72.

(9) *Roger Parry : photographies, dessins, mises en pages*, Gallimard / Jeu de Paume, 2007, pp. 44-45.

(10) ヴァルター・ベンヤミン『図説　写真小史』久保哲司編訳、ちくま学芸文庫、一九九八年、五〇頁。なお、上記では「こうした写真的創造性なるもの」と抽象的に訳されているが、原文 dieses photographischen Schöpfertums の訳としては不正確だろう。Walter Benjamin, *Gesammelte Schriften*, t. II-1, unter Mitwirkung von Theodor W. Adorno und Gershom Scholem, herausgegeben von Rolf Tiedemann une Hermann Schweppenhäuser, Frankfurt am Main, Suhrkamp, 1977, S. 383.

(11) Guillaume Le Gall, « Atget, figure réfléchie du surréalisme », *in Études photographiques*, n° 7, 2000.

(12) Tristan Tzara, « La photographie à l'envers : Man Ray », dans *Œuvres complètes*, t. I (1912-1924), texte établi, présenté et annoté par Henri Béhar, Flammarion, 1975, pp. 415-417.「写真小史」でも言及されているように、ベンヤミンはこの序文を早々に独訳して雑誌に発表している。邦訳は、大平具彦『トリスタン・ツァラ　言葉の四次元への越境者』現代企画室、一九九九年、一二一－一二三頁、で部分的に試みられている。

第II部

シュルレアリスムとその外部

パスカル・ブランシャール

一九三一年パリ国際植民地博覧会と両大戦間フランスにおける異国趣味空間の演出

フランスの近現代史家クリストフ・シャルルによれば、国際植民地博覧会は「進歩への信仰のもっとも典型的な」イベントであった[1]。それは両大戦間フランスにおける諸々の芸術と内外の文化とネーションが照応する空間であり、一九三〇年代フランスの特権的「記憶の場」である。

一九三一年の国際植民地博覧会はおそらく、美学上の近代を求めたフランスにおけるナショナル・アイデンティティとエネルギーの更新のもっとも強烈な契機であり、それに反対したシュルレアリストたちに代表される前衛芸術運動にとっては重要な闘いの瞬間であった。したがって植民地博覧会に立ち返ることは、両大戦間におけるさまざまなファクターの照応関係の瞬間について問い直すことを意味する。

博覧会を通して、芸術と文化、世論と創造、幻視者と消費者、闇と光、西洋と植民地、クリエーターと建築のあいだに絶えざる対話が展開された。博覧会は、進歩によってと同時に過去の栄光へのノスタルジーによって導かれた、世界の一秩序である。

大衆文化と黒人芸術とマグレブやアジアの芸術と、シュルレアリストやコミュニストの政治的批判と情念が、一九三一年の植民地博覧会を頂点とする博覧会に遍在するテーマである。とくに一九三一年の植民地博覧会は両大戦間フランス最大の政治的イベントであり、五月から十一月にかけて三三〇〇万枚の入場券を売り八〇〇万人の観客を動員した。(2) アール・ネーグル(黒人芸術)がこれほど鑑賞され、ナショナル・アイデンティティと海外植民地の問題がフランスでこれほど議論されたことはない。

植民地博覧会は一九三〇年代にはじめて開催されたわけではない。十九世紀末から西洋諸国で植民地パビリオンのある博覧会が開かれていた。一八七八年と一八八九年のパリ、一八七六年のフィラデルフィア、一八九三年のシカゴ、一八八三年のアムステルダム(これが植民地に特化した最初の万博である)、一八九六年のロンドンとジュネーヴ、一八八三年のテルヴューレン=ブリュッセル、一九〇〇年に再びパリ、一九〇三年に大阪、一九〇四年にセントルイス、一八九七年にリエージュ。(3) 第一次大戦後は新しい植民地博覧会の波が起こり、一九二二年のマルセイユ(4)【図1】、同じ年の東京、一九二四年のウエンブレー植民地博、(5) 一九二五年のパリ装飾美術館博とつづく。

しかし世界は、かつての大博覧会の再来を待望していた。上に列挙した博覧会は一九三一年にパリで開かれた博覧会の先駆けだったのであり、首都は一九〇七年にヴァンセンヌの森で開かれた博覧会と同様の大博覧会を夢見ていた。(6)

一九三一年の植民地に特化した博覧会は、規模も経費も最大で、もっとも夢幻的かつもっとも荘厳なものだった。準備に千日を要し、パリ市の面積の三分の一に相当する会場、六カ月の会期中、延べ三〇〇万人の要員があてられた。(7) 植民地帝国を象徴する主要三住民を表象する写真カタログの表紙に見られるように、フランスの全植民地の住民が展示され演出されたのは言うまでもない。このカタログは万博の映像によるプロパガンダを一手に請け負ったブローン社の製作になる。(8)

図1　1922年のマルセイユ植民地博覧会のポスター（Exposition nationale coloniale de Marseille, affiche, 1922. © Groupe de recherche Achac）

一九三〇年代という転換点

一九二九年のニューヨーク市場の株価大暴落をきっかけに発生した世界恐慌のあと、新しい歴史のサイクルが始まる。「進歩」が、経済であれ政治であれ、モラルであれ社会であれ、とくに植民地であれ、幻滅に対する治療薬として再び合言葉になった。博覧会は諸々の芸術と技術の照応の顕著な機会だったが、主要な政治的対立の空間でもあった。ある人々にとってはすでに廃用になった過去の世界ヴィジョンの表現だからである。

古いヨーロッパで三〇年代はじめに開かれた四つの博覧会がこの転換点を印づける。一九二九年のバルセロナにつづき、一九三〇年にベルギーでアントワープとリエージュの二つの博覧会が開かれる。前者が海洋と植民地に焦点をあて、フランドル美術を再活性化したとすれば、後者はより国際的かつ植民地的で、ベルギー独立百周年を祝うものだった。そして一九三一年五月、ヨーロッパで開かれた過去最大の博覧会がヴァンセンヌの森でオープンした。

一九三一年のヴァンセンヌはその後の植民地博覧会ラッシュの嚆矢となる。一九三四年のポルト、一九三五年のブリュッセルと台湾、一九三六年のヨハネスブルク、一九三七年のパリ、一九三九年のドレスデン、一九四〇年のリスボンとナポリなど。その目的はきわめて明瞭で、植民地帝国の威光を宣伝して高め、帝国の世界へのまなざしを押しつけることにあった。

これらの万博では黒人芸術や植民地芸術が遍在し、観客を惹きつけるエグゾティックな演出に参加する。ジャズが流れるアメリカ・パビリオンではレッド・インディアン・バンドが招かれ、グアドループのパビリオンではビギンが演奏され、アフリカやカンボジアの音楽がそれぞれのパビリオンのリズムを刻む(9)。観客は一大コロニアル・スペクタクルの呼びかけに拍手喝采で応えた。

図 2　デムールによる 1931 年パリ国際植民地博覧会のポスター・絵はがき（Arnaud Desmeures, « Exposition coloniale internationale », Exposition coloniale de Paris, carte postale, 1931. © Groupe de recherche Achac）

しかし、フランス人を瞠目させたこの博覧会は、ある現実を覆い隠していた。実際、第一次大戦後、植民地では反乱反抗が渦巻いていた。フランスは一九二〇年代からモロッコやレバノンで混乱を経験していた。[10] 一九三〇年には、仏領インドシナで革命政党のベトナム国民党が引き起こしたイエン＝バイの蜂起に兵士や学生が参加し反逆する。鎮圧は激しく、党の幹部は処刑される。[11] パリの一九三一年は、フランスと国際世論に対し植民地支配の負の側面を覆い隠したのである。[12]

大英帝国でもまた植民地での反抗の動きは活発化していた。一九三〇年三月十二日にマハトマ・ガンジーは塩の専売に反対する「塩の行進」を開始する。インドの反抗に西洋は脅える。エジプトは一九二二年にイギリスから名目的に独立を得ていたが、一九三二年にはイラクが独立し、一九三六年にはシリアとレバノンがフランスと独立交渉に入る。[13]

植民地主義者にとっては受け入れがたい帝国崩壊の予兆を前にして、体制をになう政治家たちは、パリで活発だったコミュニストや反植民地主義運動の主張に対抗する言説を構築しようとする。植民地主義者たちは、ジョセフィン・ベイカーのレビューを通してフランスに浸透した黒人の自由を抑え込み、[14] 一九三〇年のアルジェリア征服百周年記念行事に対する批判に応えようとする。シュルレアリストとその世界観を抑え込もうとするが、「植民地博覧会に行かないで」のビラはこうしたプロパガンダに対する直接の回答だった。[15]

一九三一年はしたがってフランス植民地帝国の頂点、ますます高まる批判を抑え込もうとする植民地主義文化の絶頂を印づけた年である。[16] この一大イベントは、デムールの公式ポスターがうたうように、観客に「一日で世界を一周する」機会を与えるものだった【図2】。ポスターは十五の言語に翻訳されヨーロッパ中に流布された。[17]

一九三一年は、一九二九年にアメリカで始まった経済恐慌はまだフランスを襲ってはいなかったので、パリが世界の首都だと言える最後の時だった。世界恐慌は植民地博覧会が十一月に終わるころ初めてフランスに押し寄せた。夏のあいだフランス人は、広大な植民地帝国がフランスを経済危機から守ってくれると信じていたのである。[18]

ある世界観建設のやりかた

観客の想像力に刷り込むため、博覧会会場には植民地ごとにパビリオンを配置して植民地原住民を陳列する必要があった。パビリオンには異国趣味的演出に経済開発の言説がないまぜになっていた。具体的には、巨大な「人間動物園」[19]の展示が、植民地経済の教育によって裏打ちされた。

十九世紀半ばから植民地博覧会では「原住民」の陳列が行われ、人間動物園には何百万もの観客が訪れた。植民地に特化した万博の嚆矢は一八八三年のアムステルダム万博だが、これはオランダのような「小国」がなお偉大なネーションであることを示すイベントだった[20]。植民地博覧会は観客にはまったく正当な無言の支配の演出であり、フランス人の眼には、勝者の植民者の仕事を讃えるため敗者が陳列されるのは当然と映った[21]。

リヨテ元帥[一]の総指揮の下に開催された一九三一年の植民地博覧会は、フランス植民地帝国の頂点であり、フランスとヨーロッパで展開された一大プロパガンダによって二十世紀前半最大の政治的・文化的イベントになった。そのメッセージは重要で、フランスは原住民を保護し、その伝統を尊重しつつ社会的・経済的・技術的進歩をもたらすことを信じ込ませようとしたのである[22]。

何十万人という観客はネーションの帝国としての国力を確信し、博覧会の豪華さに目を奪われ、植民地博覧会が演出する想像力のとりこになった。この瞬間は帝国の威光の下に国民的一体性が成立した稀有の瞬間であり、植民地が帝国にもたらす利益と国民的一体性をプレスは大々的に書き立てた[23]。植民地博覧会は、シュルレアリストや反植民地主義の運動や雑誌、共産党や統一労働総同盟の活動家の批判を封じ込めて、その直接の目的を達成する一大機械装置となるだろう。帝国の神話はそれまで理論的なレベルにとどまっていたが、博覧会は植民地問題に関する議論を政治化する契機となる。マージナルな批判はあったものの、右も左も植民地帝国礼賛の論調になだれ込む。植民地支配者の側に理があると世論を説得しなければならない。植民地博覧会はこうして「共和国」をあげてのイベントとして宣伝され、フランスの市民はもとより、経済危機の文脈においては産業界もイベントのまわりに結集すべきとされた。

植民地プロパガンダと映像言語

植民地博覧会のインパクトとその世論誘導のメカニズムを理解するには、先に紹介した映像やポスターに立ち返る必要がある。当時はポスターが支配的イデオロギーの特権的媒体であった[24]。ポスターこそ、プロパガンダのメッセージを伝える映像であり、スローガンであり、唯一の空間だった。一九三一年の植民地博覧会において、植民化された大文字の「他者」の演出はもっとも完全なかたちで達成された。

代表的な公式ポスターは二点あり[25]（他にもう二点あって、一つは植民地の住民がパリにやってくる図柄、もう一つは空を飛ぶフランスの航空機をあしらった図柄）、二つの世界と二つの「人種」、すなわち海外の植民地と宗主国フランス、原住民とわれわれ本国人を対比させる図柄で、一九三一年のイベントのイデオロギー的内容を物の見事に要約していた。

デムールとベランジェのポスターは、リヨテ元帥の命令で、並べてフランス中に貼られた。リヨテはコンペで入選したポスターを退け、デムールとベランジェの作を推したのである。二枚のポスターは植民地の支配者と被支配者を明瞭なかたちで分離した。一方には「一日で世界一周」を象徴する「原住民」たちがフランスの国旗の下に描かれ、もう一方はネーションと未来を象徴する白い表紙の「オフィシャル・ガイド」である[26]。

しかし、デムールのポスターに描かれた四人の原住民はネーションの十全たる象徴であるどころか、フランスの国旗の下に統一された帝国の形象でしかない。一般公衆にとって、この映像は押しつけられたのではなく暗示

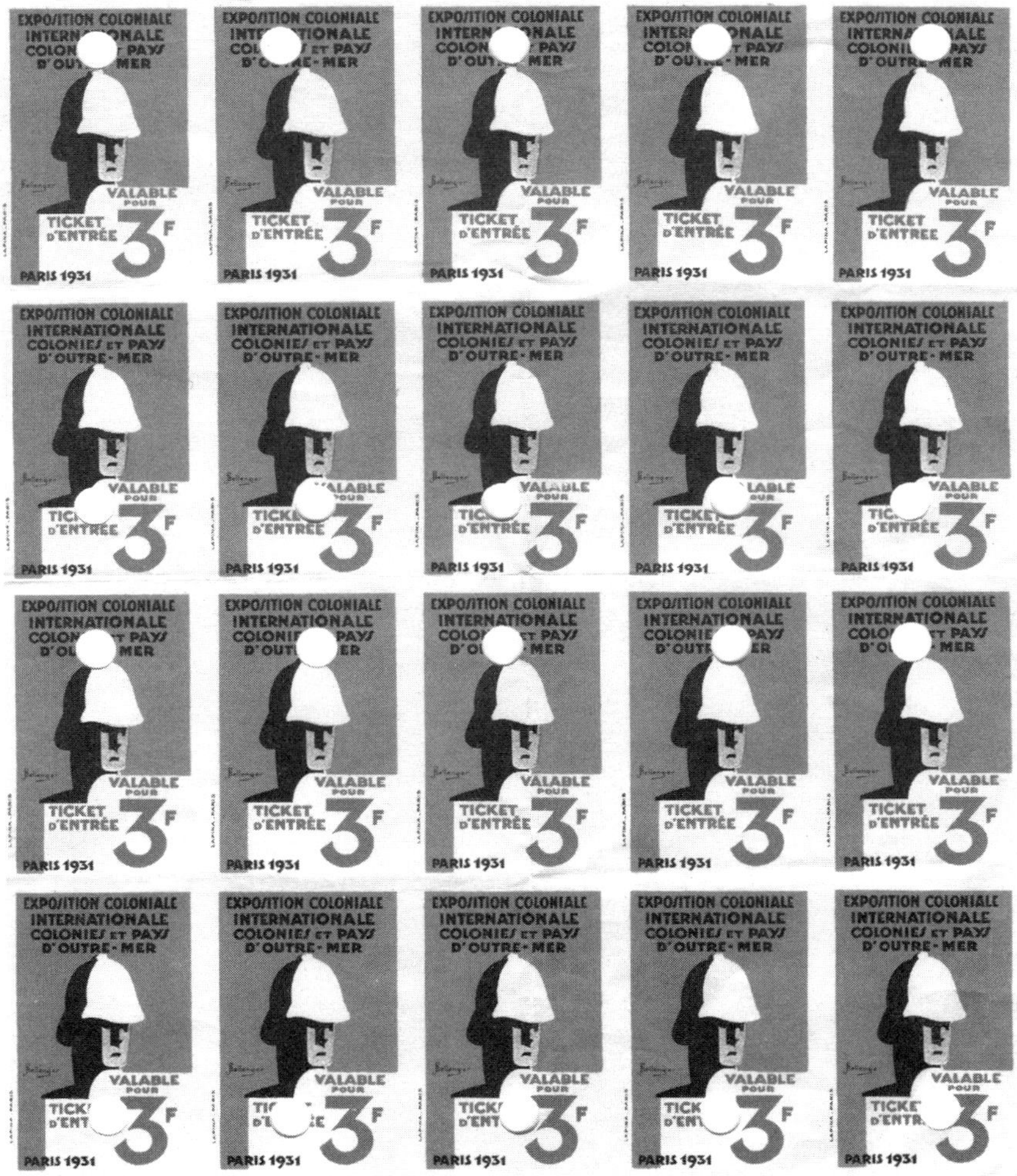

図3　1931年パリ国際植民地博覧会の入場券（Tickets d'entrée pour l'exposition coloniale internationale colonies et pays d'outre-mer de Paris, 1931. © Groupe de recherche Achac）

されたものだが、結局ごく自然なものとして受けとめられた。しかも二枚のポスターは、すべての要素がよく考えられている。フランス国旗の色である青・白・赤がポスターをおおい、植民地帽の純白は兵士の鉄かぶとだけでなく、植民地統治の役人や技術者の帽子の色である。

ベランジェのポスターは植民地原住民が外見的特徴により一目でそれとわかるように類型化して描かれており、フランスの統治下にあるという支配の感情が顕著である【図3】。このポスターは海外の異文化を回教のモスクやカンボジアのアンコールワット寺院によって表象しており、宗主国フランスの権威を示すように、モスクの尖塔ミナレットの上に三色旗がひるがえる。青・白・赤の三色は強度のシニフィアンとして、フランスがその保護下にある原住民のごく「自然な」指導者だという観念を強めている。フランスが植民地の文化と住民を支配しているのである。

もともとはデムールとベランジェのポスターは、植民地博覧会の総監督リヨテ元帥の一存で採用されたものだった。二人の芸術家がコンペで入賞していた。一方のポスターには、三人の原住民の顔がデザインされ、もう一方は、新しいプログラムのためフランスに戻ったアメリカの黒人アーティスト、ジョセフィン・ベイカーに想を得た提案であった。彼女は一九二五年以来、「ルヴュ・ネーグル」（ニグロ・レビュー）の成功でフランス中で人気を博していた。(27) これら二枚のポスターはフランス社会のなかで行れている闘いを反映している。

しかし、リヨテ元帥としては、フランス人ではないジョセフィン・ベイカーに「帝国」を象徴させるわけにはいかない（彼女は結婚によって一九三七年にフランス国籍を取得する）。彼女は自由で開放的すぎ、人気がありすぎて、帝国のヴィジョンと植民地を支配する白人男性の威厳を保つにはふさわしくない存在だった。結局、フランス国鉄がイラストレーターのドランセーのデッサンによって修正されたこのアレゴリーを採用し、そのポスターは数カ国語に翻訳され、フランス全土とヨーロッパ中にパリの植民地博覧会に来るよう呼びかけた【図4】。ミュージックホールでのようにジョセフィン・ベイカーが幕を開けると、背後に仏領西アフリカの塔、アンコー

図4　フランス国鉄発注の博覧会宣伝ポスター（Jules Insard (dit Dransay) (Vercasson, imp.), « French Railways. Visit International Colonial Exhibition » (Chemin de fer français. Visitez l'Exposition coloniale internationale [la femme représentée est inspirée de Joséphine Baker]), Exposition coloniale internationale de Paris, affiche, 1931. © Groupe de recherche Achac）

ルワットの寺院、アルジェリアとパレスチナのパビリオンにマダガスカルの塔で、植民地博覧会の光景が浮き上がる。

この植民地博覧会への誘いは政治的というよりは観光的、フォークロア的な誘いだったが、先にあげた二枚の公式ポスターのメッセージとは明確に対立した。このポスターでは、原住民はいささかも受け身ではなく博覧会の主役になっている。ジョセフィン・ベイカーが観客を博覧会に誘っているのである。

こうしたポスターの二つの宇宙は一九三一年の植民地博覧会に内在する政治的位置をよく示している。観客の来場がプロパガンダの契機であり、社会教育であり、ネーション全体に発せられたメッセージになるよう、すべてが計算されていた。植民地帝国はフランスとフランス人の使命であり宿命であるというメッセージが機能していたのである。(28)

しかし、ここにシュルレアリストや政治活動家たちの批判的なもう一つのメッセージが、人種的支配を打ち破って透かし彫りのように現れる。運動の中心にいたルイ・アラゴンはその詩「ヴァンセンヌの三月」で、信じがたい力強さで「植民地博覧会に雨が降る、土砂降りの雨が降る」とうたった。(29)

一九三一年に流布されたそれ以外のポスターは、植民地パビリオンごとに制作され、それぞれ植民地の特殊性を強調した。原住民の身体が演出され、仏領アフリカであれば果物の籠を運ぶ胸をはだけた女性のエロティックな豊かさと力強さ、マダガスカルの働く「原住民」のたくましい身体、インドシナ・パビリオンのポスターは博覧会会場に再現されたアンコールワットをあしらい、頭部の彫像が表現する文化的特殊性が強調された。(30)

以上三点の植民地別ポスターは、流通度は低かったにせよ、植民地がもっていたエグゾティックな位置とプロパガンダの想像力のなかで植民地住民がもったごく特徴的なイメージをよく示している。ポスター以外の宣伝用パンフレットや写真アルバムなどの資料は、同じようなエグゾティシズムと植民地住民を序列化する演出のうえに制作され、とくに裸の身体と女性のエロティシズムに焦点があてられた。会場に陳列展示された原住民と建築物によって、博覧会は、文明化の作業によってエグゾティックでピトレスクな建築を再建し観客の前に可視化した。

イベントの最大のアトラクションの一つアンコールワット寺院がそのいい例である。その建設には準備期間を含めて六年を要し、その規模はモンマルトルの丘のサクレ・クール寺院に匹敵した。アンコールワットは、フランスがその再建によって危険な状態から「救出」したカンボジア文化遺産の象徴であり、フランスはカンボジアに対し象徴的な意味で貸しをつくったことになる[31]。この建築は、現地に行ったことがなく、植民地についてありきたりの観念しかもたずに博覧会に来た見物客たちの想像力をかきたてた。フランスの全植民地が展示され、パリが植民地世界の中心にあることは、当時流布したおびただしい数の絵葉書が示す通りである。しかし、すべては仮のものだったことを忘れないようにしよう。博覧会が終わると百日ほどですべてが解体されたからだ[32]。

植民地博覧会では原住民は忘れられてはいなかった。パビリオンに生命をかよわせるには原住民が必要不可欠だった。しかし原住民だけでなく建築も、インドシナやアフリカ、アルジェリアのパビリオン、仏領西アフリカの尖塔や城壁、グアドループやマルティニックの「古い植民地」、モロッコやチュニジアの保護領など、異国情緒を味わい、帝国の力と富を実感するには重要である。訪れる観客を世界一周旅行に誘っているのである。

植民地博覧会反対運動は弱かった

一九三一年の植民地博覧会が、植民地主義文化の頂点に位置するとすれば、それは同時に植民地主義文化が推進していたユートピアが崩れ始めるときでもあった。しかしながら、植民地における不利な状況にもかかわらず、フランスでは植民地博覧会に対する異議申し立ては弱かった。とはいえ、はじめこそマージナルなかたちではあったが、植民地主義批判の運動が起こったのも事実である。

ポール・エリュアール、アンドレ・ブルトン、ルイ・アラゴン、ルネ・シャールらが署名したビラがまかれ、コミュニストを中心とする反植民主義運動とインドシナの学生たちが、帝国の秩序の名のもとに暴力支配を正当化する植民地博覧会をボイコットするよう呼びかけた。(33) パリ中の壁にヴァンセンヌに行くなと訴えるアピールが貼られ、植民地における暴力の実態についての論文が社会党の週刊誌『ル・ポピュレール』に発表された。しかしこれらの批判は、一方の白人の活動家やシュルレアリストと他方の植民地原住民の利害が同じではないかのように、断片的なものにとどまった。

シュルレアリストと共産党系の統一労働総同盟は、一九三一年の八月から翌年にかけ「植民地についての真実」というタイトルでカウンター博覧会を組織したが、五千人しか観客が集まらず、当時のフランスにおける反植民主義運動の弱さを露呈した。ビラがまかれ、ポスターが貼られた。ポスターは植民地博覧会の公式ポスターとは好対照で、赤を基調とし、ギロチンや切り落とされた首など帝国の暴力を演出するものだった。(34) インドシナでの血塗られた反乱鎮圧が呼び出された。(35) 彼らのカウンター博覧会はいたってシンプルなもので、何点かの小判のポスターと、シュルレアリストたちが一九三一年七月段階でまだ売却していない黒人芸術のオブジェが展示された。(36) とどのつまり、この博覧会にはなんらオリジナルなところはなく、当時ロシアの博覧会でよく見られたプロパガンダ用のソヴィエト・パビリオンを思わせた。

記憶の場

国際植民地博覧会は、投入された資金や人員、観客動員数、観客の熱狂的反応、左右の政党から寄せられた支援によって、他に類例をみない大規模イベントであった。会場に建設されたパビリオンの建築としての力、黒人芸術やインドシナやマグレブの美術品は、その時代と同時代人を刻印した。それが共産党やシュルレアリストが組織したカウンター博覧会より（観客動員数で）はるかに大きなインパクトをもったことは、疑う余地がない。とくに植民地博覧会は、コロニアルであることは「よきフランス人であること」と同義であるという観念にお墨付きを与えた。

その上、植民地博覧会によってフランスは植民地主義の歴史に大きな区切りをつけ、そのプロパガンダ目的は達成されたと認めていいだろう。一九三一年以後フランス人は自分たちの帝国の広がりを意識するようになったが、その帝国はまさに脱植民地化へと向かう転換点にあったのである。同時に、コミュニストや反植民地主義の活動家、植民地の学生たち（警察によって追跡されていた）の闘い、さらにはシュルレアリストの言説によって反植民地主義言説の根幹が形づくられ、それが二〇年後の一九五〇年代、インドシナからマダガスカル、カメルーンからアルジェリアまで、長期にわたる脱植民地化の過程で、フランス社会における思想闘争の中核になる。

それゆえにこそ、植民地帝国のこの絶頂と危機の瞬間に立ち返ることは、一九三一年のカウンター・プロパガンダの挫折が次に来る世代の言説と意識化を生み出す契機になったことを理解させてくれる。それこそがシュルレアリストのアンガージュマンがもたらした遺産である。すなわち、植民地帝国はフランス民主主義の近代性のなかにはもはや場所をもたないことを、フランスの知識人は認識するようになるが[37]、反植民地主義の活動家はそのことにすでに気づいていたのである。

さらに言えば、植民地博覧会は両大戦間のただ中にあって、多様な要素の融合の瞬間であった。訪れる観客たちを前に、光と水と自然と植民地パビリオンとの交錯による、信じがたい舞台芸術的近代を開示するものだった。観客たちが経験したのは、まさに「世界の果てへの旅」だった。それは民俗的伝統と近代性の出会いだった。いわゆる「未開」芸術、なかんずく黒人芸術が展示された。ドゴン族の踊りを目の当たりにして、人々は既成のアフリカ観を変えた。観客はカンボジアの歌を聴いて自国の外に想いを馳せた。カンボジアのアンコール寺院の中に入って、現地を旅したような実感をもった。それは装飾芸術と植民地芸術の頂点でもあった。

コロニアルなキッチュの世界が再創造され、見る者を魅惑し困惑させた[38]。そこにはまたジャズとビギンとアフリカ音楽の音色が鳴り響いた。それは黒人芸術の頂点だった。自宅のすぐ側で味わえる異国情緒であり、西洋との出会いを求めて出現した異質な他者の現前だった。

確認できるのは、フランスの一九三〇年代の読み方にはふた通りあることだ。フランスは閉ざされた空間であり、世界との植民地的関わりは当時のフランス社会に影響を与えなかったとする見方が一つである。私見によれば、それは植民地博覧会とそれを支えた植民地主義文化の意味を無視する道である。それは、こんにち社会の内部に一切の多様性がないかのようにフランスを見る、あるいは見ようとする人々の態度とほぼ重なる。それは、一見そう見えるよりはるかに多様で多文化的なフランスの集合的アイデンティティについて、認識を誤ることだ。それは、ハーマン・レボヴィッツが『本当のフランス』で分析したように[39]、博覧会がもった歴史的意味を認識せず、最大多数のフランス人を統合した二十世紀の大イベントを理解しようとしないことだ。

こうした原住民世界の称揚は、もちろん博覧会の期間しか有効でなかった。世界恐慌とともに、翌年には外国人と望ましからざる植民地人の宗主国からの追放政策が始まる。夢の時間は終わり、フランスの移民の歴史が始まる。すべては一九三一年の植民地博覧会会場の豪勢な並木道に始まった。現在のフランスがかかえる困難な課題を含めて[40]。

（三浦信孝訳）

[原註]

(1) Christophe Charle, *Discordance des temps. Une brève histoire de la modernité,* Armand Colin, 2011.

(2) Laure Blévis, Hélène Laffont-Couturier, Nanette Jocomijn Snoep et Claire Zalc (dir.), *1931. Les étrangers au temps de l'Exposition coloniale*, Gallimard / CNHI, 2008, p. 13.

(3) Catherine Hodeir et Michel Pierre, *1931. L'Exposition coloniale*, Editions Complexe, 1993, pp. 14-15.

(4) Pascal Blanchard et Gilles Boëtsch (dir.), *Marseille, porte Sud. 1905-2005*, La Découverte, Jeanne Leffite, Paris, Marseille, 2005, pp. 76-77 et pp. 88-91

(5) Pascal Blanchard, Gilles Boëtsch et Nanette Jacomijn Snoep (dir.), *Exhibitions. L'invention du sauvage*, Actes Sud / Musée du Quai Branly, 2011, p. 234.

(6) Isabelle Lévêque, Dominique Pinon et Michel Griffon, *Le Jardin d'agronomie tropicale. De l'agriculture coloniale au développement durable*, Actes Sud / Cirad, 2005, p. 79.

(7) C. Hodeir et M. Pierre, *1931. L'Exposition coloniale, op. cit.*

(8) Pascal Blanchard et Eric Deroo (dir.), *Le Paris Asie*, La Découverte, 2004, p. 143.

(9) Anne Decoret-Ahiha, « L'exotique, l'ethnique et l'authentique. Regards et discours sur les danses d'ailleurs » in *Civilisations. Revue internationale d'anthropologie et de sciences humaines*, n° 53, 2006, pp. 146-166.

(10) Charles-Robert Ageron, « L'Exposition coloniale de 1931. Mythe républicain ou mythe impérial ? », *in* Pierre Nora (dir.), *Les lieux de mémoire. La République, t. 1,* (1984), éd. « Quarto », Gallimard, 1997, pp. 493-515〔シャルル＝ロベール・アジュロン「一九三一年の国際植民地博覧会：共和国神話か、帝国神話か」（平野千果子訳）、ピエール・ノラ編『記憶の場２』岩波書店、二〇〇三年所収〕

(11) Pascal Blanchard, « L'union nationale : la « rencontre » des droites et des gauches autour de l'Exposition coloniale (1931) », *in* P. Blanchard, Sandrine Lemaire et Nicolas Bancel (dir.), *Culture coloniale en France. De la Révolution française à nos jours*, CNRS Editions / Autrement, 2003, p. 271.

(12) Philippe Bonnichon, Pierre Geny et Jean Nemo (dir.), *Présences françaises outre-mer (XVIe-XXIe siècles). Tome I, Histoire : périodes et continents,* Académie des sciences d'outre-mer / Khartala Editions, 2012, p. 523.

(13) C. Hodeir et M. Pierre, *1931. L'Exposition coloniale, op. cit.*, p. 115.

(14) Charles Onana, *Joséphine Baker contre Hitler. La Star noire de la France libre*, éditions Duboiris, 2006, pp. 22-23.

(15) Herman Lebovics, « Les zoos humains de l'Exposition coloniale internationale de Paris en 1931 », *in* Pascal Blanchard, Nicolas Bancel, Gilles Boëtsch, Eric Deroo et Sandrine Lemaire, *Zoos humains et exhibitions coloniales. 150 ans d'inventions de l'Autre*, La Découverte, 2002, pp. 496-497.

(16) P. Blanchard, S. Lemaire et N. Bancel (dir.), *Culture coloniale en France. De la Révolution française à nos jours*, *op. cit.*, 2003, p. 34.

(17) Affiche reproduite dans Nicolas Bancel, Pascal Blanchard et Laurent Gervereau (dir.), *Images et Colonies (1880-1962)*, BDIC / ACHAC, 1993, p. 132.

(18) C. Hodeir et M. Pierre, *1931. L'Exposition coloniale, op. cit.*, p. 34.

(19) Herman Lebovics, « Les zoos humains de l'Exposition coloniale internationale de Paris en 1931 ». *in* P. Blanchard, N. Bancel, G. Boëtsch, E. Deroo et S. Lemaire, *Zoos humains et exhibitions coloniales. 150 ans d'inventions de l'Autre*, *op. cit.*, p. 495.

(20) P. Blanchard, G. Boëtsch et N. Jacomijn Snoep (dir.), *Exhibitions. L'invention du sauvage*, *op. cit.*, p.183.

(21) *Ibid.*, p.194.

(22) Sandrine Lemaire, « Promouvoir : fabriquer du colonial (1930-1940) » *in* P. Blanchard, S. Lemaire et N. Bancel (dir.), *Culture coloniale, op. cit.*, p. 305.

(23) Pascal Blanchard, « L'union nationale : la « rencontre » des droites et des gauches autour de l'Exposition coloniale (1931) », *in* P. Blanchard, S. Lemaire et N. Bancel (dir.), *Culture coloniale, op. cit.*, pp.161-162.

(24) Pascal Blanchard, « La représentation de l'indigène dans les affiches de propagande coloniale : entre concept républicain, fiction phobique et discours racialisant » *in Hermès, La Revue*, n° 30, 2001, pp. 147-168.

(25) Affiches reproduites dans N. Bancel, P. Blanchard et L. Gervereau (dir.), *Images et colonies, op. cit.*, pp.132-133.

(26) Nicolas Bancel, Pascal Blanchard, *De l'indigène à l'immigré*, La Découverte, Gallimard, 1998, pp. 40-41.

(27) Pascal Blanchard, Eric Deroo et Gilles Manceron (dir.), *Le Paris Noir*, Hazan, 2001, p. 69.

(28) S. Lemaire et P. Blanchard, « Exhibitions, expositions, médiatisation et colonies (1870-1914) », *in* P. Blanchard, S. Lemaire et N. Bancel (dir.), *Culture coloniale, op. cit.*, pp. 161-162.

(29) C. Hodeir et M. Pierre, *1931. L'Exposition coloniale*, *op. cit.*, pp. 133-134.

(30) Cette affiche est reproduite dans P. Blanchard, et E. Deroo (dir.), *Le Paris Asie*, *op. cit.*, p. 130.

(31) Steve Ungar, « L'Exposition colonial (1931) », *in* P. Blanchard, S. Lemaire et N. Bancel (dir.), *Culture coloniale, op. cit.*, p. 263.

(32) C. Hodeir et M. Pierre, *1931. L'Exposition coloniale*, *op. cit.*, p. 137.

(33) L. Blévis, H. Laffont-Couturier, N. Jocomijn Snoep et C. Zalc (dir.), *Les étrangers au temps de l'Exposition coloniale*, *op. cit.*, p. 49.

(34) L'affiche est reproduite dans P. Blanchard et E. Deroo (dir.), *Le Paris Asie*, *op. cit.*, p. 131.

(35) C. Hodeir et M. Pierre, *1931. L'Exposition coloniale*, *op. cit.*, p. 114.

(36) P. Blanchard, E. Deroo et G. Manceron (dir.), *Le Paris noir*, *op. cit.*, p. 71.

(37) C. Hodeir et M. Pierre, *1931. L'Exposition coloniale*, *op.cit.*, p. 111.

(38) *Ibid.*, pp. 77-81.

(39) Herman Lebovics, *La « vraie France ». Les enjeux de l'identité culturelle (1900-1945)*, Belin, 1995.

(40) Pascal Blanchard, Nicolas Bancel et Dominic Thomas (dir.), *Vers la guerre des identités ? De la fracture coloniale à la révolution ultranationale*, La Découverte, 2016.

[訳註]

(一) ユベール・リヨテ（Hubert Lyauté, 1854-1934）は軍人で植民地行政官。ガリエニ将軍の参謀としてベトナム植民地戦争に参加しインドシナの植民地化を完成、マダガスカルの反乱を鎮圧し、一九一二年にモロッコがフランスの保護領になると総督をつとめた。第一次大戦中の陸相を経て、一九二一年に元帥。

[訳者付記]

本稿の著者パスカル・ブランシャールは、ニコラ・バンセル、フランソワーズ・ヴェルジェスとの共著『植民地共和国フランス』（二〇〇三：平野千果子・菊池恵介訳、岩波書店、二〇一一）で明らかなように、フランスのアカデミズムでは傍流のポストコロニアル系の歴史家の一人である。一九三一年のパリ国際植民地博覧会については、註（10）に示したピエール・ノラ編『記憶の場』第一巻（一九八四）所収のシャルル゠ロベール・アジュロンによる「一九三一年の国際植民地博覧会：共和国神話か、帝国神話か」が、基本的参照文献なので、翻訳にあっては平野千果子訳（『記憶の場2』岩波書店、二〇〇三）を参照した。原文には誤記が散見されたので、訳者の責任において気がつくかぎり修正した。

本稿には、一九三一年の「博覧会が終わると百日ほどですべてが解体された」とあるが、唯一残されている建築物は、ヴァンセンヌの森の入り口に建てられたポルト・ドレ宮である。博覧会終了後は「植民地博物館」になり、一九六〇年に「アジア・オセアニア美術博物館」に衣替えしたあと、二〇〇七年に「国立移民の歴史博物館」としてリニューアルオープンした。筆者はオープンした直後に移民の歴史博物館を訪れたが、西正面の壁面に建設当初に刻まれた植民地礼賛の碑銘が残されているのに驚き、思わず手帳に書きとめた。ポルト・ドレ宮は「歴史的モニュメント」なので、植民地化の記憶をかき消さない配慮によるのかもしれない。「その天性の才によって帝国を拡張し、海を越えてフランスの名を愛されるべきものとしたその息子たちに、フランスは感謝する。」

二〇一四年から、アルジェリアのユダヤ人の家に生まれたマグレブ史家バンジャマン・ストラが、移民の歴史博物館館長の任にある。ストラは一九七八年、アルジェリア植民地史の草分けシャルル゠ロベール・アジュロンの指導の下に、反仏民族主義運動「北アフリカの星」の創立者メッサリ・ハジについて博士論文を書いている。フランスで生まれたこの民族独立運動がアルジェリアに広がるのは、まさにフランスのアルジェリア征服百周年を迎えた一九三〇年以後のことだが、ブランシャール論文にはその言及がないのであえて補足しておく。

永井敦子

「植民地博覧会に行くな」――一九三〇年代から四〇年代のシュルレアリスムと植民地表象

「異質なもの」との出会い

アンドレ・ブルトンなどシュルレアリストたちには、自分たちの思考にまとわりついてきた西洋文化の理性偏重や西洋中心主義から解放されるために、自分たちとは「異なる」人々の思考方法や彼らの作品に出会い、それによって自分たちの思考や行動の様式が揺らぐことを求める傾向があった。「女性」、「こども」、「精神疾患者」、「非西洋社会出身者」に弱さや欠落を見る人が多いなか、シュルレアリストはそれらとの出会いに、自らの「生を変える」きっかけを求めたのである。

また、シュルレアリストたちのこうした「生を変える」意志には、しばしば美的次元と倫理的次元の両方が含まれていた。つまり異質な存在との出会いは、そうした存在が常識に縛られない表現や創造にいざなってくれるという意味では「美的」次元の出会いと言えるが、同時にその出会いからは、「異質」な彼らに「驚異」を見出だすこと自体にその人格を軽視する感情が混ざっていないか、また彼らの尊厳を奪う人や社会に対して自分たちは何をなすべきかという「倫理的な」問いも生じえたのである。例えばブルトンの『ナジャ』（一九二八）において、ナジャに対して語り手が示す驚異と危惧の両義的反応には、異国の女性で幼児的な感性を持ち、精神が不安定で、かつ娼婦である彼女に抱く美的期待と倫理的責任をめぐる葛藤を読み取ることができる。

さて、両大戦間のシュルレアリストたちによる黒人表象や植民地表象、あるいはそうした表象に対する彼らの向き合いかたも、シュルレアリストたちの「異質なもの」との出会いとその意味を考える上での重要なケースと言えよう。またこの問題について考える際には、出会いの対象である有色人にも感情や意志があることを忘れるわけにはゆかない。彼らは自分たちが白人たちから「有色」というレッテルを貼られた上で、鑑賞や表象の対象にされていることを強く意識していたはずだ。感情や意志を持つそうした「異質な存在」とじかに接する緊張感のなかで、シュルレアリストたちはどのような表現を通じて「生を変える」ことの美的側面と倫理的側面に向き合ったのか。そしてそれらの存在は、彼らにどう作用したのだろうか。

そこでまず、一九三〇年代初頭と四〇年代初頭という十年の隔たりを持つふたつの時期に起きたことがらを、同一の視野に収めて検討したい。三〇年代初頭のことがらとしては、三一年にパリで開催された植民地博覧会に対するシュルレアリストたちの異議申し立てと、その翌年にマルティニック出身の青年たちがパリで発行した雑誌『正当防衛』とを取り上げる。そして一九四〇年代初頭のことがらとしては、ブルトンがマルティニック島と雑誌『熱帯』に出会ったときの反応について考えたい。十年という時の隔たりと、パリとマルティニックという場所の違いがあるものの当事者が重なるこれらの出来事は、「異質なもの」との出会いの美的側面と倫理的側面にまつわる問題の複雑さを、私たちに見せてくれるだろう。

そして最後に、シュルレアリストたちが自分たちの先駆者のひとりとみなしたアルフレッド・ジャリによる黒人表象と、第二次世界大戦後に運動に参加した作家、アンドレ・ピエール・ド・マンディアルグの作品中の植民地表象を取り上げ、彼らの他者表象が示す、美的な意図と倫理的な意図の両立可能性について検討したい。

植民地博覧会と『正当防衛』

両大戦間は、フランスの版図が最も拡大した時代だった。そのため植民地博覧会は、自国の風土や産物の豊かさと多様性を国の内外にアピールする絶好の機会となった。ここでは一九三一年の植民地博覧会の詳細には立ち入らないが、博覧会のためにフランスの植民地から集められた異国的な動植物や物品や人は、ヨーロッパの「外」のものでありながらフランスに帰属しているという二重性を持っていたことを、確認しておきたい。

この博覧会は大盛況だった。そしてしばしば指摘されるように、その開催を批判したわずかな集団が、共産党とシュルレアリスムグループだった。ブルトンによって、あるいはポール・エリュアールも起草に協力したと言われ、シュルレアリスムグループのメンバーが工場前などで配布した抗議文は、「植民地博覧会に行くな」(1)と題されている。彼らはこのビラのなかで博覧会の内容よりも、背景にある植民地主義的、帝国主義的な国のありかた全般を批判している。同時期に手元不如意から自分たちの未開芸術のコレクションの競売を企画したエリュアールとブルトンは、博覧会の人気のおかげで儲けが増えることを期待しており(2)、博覧会への彼らの思いには公式発言では言い尽くせないこともあったようだが、彼らが自国の植民地主義に倫理的な憤りを抱いていたのは確かだ。ただ植民地博覧会という大掛かりな植民地表象の視覚体験を倫理的理由から公式に遮断する姿勢を取ったことで、彼らの行動や思索に制約が生じたのも確かだ。例えばアントナン・アルトーが、この博覧会でバリの舞踊に衝撃を受けたことが思い出される(3)。アルトーは一九二六年にはブルトンと決裂していたので、ある意味気兼ねなくこの博覧会を訪れ、そこで得た感動について公に語ることができたのだろう。

一方この時代、アフリカやカリブ海のフランス領からは優秀な若者たちが、政府の給費を利用するなどしてパリに勉強に来ていた。こうした植民地出身のエリートたちから、セネガル生まれのレオポール・セダール・サンゴールやマルティニック出身のエメ・セゼールなど、第二次世界大戦後の独立運動や在外地域の権利要求運動の立役者で、偉大な詩人でもあった者たちも出た。植民地出身の知的な若者たちの目には、同朋の表象であふれるパリの大衆文化は、どのように映っただろうか。

そこで植民地出身のエリート青年たちのパリでの意見表明の例として、シュルレアリスム運動と関わりの深かった雑誌、『正当防衛』を見てみよう。

同誌は一九三二年六月の創刊号のみ発行された。廃刊の理由には援助金の不足[4]や、この出版活動にともなう留学生への政府給費の打ち切りが挙げられている[5]。雑誌関係者のうち履歴がわかった寄稿者や署名人は皆、マルティニックからパリに勉学に来ていた二十代の若者で、ほとんどが白人と有色人の混血で、多くは有色ブルジョワジー家庭の出身であった[6]。パリに子弟を出すブルジョワには公務員やサラリーマン、商人などがいて、彼らは人種的劣等感を跳ね返す手段として子供に高学歴をつけさせようとしていたという[7]。

雑誌は薄く、個々の記事も短いが内容は豊富で、冒頭の共同署名によるマニフェスト的な文章や論考や詩のほか、ジャマイカ出身でアメリカに帰化した作家、クロード・マッケイの小説『バンジョー』(一九二九)の一節の翻訳もある。また表紙自体も注目に値する。赤と黒という色彩を、彼らの共産主義への共感と、黒人の血をひく出自の象徴と見ることもできるが、直線的な活字を表紙全面に配したモダンなデザインには、彼らの感性が、白人たちが植民地出身者に見がちな「未開性」などからは遠いことや、そうした先入観から脱したいという彼らの意志や主張が感じられる。また執筆者間で強調点に違いはあるものの、彼らはこのなかで、自分たちが支持するものと嫌悪するものとを明示している。彼らが最も嫌悪するのは白人ブルジョワジーを猿真似する有色ブルジョワジーで、それへの対抗手段として最も信頼を置いたのが、共産主義とシュルレアリスムだった。『正当防衛』冒頭の宣言文的な文書には、「私たちはここで、自分たちが遺憾ながら属している資本主義的でキリスト教的でブルジョワ的な世界を息苦しく感じないすべての人に立ち向かう。共産党(第三インターナショナル)は今まさにあらゆる国で、（この語のヘーゲル的な意味における）「精神」に決定的に賭けている[8]」とある。彼らは自分たちがフランス領アンティル諸島出身であることを繰り返し記してはいるが、そうした人種的、歴史的特性よりは、世界的な階級闘争の図式や闘士間の連帯に関心の重心を置いている。その意味で彼らには、普遍主義に通じる同化主義的姿勢が見られる。彼ら自身の戦術が定まらず、議論が抽象的次元に留まったこともその一因だろう。しかしそれは、植民地博覧会で白人が異国情緒と懐古趣味に満ちた幻想の景色を演じることを有色人に求めたような[9]、「異質」というレッテルの押しつけを拒もうとした結果でもあろう。パリ在住の有色エリート青年たちのこうした姿勢が、後の同朋エリートには自文化の豊かさや歴史的現実を認めない臆病で情けない態度に見えたとしても、国内の様々な地方出身の学友たちと同様に「フランス人」としてエリート校に学び、同じ土俵で学業成績を競わんとしていた彼らにとっては、それも自然な選択だったのではないか。

　そうした彼らは、シュルレアリスムには何を期待していたのか。

エリートでも有色労働者を搾取するブルジョワにはなるまいと考えた彼らがシュルレアリスムに期待したこと

『正当防衛』1号（1932年6月），表紙（上）と裏表紙（下）（*Légitime Défense*, Editions Jean-Michel Place, Paris, 1979.）

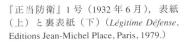

は、共産主義に期待した社会への働きかけ方とは異なっていた。たとえばルネ・メニル（一九〇七－二〇〇四）の「アンティル有色「作家」概論」には、アンティルの黒人に対して「まずは自らの熱い気持ちを確認し、自分のことだけを表現し、有用性とは逆の意味で夢とポエジーの道を取るのがよい。そうすればその努力の先で、アフリカやオセアニアの小像が表現するような幻想的なイメージや、器用さではなく情念と夢の力を介してアフリカの生気を獲得した詩や物語や、アメリカのニグロのジャズや、フランス人たち〔ロートレアモン、ランボー、アポリネール、ジャリ、ルヴェルディ、ダダたち、シュルレアリストたち〕の作品に出会うだろう」と書かれている。(10) つまり彼らは、シュルレアリスムには美的探求を介して読者の意識に働きかけること、つまり夢の可能性や、抒情的紋切り型を脱したポエジーの追求や芸術的創作によってブルジョワ的な美意識や価値観を転覆し、結果的に倫理的次元でも「生を変える」可能性を見たのだ。ただしここでも彼らは、シュルレアリストやその先駆者たちの詩的探求に自分たちの詩的探求も組みこもうとしている点において、同化的姿勢を見せている。

それでは『正当防衛』に集った若者たちは、現実にシュルレアリスムグループとどのような関わりを持ったのか。

この時期彼らのなかにはシュルレアリストたちの会合に参加するものもあり、ブルトンと個人的なつきあいがあった者もいた。メニルはブルトンの住まいも訪れ、建物の一階にあったキューバ風クラブに一緒に通ったりもしている。(11) 彼は一九三五年までにマルティニックに戻って教育者になり、シュルレアリストたちとの交流の痕跡は途絶えるが、パリに残った同人には反ファシズムを唱える政治的ビラなどに名を連ねている者もいる。(12) また主として一九三〇年代の前半には『革命に奉仕するシュルレアリスム』誌やブリュッセルで発行された『ドキュマン三四』などに、エティエンヌ・レロ（一九一〇－一九三九）やピエール・ヨヨット（一九〇？－一九四〇）らの詩や論考が掲載されているが、どの論考においても彼らは自分たちの出身や人種を前面に出すよりは、一シュルレアリストもしくは一シュルレアリスム共鳴者として、白人シュルレアリストたちと違いのない立場から考察を展開している。[13] 例えばジュール・モヌロ（一九〇九－一九九五）は『革命に奉仕するシュルレアリスム』掲載の記事で、階級なき社会を目指す過程でのシュルレアリスムのポエジーの役割を検討し、シュルレアリスム詩における倫理的要請と詩的要請との両立可能性と、そのためにポエジーが果たす役割を指摘している。[14] モヌロは一九三六年刊の『探求』誌では、ルイ・アラゴン、トリスタン・ツァラ、ロジェ・カイヨワとともに、その中心的メンバーとなる。レロもソ連映画「チャパーエフ」（一九三四）論で同誌に参加するはずだったが編集委員会が不採用とし、そのゲラが残されている。[15] その後モヌロはブルトンやその周辺からは距離を置き、ジョルジュ・バタイユのグループに接近し、彼が再びシュルレアリスム運動に参加するのは第二次世界大戦後、初の著書『現代詩と聖なるもの』を出版した一九四五年以降となる。

パリに残った『正当防衛』同人のシュルレアリスム関連の出版物への寄稿が主に一九三〇年代前半に行われていることには、短命な人が多かったことや、ルネ・クルヴェルという共産党に近く、人種的偏見の問題にも強い関心を示していたシュルレアリストが一九三五年に自殺したことも影響していただろう。

他方、この時代に彼らがシュルレアリスムグループにどのように迎えられていたかがわかるような記録は、特に見つからない。ブルトン自身、彼らから刺激を受けたことを証するようなテクストは、特に残していない。そのこと自体シュルレアリスムグループが、人種や出自を問題にしないで彼らを仲間とみなしたことの証であり、それこそが『正当防衛』の同人が望んだことだったとも言える。しかしそれは、自分とは異質なものに敏感に反応し、そうした存在から受ける動揺や感動を糧とする傾向のあったブルトンのようなシュルレアリストが、自分たちの異質性を脇に置き、シュルレアリスムのポエジーに共感を示す彼らのような存在からは、刺激や霊感を受けづらかったからでもあろう。いずれにせよ、パリに残った『正当防衛』同人たちのシュルレアリスム運動への参加は、メンバーとの相互的な影響関係を生まないまま、総じて周縁的なものにとどまったと言える。

マルティニック島と『熱帯』

ではその十年後、亡命先のアメリカへ向かう途上のブルトンは、マルティニックにおける『熱帯』誌の同人との出会いをどのように書き記したか。

一九四一年三月にマルセイユから乗船したブルトンとその妻子は、船内の劣悪な環境に耐え、一カ月後に寄港地マルティニックのフォール・ド・フランスに到着した。『熱帯』とマルティニックの詩人たちとの出会いの思い出を、彼はセゼールの『帰郷ノート』に寄せた序文「偉大な黒人詩人」などに記している。この序文に記された思い出は、ようやく上陸を許された彼が娘のためにリボンを買いに入った小間物屋で、たまたまこの雑誌を開いて受けた衝撃に始まる。そしてこの小間物屋を営んでいたのが偶然にもメニルの姉妹だったため、メニル、ついでセゼールとの面会がかなったと続く。

マルティニックにおいてブルトンは、熱帯の自然の魅力と植民地の悲惨の両方を目の当たりにした。幼い娘のリボンを買うという慎ましくも抒情的な光景は、この出会いの格好の舞台であったと言える。次いで彼は、セゼールの詩に対する賛嘆の念を綴る。

〔……〕しかしとりわけこれらのテクストの調子からは、嘘のない人たち、実験的試みに全身全霊を注ぎつつも、そうした自分の言葉を美的だけでなく道徳的、社会的にも根拠づけられる、というか、そうした根拠づけを必要不可欠なものにするための諸能力を持つ人がいるということが、わかるのだ。(16)

このようにまずブルトンは、セゼールの作品が美的な観点からも、道徳的・社会的観点からも説得力があることを強調する。次に彼はセゼールが黒人であるという、白人から見た彼の異質性を強調した上で、彼が白人にまさるフランス語の使い手であると指摘し、白人に対するこの黒人詩人の優越性を説く。その上で彼は、その創作が一黒人の表現であるに留まらず、人類全体の表現となっていると述べている。

今日、フランス語を操れる白人がいないなか、それを操るのはひとりの黒人なのだ。そして私たちが火花の上を進めるよう、少しずつ、しかしやすやすと発火点をしつらえて、未開拓な域まで今日私たちを導いてくれるのは、ひとりの黒人なのだ。しかもその黒人は単にひとりの黒人であるだけでなく、人類全体でもあり、人類全体のあらゆる問いと苦悶と希望と陶酔とを表現している。彼こそが尊厳のモデルとして、私にも次第に、その重みを実感させることになるだろう。(17)

つまりブルトンは黒人の異質性と、それが一般に蔑視されていることを示唆した上で、この詩人に関してそうした先入観を逆転させ、しかしその評価を植民地教育の有効性に対する国家主義的な自負などには帰着させずに、人類の普遍的な表現への到達という次元で行っているのだ。

こうしたセゼール評価において、ブルトンは美と倫理の両立——この点は『正当防衛』の同人たちによるシュルレアリスムのポエジー評価と共通している——、異質と普遍の両立という、異質なものの評価に関するひとつの思考モデルを提示している。ただ同時に私たちの注意を引くのは、メニルに関するブルトンの言及である。ブルトンはメニルのことも、「ひけらかさないが豊かな教養、完璧なまでに節度を保ちつつも、研ぎ澄まされ、繊細な波動に満ちている」(18)と肯定的に記述している。ただこうした記述からは、メニルとは十年ぶりの再会であったことはわからない。ただしブルトンが一九四五年にマルティニック島を再訪して行った講演の冒頭挨拶として書かれた原稿には、一九三〇年頃のパリでマルティニック出身の青年たちとの友情から得られた感動と、十一年後の再会に関する記述があり、その両方にメニルの名前があるから、彼がパリでのメニルとの交流を忘れていたわけではない。ブルトンはなぜ、一九四一年のメニルとの再会時に、彼の作品のなかでパリのメニルとマルティニックのメニルとを、公に同一視しなかったのか。(19)

すでに見たように、ブルトンをはじめとする一九三〇年代初頭のシュルレアリストたちは、人間の普遍的な価値を軽視する植民地博覧会の他者表象を、倫理的観点から拒否した。一方『正当防衛』同人のマルティニック出身のエリート青年たちには、自分たちが有色人種であることを特権的には問題にしないという意味で、白人エリートに同化しようとするところがあった。しかし同時に彼らは、白人に同化しようとして外見にこだわり、同朋からの搾取も辞さない有色ブルジョワを批判し、彼らと自分たちを差異化するために、詩的創作を通じて紋切り型のブルジョワ的思考から脱出しようとしたシュルレアリストたちを、自分たちのモデルとみなした。しかしブルトンのようなシュルレアリストはマルティニック出身の青年たちに対し、倫理的には反ブルジョワを掲げ、人種・階級的差別を批判して人間の価値の普遍性を志向する同志とみなしつつも、美的な驚異を期待する意味ではむしろ異質でいて欲しいという矛盾を孕んだ感情を抱いていたため、自分たちに同化しようとする彼らのありのままを受け止めづらかったのではないか。また当時の彼らには、倫理的な観点から植民地博覧会の他者表象の受容を拒否したことで、それ以上の美的追求が不可能となる面もあった。

それに対して十年後、共産党とも決定的に離れた後に、マルティニックの風土のなかでメニルやセゼールや、ネグリチュード運動の萌芽でもあった『熱帯』誌と「出会った」ときには、ブルトンにとってはそれらが「異質なもの」との出会いであっただけに、むしろ受け入れやすかったと言える。だからこそブルトンは、一九三〇年代初頭のパリのメニルと、十年後のマルティニックのメニルとを同一視しづらかったのではないか。ふたつのメニルが同一人物であると認めるところから思考を展開することを、回避したのではないか。

ブルトンらシュルレアリストには、自分たちの異質なものへの関心と、植民地主義的な営利追求や異国趣味とを区別するためにも、非倫理的な植民地表象の受容を拒む必然性があっただろう。しかしその一方で、被植民者として美的には「外の人」、「異人種」と見られながらも、倫理的、建前的には「共和国市民」、「普遍的な尊厳を持つ人間」であるという二重の立場にあったマルティニック出身者たちを前にしたブルトンは、そうした人々の創造原理の真の理解や、二重性――外のものだが国のものという、植民地博覧会に集められた物品と構造的には同一の二重性――を背負わされた彼らの複雑な立場を受け止めるにはいたっていないように見える。ここには、シュルレアリスムの「異質なもの」との出会いにまつわるジレンマのひとつが、浮き彫りになっていないだろうか。[20]

非倫理的な現実に向き合う

そこで最後に、黒人表象や植民地表象を扱った文学作品として、シュルレアリスムと関連の深いジャリとピエール・ド・マンディアルグというふたりの作家の作品について検討したい。一九三〇年代から四〇年代初頭の事象を扱うといいながら世紀初頭のジャリの作品に言及するのは唐突のそしりを免れないとは思うが、有色人種という「異質なもの」に対する美的驚異への期待と倫理的態度との両立困難という問題を、小品ではあれ、これらの作品が乗り越えているように思えるからだ。

ジャリ（一八七三－一九〇七）が代表作『ユビュ王』（一八九六）などで、当時の西洋列強の帝国主義的領土拡張や植民地主義を痛烈に揶揄したことはよく知られている。『緑の蝋燭』と題される予定もあった生前未刊のテクスト群は、一九〇一年から〇五年に『ルヴュ・ブランシュ』誌や『フィガロ』紙等に掲載されたコラム風の作品からなっている。これらのテクストでは、同時代の社会的な出来事が取り上げられており、その主題は法律、戦争、保健衛生などから、事故や三面記事的な話題まで多岐に及んでいる。

そのひとつ「ニグロの植民地パリ」は、一九〇一年に犯罪防止キャンペーン中のパリで起きた、ひとりの黒人男性による無銭飲食とボーイへの暴行という三面記事を、そのまま下敷きにしている。以下がその全文である。

ベルヴィルの警察署長ジラール氏は、ひとりのニグロを躍起になって探しているらしい。このニグロはパリカオ通りのカフェでさんざん飲み食いしたあげく、支払いをせずに逃げ、おまけに腹に頭突きをくらわせて店のウエイターを突き倒したらしい。しかし我が国の役人の皆さんには、この黒人を野蛮な詐欺師扱いしないでいただきたい。我々は探検家たる彼に、敬意を表してはばからないのだ。その行為はすべて、彼がかのスタンレーや、ベアグルやマルシャンのような人たちのすばらしい好敵手であることを示しているではないか！　いささか真似のしすぎだとしても。

彼はアフリカの学問に利するべく、我々の土地の産物を味見していたのだ。そして、多分それなりの理由があって彼がこの国の最敬礼《サラム》だと理解したこと、すなわちミュージックホールの通路に置いてある、パワーメーターつきの張り子のニグロ人形の臍めがけて入れられる強くねんごろな一撃を恭しく真似し、ウエイターの腹に頭突きをくらわせたからと言って、それが何だというのだ？　もし誰にも止められなければ、いずれ彼は何本か国旗を立て、建物をいくつか選んで焼き、何人もの人を奴隷として連れ帰っていたはずだ。ベルヴィルの警察署長が自分の誤りを正さないとしたら、同じように、わが国の派遣団のすばらしい団長たちのことをただの詐欺師呼ばわりしてはばからないオート＝ニジェールの酋長たちの誤りも、驚くにはあたらない。(21)

このテクストを実際の新聞報道と比較すると、ジャリが報道内容に何も変更を加えていないことがわかる。(22)ジャリは黒人による犯罪行為の歪曲や隠蔽をしているわけでも、加害者の黒人に同情を示しているわけでもない。

彼は貧乏、粗暴、無教養といった、白人の黒人に対する紋切り型の否定的先入観とは裏腹に、この黒人は白人に敬意を表してその行動を忠実に真似たのだという理屈を持ち出して、報道された事件を解説している。それによってジャリは、パリのミュージックホールに設置されている黒人の人形を殴ってそのパンチ力を競うゲームや、アフリカからの物品の持ち帰りや、その地の領土化に心理的抵抗や疑問を感じない白人たちに、その正当性を問いかけている。ジャリは『緑の蝋燭』というこの作品集に、「当世の諸事象を照らす複数の光」という副題を与えようとしていた。社会の現実も、あてる光が変われば別の見方ができるということを、ジャリはこのテクストにおいても実践したと言えよう。

次に取り上げるのは、ピエール・ド・マンディアルグ（一九〇九―一九九一）の作品集『黒い美術館』（一九四六）のなかの「パサージュ・ポムレー」である。[23] この作家が作品を発表したり、シュルレアリスム運動に参加したのは一九四〇年代以降であるが、一九〇九年生まれの彼は、『正当防衛』に集ったマルティニック青年たちと同世代である。また彼は複数の対談のなかで、自分が昔も今も黒人に強い共感を抱いていること、一九二八年頃友人のアンリ・カルティエ＝ブレッソンとアンティルダンスホールに行き始めたこと、その後も黒人音楽家たちがジャズを演奏するバーに通ったこと、友人フィリップ・スーポーの黒人が登場する小説を愛読していたことなどに言及しており、[24] 両大戦間に、彼が有色人種による大衆的なスペクタクルを好んで見ていたことがわかる。この作家の貴族趣味的で浮世離れしたイメージのせいか、この点はほとんど問題にされていないようだが、彼の作品には重要な登場人物として黒人が登場するものが多くあり、黒人系の有色人表象が彼の関心事であったことは、明らかである。

「パサージュ・ポムレー」は、一八四三年に完成したナントの中心部にある同名の豪華なパサージュと、その界隈を舞台とする幻想小説だ。このパサージュは町の観光名所でもあり、ロワール川に向かって下る町の勾配を利用して、三層からなる点が特徴的である。[25] 劇場や高級商店が立ち並ぶブルジョワ街に通じる三階の入口と、金融街や、港町の面影を残す酒場や売春窟が並ぶ猥雑な地区に続く一階の入口とを上下に階段でつなぐ特異な構造が、作家の想像力を刺激したことは想像に難くない。

物語は革命記念の祝祭で賑わう七月十四日の夕刻から翌日の夜明けに設定され、この町に住んだジュール・ヴェルヌの作品や砂糖への言及などから、フランス共和国の歴史が植民地の拡張とともにあったことや、この町の繁栄が植民地貿易と不可分であったことを読者に思い出させる。物語の語り手はブルジョワ街からパサージュの上階に入り、店舗のショーウインドーを吟味しつつ階段を下りパサージュを出て、謎の女性に導かれるように売春窟に入りこむが、実はその語り手は、翌朝売春窟の入口に汚物とともに捨てられていた「鰐人間」で、遠洋航海の元船長に拾われた彼が、元船長がやっていた奇形動物の見せ物小屋で何年か働いた後に死んだこと、そこまでのテクストは、「鰐人間」の死亡後に作者である「私」が譲り受けた彼の手記だったことが明かされて、物語は終わる。(26)「鰐人間」は原文では「カイマン＝オム」で、カリブ語が語源で鰐を意味する「カイマン」という語が、カリブ海地域の交易や動植物の採取を連想させる。

ジャリとピエール・ド・マンディアルグの作品はともに、ブルトンの『ナジャ』やアラゴンの『パリの農夫』（一九二六）のように、パリやナントの実際の光景から生まれており、現実からの逃避ではなく、町の現実から語りや夢の素材を取り出すという意味でシュルレアリスム的である。またミュージックホールの大衆的で猥雑な黒人表象や、植民地主義に根ざした繁栄の痕跡に彩られた、しかも有色人種の尊厳を踏みにじるような社会事象を作品の源泉に取りこんでいる。そしてそうした光景に常識外れな解説や驚異に満ちた夢幻的光景を重ねることで、普段何も考えずに出入りしている場所に宿る植民地主義的偏見を読者に気づかせる。しかもジャリもピエール・ド・マンディアルグも高尚で慇懃な文体でテクストを綴り、政治的抗議文書のような告発調を取っていないため、批判されることを嫌うブルジョワでも拒否反応を起こしづらいところがある。

シュルレアリストの先駆者とされるジャリや、一九四〇年代半ば以降、運動の周縁に位置したピエール・ド・

マンディアルグのこれらのテクストは、巷に溢れるグロテスクな黒人表象や植民地表象を視界から追い出すのではなく、そこに心身を浸し、それを詩的源泉にしたテクストを産むことで倫理的な意図の実現にも到達している。ここには、「植民地博覧会に行くな」という、社会正義の点からは倫理的に正当なメッセージを発しつつも、シュルレアリストたちに敬意や連帯感情を示した有色青年たちを受け止めきれなかったブルトンが示した両義的態度よりも、「生を変え」ようとしたシュルレアリスムの戦略を、より効果的に実現しているさまが見られるのではないだろうか。

［註］

（1） « Ne visitez pas l'Exposition Coloniale », *in* Présentation et commentaires de José Pierre, *Tracts surréalistes et déclarations collectives*, t. I (1922/1939), Le terrain vague, 1980, pp. 194-195, pp. 451-452.

（2） Paul Eluard, *Lettres à Gala 1924-1948*, Gallimard, 1984, pp. 133-134.

（3） Didier Grandsart, *Paris 1931 Revoir l'Exposition coloniale*, FVW, 2010, pp. 96-97.

（4） Lilyan Kesteloot, *Histoire de la littérature négro-africaine*, Karthala - Auf, 2001, mise à jour 2004, p. 95.

（5） Régis Antoine, *Les écrivains français et les Antilles*, G.-P. Maisonneuve et Larose, 1978, p. 363.

（6） 以下も参考にした。Sous la direciton du professeur Jack Corzani, *Dictionnaire encyclopédique Désormeaux*, 1-7, Fort-de-France, Désormeaux, Le Lamentin (Martinique), 1992-1993.

（7） Lilyan Kesteloot, *Les écrivains noirs de langue française : naissance d'une littérature*, 4me édition, Editions de l'Institut de Sociologie, l'Université Libre de Bruxelles, Bruxelles, 1971, p. 59.

（8） *Légitime Défense*, 1931, p. 1, *in Légitime Défense*, (reproduction), Jean-Michel Place, 1979.

（9） Didier Grandsart, *Paris 1931 Revoir l'Exposition coloniale*, *op. cit.*, pp. 61-65.

（10） René Ménil, « Généralités sur "l'écrivain" de couleur antillais », *in Légitime Défense*, *op. cit.*, p. 9.

（11） Régis Antoine, *op. cit.*, p. 363 ; Geneviève Sézille-Ménil, « Avant-propos », dans René Ménil, *Pour l'émancipation et l'identité du peuple martiniquais*, L'Harmattan, 2008, p. 8.

（12） エティエンヌ・レロ、ジュール（＝マルセル）・モヌロ、ピエール・ヨヨットの署名が、一九三三年二月から三四年四月のあいだの複数のビラに見られる。（*in Tracts surréalistes et déclarations collectives*, t. I (1922/1939), *op. cit.*, pp. 238-269.）

（13） Étienne Léro, « Poèmes », *in Le Surréalisme au service de la révolution*, n°5, mai 1933, p. 40 ; « Poème », *in Documents 34*, nouvelle série, Bruxelles, 1934, p. 85 ; Pierre Yoyotte (190?- 1940), « Théorie de la fontaine », *in Le Surréalisme au service de la révolution*, n°5, *op. cit.*, pp. 2-3 ; « Réflexions conduisant à préciser la signification antifasciste du surréalisme », *in Documents 34*, nouvelle série, Bruxelles, 1934, pp. 86-91.

（14） J.-M. Monnerot, « A partir de quelques traits particuliers à la mentalité civilisée », *in Le Surréalisme au service de la révolution*, n°5, mai 1933, pp. 35-37.

（15） Jules-M. Monnerot, « Remarques sur le rapport de la poésie comme genre à la poésie comme fonction. », *in Inquisitions*, Éditions du CNRS, 1990, pp. 14-20, etc... ; Étienne Léro, « Une attaque psychologique », *in Id.*, pp. 126-127.

（16） André Breton, « Un grand poète noir », dans *Martinique charmeuse de serpents*, 1948, dans *Œuvres complètes*, t. III, Gallimard, 1999, p. 401.

（17） *Id.*, p. 402.

（18） *Id.*, p. 401.

（19） André Breton, [Début d'une conférence à la Martinique], dans *Id.*, pp. 210-212 ; p. 1227.

（20） シュルレアリストと女性たちとの関係にも、同様の構造の葛藤が生じる場合があったように思う。例えばセルフポートレート写真家として知られ、作家でもあったクロード・カーアン（一八九四－一九五四）は、ひとりの女性を生涯のパートナーとした。また彼女は中性的で、性別が特定できない名をペンネームにし、政治的かつ分析的な文書を出版するなど、当時の社会が女性に求めた役割に収まらない存在として生きた。彼女は一九三〇年代を中心にシュルレアリストたちと交流し、ブルトンに強い尊敬と親愛の情を抱いていたが、運動のメンバーのほうは彼女に対して扱いづらさを感じていたと言う。（永井敦子『クロード・カーアン』、水声社、二〇一〇年、八四－八六頁、一三三頁、一五八頁参照。）

（21） Alfred Jarry, « Paris colonie nègre », dans *La Chandelle verte*, dans *Œuvres complètes*, t. II, Gallimard, 1987, pp. 287-288.

（22） *Id.*, p. 822.

（23） André Pieyre de Mandiargues, « Le Passage Pommeraye », dans *Le Musée noir*, 1946, dans *Récits érotiques et fantastiques*, Gallimard, 2009, pp. 190-201.

（24） André Pieyre de Mandiargues, *Le désordre de la mémoire*, Gallimard, 1975, pp. 68-69 ; *Un saturne gai*, Gallimard, 1982, pp. 67-71.

（25） パサージュ・ポムレーについては、以下を参照。André Péron, *Le Passage Pommeraye*, Nantes, Coiffard édition, 1996.

（26） André Pieyre de Mandiargues, « Le Passage Pommeraye », dans *op. cit.*, p. 201.

河本真理

〈オブジェ〉の挑発——シュルレアリスム／プリミティヴィスム／大衆文化が交錯する場

両大戦間期のパリの様々な芸術と大衆文化の照応関係を探るに当たって、一九三〇年代にとりわけ着目された「オブジェ（objet）」を取り上げよう。そもそも「オブジェ」の原義は、「前に投げ出す」「前に置く」であり、感覚に影響を及ぼすものとされる。一九三〇年代の文脈の「オブジェ」は、「彫刻」との境界で揺れ動く三次元の物体を概ね指していた。プロの芸術家による技巧を必ずしも必要とせず、むしろそうした技巧を否定する傾向にある「オブジェ」は、広く門戸を開き、「シュルレアリスムのオブジェ（objet surréaliste）」、アフリカ・オセアニア・アメリカの「野蛮の品々（objet sauvage）」、蚤の市などで「見出されたオブジェ（objet trouvé）」などとして、まさにシュルレアリスムとプリミティヴィスムと大衆文化が交錯する場を提供したのだ。

「オブジェ」については、星埜守之の二〇〇〇年の重要な論考、[1]近年では二〇一三年にケ・ブランリー美術館で開催された、シュルレアリストと近しかった美術商シャルル・ラットンに焦点を当てた展覧会「シャルル・ラットン〈プリミティフ〉芸術の創造[2]」などがすでにあるわけだが、本稿では、そうした先行研究を踏まえながら、オブジェに関するメルクマールとなる出来事を軸に、オブジェとそれをめぐる言説を再検討していきたい。具体的な軸とは、『シュルレアリスム革命』誌に最初に「野蛮の品々」が登場する一九二六年、一九三〇年にシャルル・ラットンらによってピガール劇場の画廊で開催された「アフリカ美術とオセアニア美術展」、一九三一年の「パリ国際植民地博覧会」と「シュルレアリスムのオブジェ」の最初の定義、一九三六年にシャルル・ラットン画廊で開催された「オブジェのシュルレアリスム展」と、『カイエ・ダール』誌のオブジェ特集号に掲載されたアンドレ・ブルトンのテクスト「オブジェの危機」(3)である。本稿では、これらの考察を通して、両大戦間期のパリの美術の複雑な様相の一端を浮き彫りにする。

「野蛮の品々」の受容の変遷

さて、オブジェの中でいち早く登場するのは「野蛮の品々」である。アフリカの彫像は、すでに一八八二年からパリのトロカデロ民族誌博物館に展示されていた。フォーヴィスムやキュビスム、表現主義など二十世紀初頭から第一次世界大戦前にかけてのモダン・アートに対する「黒人芸術《アール・ネーグル》」の影響はよく語られるところで、パブロ・ピカソの《アヴィニョンの娘たち》(一九〇七)などを思い起こせばよいだろう。こうした第一世代を支えたのが詩人ギヨーム・アポリネールである。この第一世代の中でもピカソの関心がアフリカの彫像の「幾何学性」、すなわち「造形性」にあったという認識は、美術批評家ヴァルドマール・ジョルジュら衆目の一致するところであった。(4)もっとも、ピカソのプリミティヴィスムは、造形的な関心に限られたものではなく、ピカソは(回顧的とはいえ)《アヴィニョンの娘たち》を「最初の悪魔祓いの絵」(5)と呼んでいた。《アヴィニョンの娘たち》に見られる「グロテスク」や「歪曲《デフォルメ》」は今日でも、その攪乱的な力ゆえにアナーキスト的・反植民地主義的であるとする解釈(6)と、その反対に、非西洋に対する偏見と白人優位主義の植民地主義的な表象であるとする解釈(7)の間で揺れ動いている。また、この第一世代の時期には、黒人芸術はまずアフリカに結びつけられていた。「オブジェ」

図1 「アフリカ美術とオセアニア美術展」, ピガール劇場の画廊, 1930 年

図2 「アフリカ黒人美術」展, ニューヨーク近代美術館, 1930 年

という用語はあまり使われておらず、「彫刻（sculpture）」「彫像（statue）」といった既存のジャンルの用語が使われていたのだ。

黒人芸術愛好熱は、第一次大戦後さらに高まりを見せた。第一次大戦後の世代を第二世代とすると、この第二世代の特徴は、黒人芸術愛好熱が大衆化・商業化するとともに、黒人芸術が美術史学的知と民族誌的知という学知の対象となり、体系的な分類が適応されて制度化されたということである。(8) トロカデロ民族誌博物館でオブジェが雑然と並べられていた時代は終わり、オブジェの展示方法も変化する。第二世代の美術商シャルル・ラットンは、ルーヴル学院で美術史の学位を取得しており、その学知が地域・時代ごとに整然と分類する展示方法にも反映された。一九三〇年にシャルル・ラットンらがピガール劇場の画廊で開催した「アフリカ美術とオセアニア美術展」【図1】について、美術批評家モーリス・レイナルは次のように記している。「〔展示品は、〕カタログ化され、同定され、キャプションを付けられている。〔……〕それらは、磨かれ、消毒され、性的要素を取り除かれて、お墨付きとなった。〔ラフィアの髭といった〕あらゆる装飾が消え去った。〔……〕それらは、稀少な木材で作られた小さな台座の上に据えられている」(9)。実は、この展覧会に出品されたベナンの彫刻のいくつかが「あまりに写実的」で「猥褻」であるとスキャンダルになった際、トリスタン・ツァラは、「展示品の純粋な芸術性」を強調して擁護した。(10) 一九二〇年頃からすでに議論の俎上に載せられていた「黒人芸術をルーヴル美術館に入れるべきか」という問題は、黒人芸術を西洋美術の形式的規範に則った美的なオブジェとする方向で論じられるようになるのだ。(11) 一九三五年にシャルル・ラットンらが出品してニューヨーク近代美術館で開催された「アフリカ黒人芸術」展(12)【図2】は、こうした審美的な立場をより純化したフォーマリズム的アプローチに基づくものである。この展覧会では、地域ごとの展示ではなく、ホワイト・キューブの中で、個々の独立した台座の上に西洋の彫刻作品に対してするような展示がなされた。

他方、民族誌的知は、文化人類学者ジェイムズ・クリフォードが「民族誌的シュルレアリスム」(13) において語るポール・リヴェ、リュシアン・レヴィ＝ブリュル、マルセル・モースらの民族学者と、『ドキュマン』誌のジョルジュ・バタイユ、カール・アインシュタイン、ミシェル・レリスらの、一種の協同関係において進展した。レリスは、一九三一－三三年のダカール＝ジブチ調査団にも参加している。こうした民族誌的知の立場に立つジョルジュ・アンリ・リヴィエールらは、黒人芸術を美的なオブジェとして信仰や風習や用途から切り離そうとする立場に反駁する論陣を張った。[14] 審美的なフォーマリズムは、一九八四年にニューヨーク近代美術館のウィリアム・ルービンがオーガナイズした「二十世紀美術におけるプリミティヴィズム──「部族的」なるものと「モダン」なるものとの親縁性」展に際しても、激しい論争の的となる。[15] クリフォードは、審美的フォーマリズムに基づいたこの展覧会の「部族美術の「発見」という視点とその根底にある論理が、植民地主義時代および新植民地主義時代に根ざした、西洋の覇権を当然視する前提を再生産している[16]」と批判した。クリフォードによれば、部族の品々を芸術として扱うことによって、その本来の文化的コンテクストを排除する審美的言説も、文化的コンテクストの中で表象する人類学的言説もそのどちらもが、「部族世界が保存、救済、代弁を必要としていることを前提としている[17]」点において共通しており、「第三世界モダニズムあるいは近年の部族的作品の例[18]」を無視することによって、部族世界の現在の文化的ダイナミズムを抑圧しているのである。

初期シュルレアリスムと「野蛮の品々」

それでは、こうした「野蛮の品々」の受容の文脈を確認したうえで、ブルトン周辺のシュルレアリスムに戻ると、最初に「野蛮の品々」が登場するのは、一九二六年の『シュルレアリスム革命』誌である。まず、三月刊行の第六号では、オセアニア（メラネシア）のニューメクレンブルク島の仮面の写真がブルトンの詩的テクストに挿入されている。また、同年三－四月の「シュルレアリスム画廊」開廊記念の展覧会「マン・レイの絵画と島々

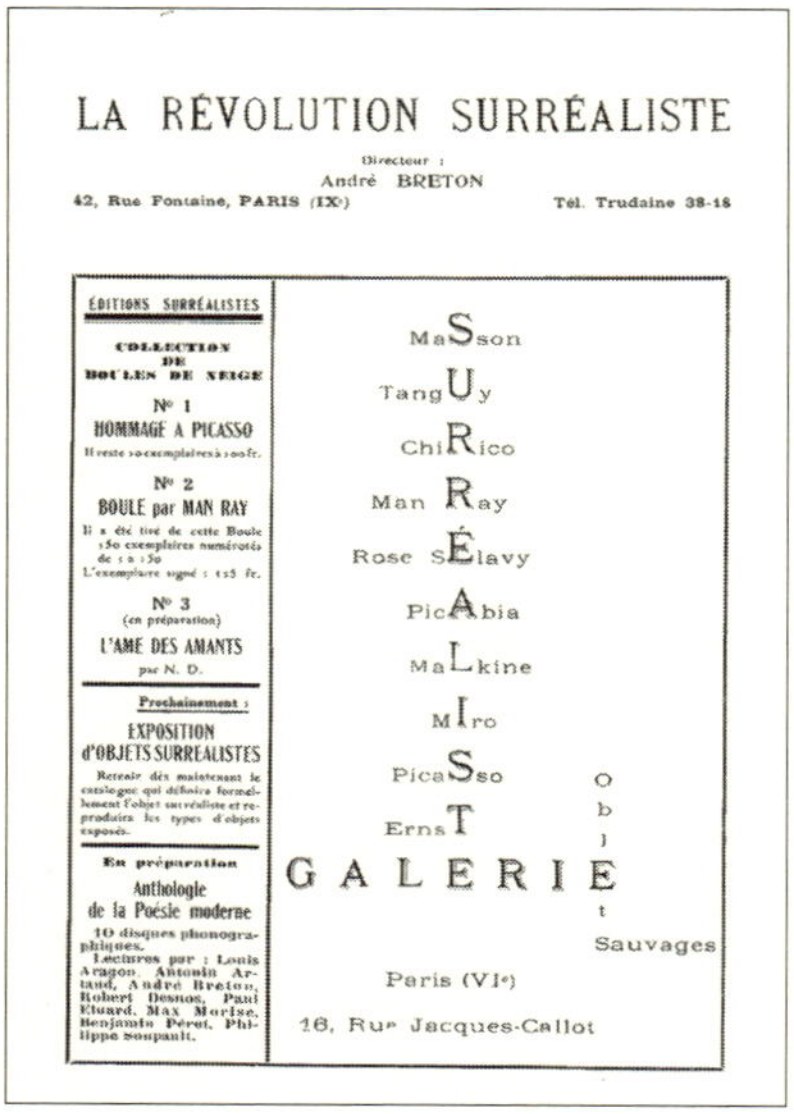

図3 『シュルレアリスム革命』誌第8号(1926年)

からのオブジェ」にはミクロネシアからの「品々」が導入され、五－六月にはやはりシュルレアリスム画廊で「イヴ・タンギーとアメリカの品々」展が開催された。こうして見ると、シュルレアリストが運動の初期からオブジェに関心を持ち、当初から「彫刻」「彫像」というより「オブジェ」と呼んでいること、さらにアフリカ美術ではなくアメリカ美術とオセアニア美術を重視していることが分かる。

一九二六年十二月の『シュルレアリスム革命』誌第八号では、シュルレアリスム画廊の広告【図3】において、画廊が扱っている画家たちの名前――マッソン（Ma**S**son）、タンギー（Tang**U**y）、キリコ（Chi**R**ico）、マン・レイ（Man **R**ay）、ローズ・セラヴィ（Rose S**É**lavy）〔マルセル・デュシャン〕、ピカビア（Pic**A**bia）、マルキィヌ（Ma**L**kine）、ミロ（M**I**ro）、ピカソ（Pica**S**so）、エルンスト（Erns**T**）――と画廊（**GALERIE**）の太字を縦方向に読むと「シュルレアリスト（**SURRÉALISTE**）」と読め、その右下に「野蛮の品々（ObjEts Sauvages）」の文字も組み込まれている。左側の欄には、「シュルレアリスムのオブジェ展（EXPOSITION D'OBJETS SURREALISTES）」の予告も見える。これは、少なくとも用語として「シュルレアリスムのオブジェ」が登場した最も早い例である。とはいえ、この当時、「シュルレアリスムのオブジェ」は、概念として十分に練られておらず、展覧会が開催できるほど作品が制作されていたわけでもなかった。展覧会の予告は時期尚早で、実際に展覧会が行われるのは、この予告から十年後の一九三六年まで待たねばならなかったのである。

パリ国際植民地博覧会と「シュルレアリスムのオブジェ」の定義

さて、「シュルレアリスムのオブジェ」が定義されたのは一九三一年だが、この年のパリの一大イヴェントは、五月六日から十一月十五日まで開催されていた国際植民地博覧会[19]であった。空前の成功を収めたこの「野蛮の人々や品々」のスペクタクルは、フランス植民地主義の絶頂を示し、植民地の「文明化」を正当化する文化的・政治的プロパガンダとして機能したのだ。この植民地博覧会にフランス共産党とともに異議を唱えた数少ない勢力が、ブルトンを中心とするシュルレアリスムのグループである。ブルトンらは、五月にビラ「植民地博覧会に行くな[20]」を、七月にはオランダ領インド（インドネシア）館の火災によって展示品が消失したことを非難するビラ「植民地博覧会の最初の決算報告[21]」を発行して、博覧会を手厳しく批判した。しかし、こうしてシュルレアリストが反植民地主義の旗手を鮮明にした一方、ブルトンとポール・エリュアールの二人は、「植民地博覧会の最初の決算報告」を発行したまさにその日に、経済的事情から自身の「野蛮の品々」のコレクションをシャルル・ラットンも関わる売立てにかけて、予想を上回る利益を得る。植民地博覧会において、シュルレアリストいうところの「〔植民地の〕作り手から暴力によってもぎ取られた品々[22]」に対する関心が高まったことによる経済的利益を皮肉にも享受する形になったわけだ。しかしながら、公的には「植民地博覧会に行くな」と宣言したことによって、シュルレアリストは、植民地主義から切り離すことの困難な「野蛮の品々」に対する「扱いづらさ」を抱え込むことになり、この年に「シュルレアリスムのオブジェ」が定義される際、「野蛮の品々」はいったん後景に退けられる。

「シュルレアリスムのオブジェ」が定義されたのは、一九三一年十二月刊行の『革命に奉仕するシュルレアリスム』誌第三号である。一九三〇年にピエール・レーブ画廊で目にしたアルベルト・ジャコメッティの《つり下げられた球》【図4】に触発されたサルバドール・ダリは、「シュルレアリスムのオブジェ」の六つの類型を示し、その第一の類型を「象徴的機能をもつオブジェ」と定義した。[23] ダリによれば、「象徴的機能をもつオブジェ」は、「無意識の行為の実現によって引き起こされやすい幻想や表象に基づく」[24]ものである。こうしたオブジェは、「造形的な関心の外にあり」、そのエロティックな欲望の具現化が「置き換えと隠喩」によるために、「詩的な事実のプロセスに似ている性的倒錯のプロセスのタイプ」を構成する。[25] ダリの手になるそうしたオブジェ【図5】は、女性用のヒールの内側にぬるい牛乳の入ったグラスを置き、ヒールの絵が描かれた砂糖をその牛乳に浸すことによって、砂糖とヒールの絵が溶けていく様を観察するというもので、ヒールの周囲に貼り付けられた恥毛やエロティックな写真がこのオブジェの性的側面を助長している。[26] ブルトンも、ジークムント・フロイトの『夢判断』を参照しながら、「詩的オブジェ」とその潜在的な性的内容について語った。[27] こうした詩的なプロセスとの類似は、シュルレアリスムの重要なレトリックの一つで、これまでもブルトンらがマックス・エルンストのコラージュを定義するために用いてきたものである。[28] したがって、「象徴的機能をもつオブジェ」や「詩的オブジェ」を、コラージュが三次元空間に拡張したものと見なすこともできるだろう。このように、新しくダリとジャコメッティが、オブジェを牽引する役割を果たすようになる。

「オブジェのシュルレアリスム展」と「オブジェの危機」

それでもなお、実際に展覧会が開催されるのは、さらに五年後の一九三六年のことである。しかしながら、この間にオブジェの範疇は拡大した。まず一九三四年に、ブルトンはジャコメッティとともに、蚤の市で金属製の半面マスク【図6】――二人は当初フェンシングのサーブル競技用のドイツ製の面だと思っていたが、実際には第一次大戦中に使用された防毒マスクであった――と、木製の大きなスプーン【図7】を見つけた。[29] ブルトンは、

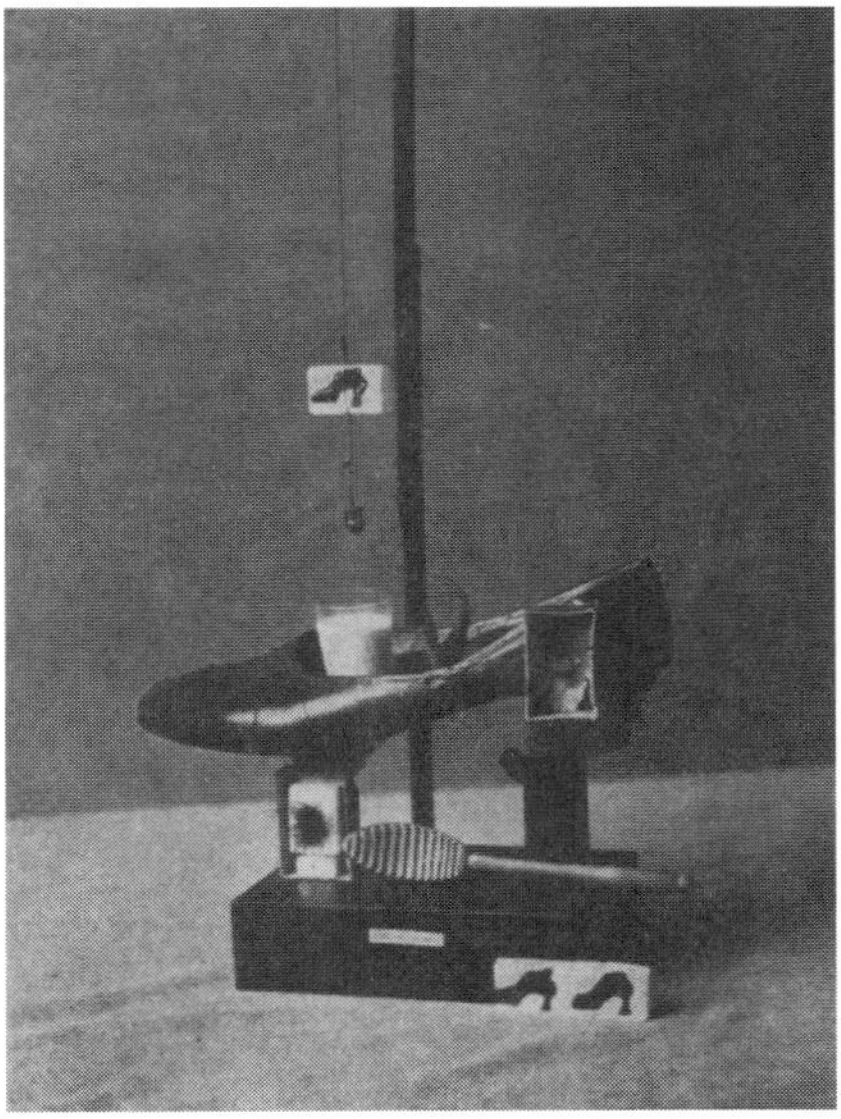

図5　サルバドール・ダリ《象徴的機能をもつオブジェ》,『革命に奉仕するシュルレアリスム』誌第3号（1931年）に掲載

図4　アルベルト・ジャコメッティ《つり下げられた球》,『革命に奉仕するシュルレアリスム』誌第3号（1931年）に掲載

図6　金属製の半面マスク

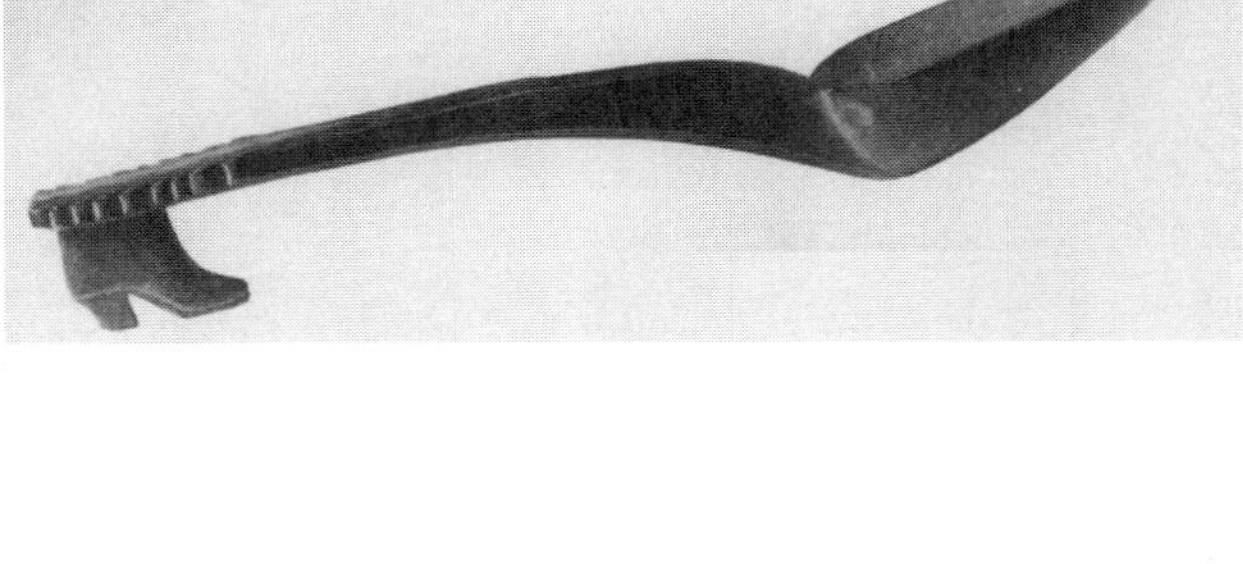

図7　木製のスプーン「靴＝ヒール」，個人蔵

発見した掘出し物の「触媒的役割」[30]を語り、防毒マスクにはタナトスを、木製のスプーンにはシンデレラの「靴＝ヒール」、すなわちエロスを投影する。[31]これが「見出されたオブジェ」である。ここで着目すべきは、大衆文化、あるいは廃物とリサイクルの展示場ともいえる蚤の市が、以前は「野蛮の品々」の宝庫だったものの、一九三〇年頃からその役割を果たさなくなってきたことだ。モーリス・レイナルは、次のように述べている。「私たちが〔野蛮の品々を〕蚤の市や、「屑鉄」の古物商や、水兵が酒瓶一本と引き換えに置いていった港の酒場で探していた時代は終わりだ」[32]。すなわち、蚤の市などで半ば偶然掘出し物を発見するというのに代わって、シャルル・ラットンのような専門の美術商が「野蛮の品々」を選別するようになったというわけである。シュルレアリスムにおける「見出されたオブジェ」は、「野蛮の品々」と大衆文化のつながりがいわば切れた段階で、その代わりにオブジェと大衆文化を結びつける役割も果たしたといえるだろう。

「見出されたオブジェ」に加え、一九三六年には、エルンストとマン・レイが、ポワンカレ学院に展示されていた数学的オブジェ【図8】を見つける。十年前に予告されていた「シュルレアリスムのオブジェ展」は、この年の五月二十二日から二十九日まで、シャルル・ラットン画廊でようやく「オブジェのシュルレアリスム展」として具現化した。この展覧会は、「自然のオブジェ」「解釈された自然のオブジェ」「取り込まれた自然のオブジェ」【図9】「衝撃を受けたオブジェ〔噴火や火災で変形したオブジェ〕」「見出されたオブジェ」「見出され解釈されたオブジェ」「アメリカの品々」「オセアニアの品々」「数学的オブジェ」「レディ・メイドと手を加えたレディ・メイド」「シュルレアリスムのオブジェ」【図10】から成り、これらのオブジェは全て同列視されている。展覧会のタイトルの変更は、こうした多様なオブジェをシュルレアリスムの名の下に包括しようとする戦略に基づくものである。地域やジャンルを横断し、時には時代を遡って、全てを「シュルレアリスム」あるいは後年の「魔術的芸術（L'art magique）」の下に領有しようとするやり方は、ブルトンによく見られる戦略だ。

この展覧会を機に、『カイエ・ダール』誌でオブジェ特集号が組まれた。ブルトンは、この特集号に掲載され

図8　罫のある表面（撮影：マン・レイ），『カイエ・ダール』誌第1-2号（1936年）に掲載

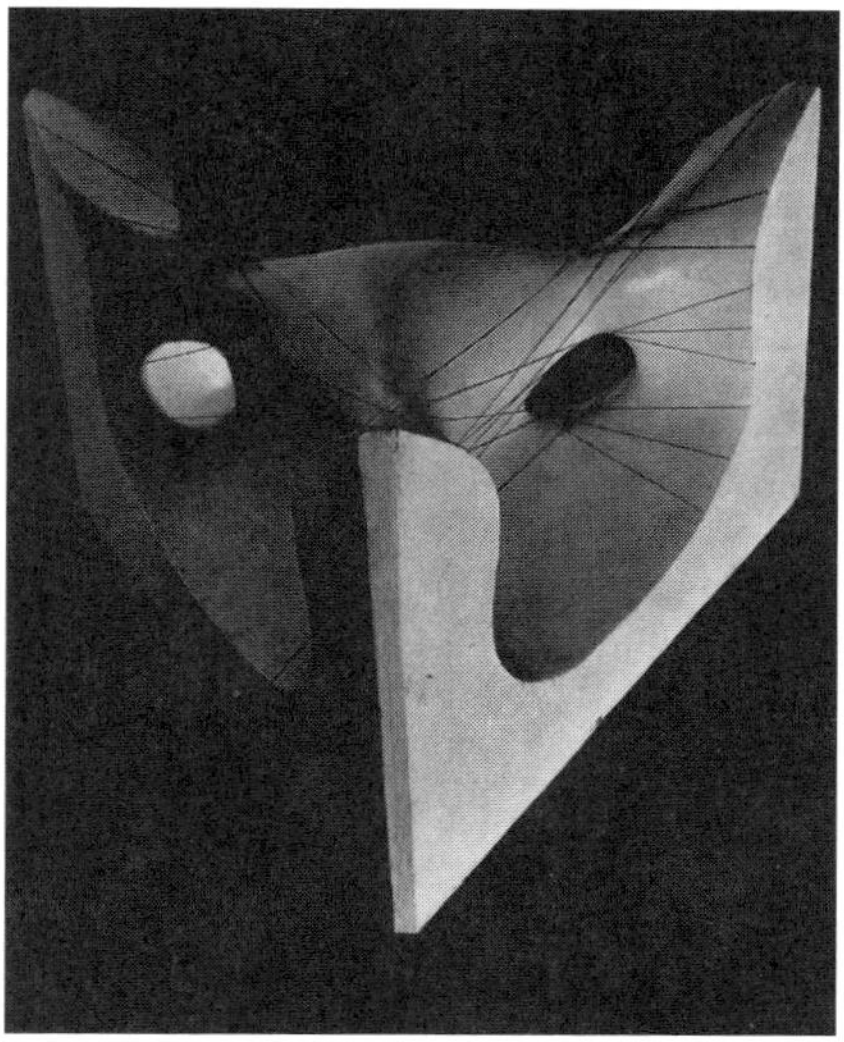

図10　メレット・オッペンハイム《毛皮の昼食》1936年，ニューヨーク近代美術館

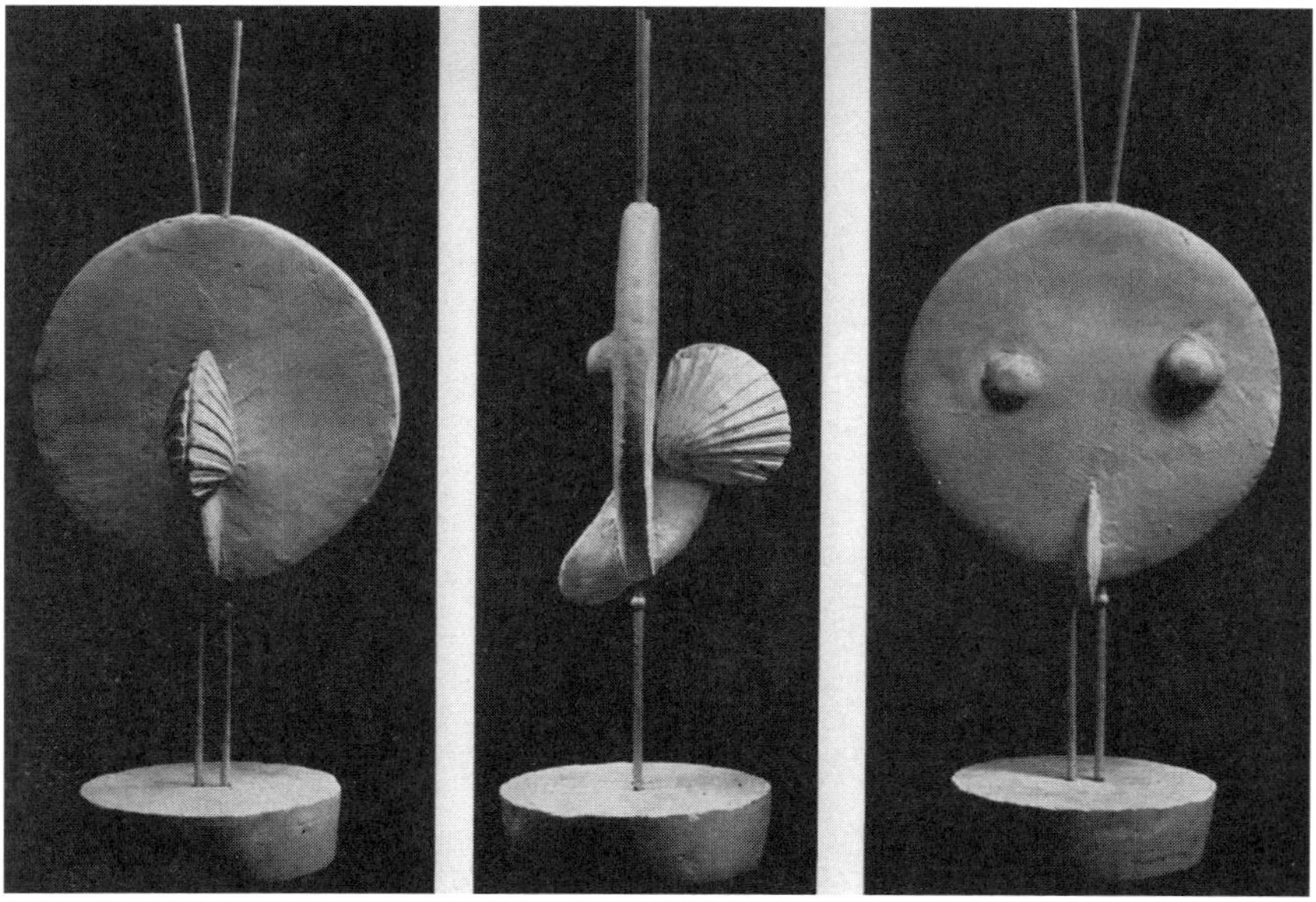

図9　マックス・エルンスト《取り込まれたオブジェ》，『カイエ・ダール』誌第1-2号（1936年）に掲載

た重要な論考「オブジェの危機」の中で、様々な種類のオブジェを定義している。「見出されたオブジェ」は、「偶然の発見物から品位を引き出」し、エルンストの「見出され解釈されたオブジェ」は、「必要とあればできる限り積極的な解釈のためにある程度の余白を残しておく」とされ、「いわゆるシュルレアリスムのオブジェ」は、「直接的に与えられたものから取られた個々ばらばらの要素から出発して、あらゆる断片からオブジェを再構成する」とされた[33]。ブルトンは、「オブジェを何か新しい名称に結びつけ、それに署名をすることでその本来の目的から引き離す行為[34]」たるマルセル・デュシャンのシュルレアリスム以前のレディ・メイド[35]も含めて、シュルレアリスムの歩みを「オブジェの全面的な革命[36]」と定義するに至る。「単なる役割の変更によって[37]」何か別のものを作り出すこれらのオブジェにおいては、使用価値や「慣習的な価値は、〔オブジェの〕表象的な価値の背後に消え去る[38]」。エリュアールが「詩の物理学[39]」と呼んだこうしたオブジェは、ダリの理論と同様、隠喩《メタファー》という共通のパラダイムによって、詩的事実との類似に基づくことが強調されるのである。ブルトンは、オブジェを造形的・美学的観点から評価することを拒否し[40]、そこに「喚起力」あるいは「絵になる」表象的な価値[41]、すなわち性的な欲望を喚起するイメージの力のみを認めた。シュルレアリストがオブジェ自体を展示するのと同じくらい、その写真複製（イメージ）を多用したのはまさにそのためである。

　さて、「オブジェのシュルレアリスム展」において、「野蛮の品々」はどのように扱われたのだろうか。顕著なのは、初期シュルレアリスムから見られた、アフリカ美術の排除とアメリカ・オセアニア美術の重視が徹底されていることである。展覧会に出品されているのは「アメリカの品々」と「オセアニアの品々」のみで、ブルトンがシュルレアリスムとの「関係は取るに足らない[42]」と言明したアフリカ彫刻は一点もない。この背景には、キュビストら黒人芸術受容の第一世代によって手垢のついたものの拒否[43]、アフリカ美術に詳しい民族誌的な『ドキュマン』誌との差異化、フランスがアフリカに多くの植民地を持つことに対する反植民地主義、そしてオブジェの理論化において一貫して主張された造形性の否定がアフリカ彫刻の造形性と折り合わないこと——などがある

図11　「オブジェのシュルレアリスム展」，パリ，シャルル・ラットン画廊，1936年

と考えられる。なお、この展覧会の準備段階の手稿では、「アメリカの品々」と「オセアニアの品々」はまとめて「野蛮の品々」とされていた[44]。最終的に「野蛮の」という形容詞が消去されたのは、ブルトンらの反植民地主義の立場ゆえに、フランスによって植民地化されたアフリカをまず想起させる形容詞を取り除く必要があったからではないか。

とりわけオブジェの理論において、敢えて造形性が否定されたことは、シュルレアリストが当初から既存のジャンルである「彫刻」ではなく「オブジェ」という中間領域のように開かれた新しい概念を前景化した理由となるだろう。しかし、それは、シュルレアリストのマルセル・ジャンも指摘したように[45]、オブジェがいかなる造形性も示さないという意味ではない。『カイエ・ダール』誌オブジェ特集号の巻頭を飾った、マン・レイが撮影した「数学的オブジェ」【図8】やそれに続く「自然のオブジェ」は、極端なクロースアップと明暗のコントラストの効いた照明によって異化効果を生み出し、「オブジェの肖像」といってよいほどの造形的な質を備えている。

これらは、いわばマン・レイによって「再び見出され再解釈されたオブジェ」である。エルンストの貝殻を取り込んだオブジェ【図9】も、造形性の高い彫刻といって差し支えないほどだ。(46)

シャルル・ラットン画廊での展示【図11】には、主にガラスケースが用いられている。しかしながら、地域・時代ごとに展示するシャルル・ラットンのやり方とは異なり、あるガラスケースでは、上段は「数学的オブジェ」と「アメリカの品々」、中段はエルンストの《ハバクク》(一九三五)とデュシャンのレディ・メイド《ワイン・ラック》一九一四、《ローズ・セラヴィよ、なぜくしゃみをしない?》一九二一)とピカソの《アブサントのグラス》(一九一四)、下段はメレット・オッペンハイムがティーカップとソーサーとスプーンを毛皮で覆った《毛皮の昼食》(47)【図10】などの「シュルレアリスムのオブジェ」が主に並べられている。展示方法自体が、異なる種類のオブジェを並置したコラージュともいえるが、全くアトランダムというわけではなく、最小限のまとまりがあり、全体の美的なバランスは保たれている。

*

この二年後の一九三八年、パリのボー・ザール画廊で「シュルレアリスム国際展」が開かれた。画廊全体が「シュルレアリスム街」に変貌したこの展覧会の華々しい演出は、今日のインスタレーションの先駆的な存在と考えられ、その「通り」にはシュルレアリストがオブジェとして制作したマネキン人形が勢揃いする。オブジェは空間化したのである。しかし、この国際展以降、「野蛮の品々」は、シュルレアリスムのオブジェの問題系から姿を消すことになる。「野蛮の品々」を「見出されたオブジェ」として理論化することは可能だったのかもしれないが、美術史学的知および民族誌的知として制度化され始めていた「野蛮の品々」は、シュルレアリスム/プリミティヴィスム/大衆文化の交錯するプラットフォームたり得なくなっていた。

それでもなお、これまで見てきた「野蛮の品々」といった「オブジェ」が突きつけた挑戦とその受容の変遷は、オブジェの発見者・受容者であり制作者でもあったシュルレアリストたちと美術商のネットワーク、当時の黒人芸術愛好熱、美学的視点と民族誌的視点、植民地主義と反植民地主義のイデオロギーの錯綜とその問題点を鮮やかに浮かび上がらせてくれるのである。

[註]

＊　引用文献に関して、邦訳があるものは可能な限り参考にさせていただいたが、文脈や訳語の統一の必要に応じて変更した場合もあるのをお断りしておきたい。

（1）　星埜守之「「野蛮の品々」と「オブジェ」の三〇年代を巡って」鈴木雅雄／真島一郎編『文化解体の想像力——シュルレアリスムと人類学的思考の近代』人文書院、二〇〇〇年、四三二－四五四頁。

（2）　Philippe Dagen (dir.), *Charles Ratton. L'invention des arts « primitifs »*, cat. exp., Musée du quai Branly, 2013.

（3）　André Breton, « Crise de l'objet », *Cahiers d'art*, n°s 1-2, 1936, pp. 21-26.（アンドレ・ブルトン「オブジェの危機」巖谷國士訳、『シュルレアリスムと絵画』瀧口修造、巖谷國士監修、人文書院、一九九七年、三〇八－三一五頁）。

（4）　Waldemar George, « Le crépuscule des idoles », *Les Arts à Paris*, n° 17, mai 1930, p. 7.

（5）　André Malraux, *La Tête d'obsidienne*, Gallimard, 1974, p. 18.

（6）　Patricia Leighten, "The White Peril and *L'Art nègre*: Picasso, Primitivism, and Anticolonialism," *The Art Bulletin*, Vol. 72, No. 4, December 1990, pp. 609-630. この論文を改訂した *id.*, "Colonialism, *l'art nègre*, and *Les Demoiselles d'Avignon*," *in* Christopher Green (ed.), *Picasso's* Les Demoiselles d'Avignon, Cambridge, Cambridge University Press, 2001, pp. 77-103 では、この見方はやや後退し相対化されている。

（7） David Lomas, "A Canon of Deformity: *Les Demoiselles d'Avignon* and Physical Anthropology," *Art History*, Vol. 16, No. 3, September 1993, pp. 424-446.

（8） Maureen Murphy, « Le "maniaque de la beauté." Charles Ratton et les arts d'Afrique », *in* Philippe Dagen (dir.), *op. cit*., pp. 64-111.

（9） Maurice Raynal, « Les nègres font leur entrée dans le monde », *L'Intransigeant*, 4 mars 1930.

（10） « M. Tristan Tzara et M. Henri de Rothschild sont d'accord... et les statuettes nègres ont réintégré la galerie Pigalle », *Paris-Midi*, 2 avril 1930.

（11） 「黒人芸術をルーヴル美術館に入れるべきか」という問題については、主に次の文献を参照。Félix Fénéon (éd.), « Enquête sur des arts lointains. Seront-ils admis au Louvre ? », *Bulletin de la vie artistique*, t. I, 15 novembre, 1er et 15 décembre, 1920, pp. 662-669, 693-703, 726-738 ; Georges Salles, « Réflexions sur l'art nègre », *Cahiers d'art*, n° 7, 1927, pp. 247-249 ; Waldemar George, article cité ; Maurice Raynal, « L'Art nègre prendra-t-il bientôt place au Louvre ? », *L'Intransigeant*, 10 juillet 1933 ; 大久保恭子『〈プリミティヴィスム〉と〈プリミティヴィズム〉――文化の境界をめぐるダイナミズム』三元社、二〇〇九年、一二六－一二八頁。

（12） 「アフリカ黒人芸術」展については、Maureen Murphy, article cité, pp. 93-96 を参照。

（13） James Clifford, *The Predicament of Culture: Twentieth-Century Ethnography, Literature, and Art*, Cambridge, Massachusetts, and London, Harvard University Press, 1988, "Chapter 4. On Ethnographic Surrealism," pp. 117-151.（ジェイムズ・クリフォード『文化の窮状――二十世紀の民族誌、文学、芸術――』太田好信ほか訳、人文書院、二〇〇三年、「第四章　民族誌的シュルレアリスムについて」一五一－一九三頁）。

（14） Georges Henri Rivière, « De l'objet d'un musée d'ethnographie comparé à celui d'un musée de beaux-arts », *Cahiers de Belgique*, novembre 1930, pp. 310-314. ジョルジュ・アンリ・リヴィエールは、トロカデロ民族誌博物館館長ポール・リヴェのもとで副館長を務め、多くの展覧会を手がけた。

（15） 「二十世紀美術におけるプリミティヴィズム」展をめぐる論争については、Jack Flam with Miriam Deutch (eds.), *Primitivism and Twentieth-century Art: A Documentary History*, Berkeley, Los Angeles, and London, University of California Press, 2003, "Part IV. The Museum of Modern Art's 1984 Primitivism Exhibition and its Aftermath," pp. 311-413 ; 大久保恭子、前掲書、一九一－一九三頁などを参照。

（16） James Clifford, "Histories of the Tribal and the Modern," *Art in America*, Vol. 73, No. 4, April 1985, reprinted in *The Predicament of Culture*, *op. cit*., p. 197.（ジェイムズ・クリフォード、前掲書、二五三頁）。

（17） *Ibid.*, p. 200.（同書、二五七頁）。

（18） *Ibid.*, p. 212.（同書、二七〇頁）。

（19） 国際植民地博覧会については、Pascal Blanchard et al. (dir.), *Exhibitions. L'invention du sauvage*, cat. exp., Musée du quai Branly, 2011 などを参照。

（20） « Ne visitez pas l'Exposition Coloniale » [mai 1931], repris dans José Pierre (éd.), *Tractes surréalistes et déclarations collectives*, t. I, 1922-1939, Losfeld, 1980, pp. 194-195.

（21） « Premier bilan de l'Exposition Coloniale » [3 juillet 1931], repris dans *ibid.*, pp. 198-200.

（22） *Ibid.*, p. 198.

（23） Salvador Dalí, « Objets surréalistes », *Le Surréalisme au Service de la Révolution*, n° 3, décembre 1931, pp. 16-17. ダリが提示した「シュルレアリスムのオブジェ」の六つの類型とは、「一　象徴的機能をもつオブジェ」「二　実体変化したオブジェ」「三　投影するオブジェ」「四　包まれたオブジェ」「五　機械オブジェ」「六　型取りオブジェ」だが、詳しい説明を加えているのは「象徴的機能をもつオブジェ」だけである。

（24） *Ibid.*, p. 16.

（25） *Idem.*

（26） ダリ自身の説明による（*ibid.*, p. 17.）。

（27） André Breton, « L'Objet fantôme », *Le Surréalisme au Service de la Révolution*, n° 3, décembre 1931, pp. 20-22.

（28） マックス・エルンストのコラージュと詩的プロセスとの類似を強調する言説については、拙著『切断の時代――20世紀におけるコラージュの美学と歴史』ブリュッケ、二〇〇七年、七五－九七頁を参照。

（29） André Breton, « Équation de l'objet trouvé », *Documents* 34, n° 1, juin 1934, pp. 17-24 ; *L'Amour fou* [1937], dans *Œuvres complètes*, t. II, Gallimard, « Bibliothèque de la Pléiade », 1992, pp. 697-709.（アンドレ・ブルトン『狂気の愛』海老坂武訳、光文社、二〇〇八年、六五－八七頁）。

（30） *Id.*, « Équation de l'objet trouvé », article cité, p. 20 ; *L'Amour fou*, *op. cit.*, p. 701.（同書、七〇頁）。

（31） *Id.*, « Équation de l'objet trouvé », article cité, pp. 21-24 ; *L'Amour fou*, *op. cit.*, pp. 701-709.（同書、七一－八七頁）。

（32） Maurice Raynal, « Les nègres font leur entrée dans le monde », article cité.

（33） André Breton, « Crise de l'objet », article cité, p. 24.（アンドレ・ブルトン「オブジェの危機」前掲論文、三一四頁）。

(34)　*Idem.*（同論文、三一三頁）。

(35)　「レディ・メイド」とは、「既製品」を意味する言葉で、デュシャンが選び出した大量生産の既製品を、芸術品として美術館などに展示した「作品」を指す。若干手を加える場合は、「手を加えたレディ・メイド」と呼ぶ。デュシャンの最初のレディ・メイドは《自転車の車輪》（一九一三年）。レディ・メイドは、一九二〇年代前半のピュリスム（ル・コルビュジエ、アメデ・オザンファン、フェルナン・レジェ）において表象された大量生産の規格品「オブジェ＝タイプ（objet-type）」にも通じるところがある。

(36)　André Breton, « Crise de l'objet », article cité, p. 24.（アンドレ・ブルトン「オブジェの危機」前掲論文、三一三頁）。

(37)　*Ibid.*, p. 26.（同論文、三一四頁）。

(38)　*Ibid.*, p. 24.（同論文、三一三頁）。

(39)　*Ibid.*, p. 22.（同論文、三一二頁）。

(40)　*Idem.*（同論文、三一〇–三一一頁）。

(41)　*Ibid.*, p. 24.（同論文、三一三頁）。

(42)　Lettre d'André Breton à Charles Ratton, 30 janvier 1935, citée *in* Philippe Dagen (dir.), *op. cit.*, p. 124.

(43)　Elisabeth Cowling, "An Other Culture," *in* Dawn Ades (ed.), *Dada and Surrealism Reviewed*, London, Arts Council of Great Britain, 1978, p. 464 ; 大久保恭子、前掲書、一三〇–一三三頁 ; Sophie Leclercq, *La rançon du colonialisme. Les surréalistes face aux mythes de la France coloniale (1919-1962)*, Dijon, Les presses du réel, 2010, p. 99.

(44)　Sophie Leclercq, *op. cit.*, p. 111.

(45)　Marcel Jean, « Arrivée de la belle époque », *Cahiers d'art*, n°s 1-2, 1936, p. 60.

(46)　*Idem.* を参照。

(47)　メレット・オッペンハイムの《毛皮の昼食（*Le déjeuner en fourrure*）》は、エドゥアール・マネの《草上の昼食（*Le déjeuner sur l'herbe*）》（一八六三年）のパロディでもある。

［参考文献］

Blanchard, Pascal et al. (dir.), *Exhibitions. L'invention du sauvage*, cat. exp., Musée du quai Branly, 2011.

Clifford, James, *The Predicament of Culture: Twentieth-Century Ethnography, Literature, and Art*, Cambridge, Massachusetts, and London, Harvard University Press, 1988.（ジェイムズ・クリフォード『文化の窮状――二十世紀の民族誌、文学、芸術――』太田好信ほか訳、

人文書院、二〇〇三年）。

Dagen, Philippe (dir.), *Charles Ratton. L'invention des arts « primitifs »*, cat. exp., Musée du quai Branly, 2013.

Flam, Jack with Miriam Deutch (eds.), *Primitivism and Twentieth-century Art: A Documentary History*, Berkeley, Los Angeles, and London, University of California Press, 2003.

Green, Christopher (ed.), *Picasso's* Les Demoiselles d'Avignon, Cambridge, Cambridge University Press, 2001.

Le Fur, Yves (dir.), *D'un regard l'Autre. Histoire des regards européens sur l'Afrique, l'Amérique et l'Océanie*, cat. exp., Musée du quai Branly, 2006.

Leclercq, Sophie, *La rançon du colonialisme. Les surréalistes face aux mythes de la France coloniale (1919-1962)*, Dijon, Les presses du réel, 2010.

Pinder, Kymberly N. (ed.), *Race-ing Art History: Critical Readings in Race and Art History*, New York and London, Routledge, 2002.

Rubin, William (ed.), *"Primitivism" in 20th Century Art: Affinity of the Tribal and the Modern*, exh. cat., New York, The Museum of Modern Art, 1984.（ウィリアム・ルービン編『20世紀美術におけるプリミティヴィズム――「部族的」なるものと「モダン」なるものとの親縁性』日本語版監修吉田憲司、淡交社、一九九五年）。

大久保恭子『〈プリミティヴィスム〉と〈プリミティヴィズム〉――文化の境界をめぐるダイナミズム』三元社、二〇〇九年。

大平具彦『二〇世紀アヴァンギャルドと文明の転換――コロンブス、プリミティヴ・アート、そしてアラカワへ』人文書院、二〇〇九年。

河本真理『切断の時代――20世紀におけるコラージュの美学と歴史』ブリュッケ、二〇〇七年。

星埜守之「「野蛮の品々」と「オブジェ」の三〇年代を巡って」鈴木雅雄／真島一郎編『文化解体の想像力――シュルレアリスムと人類学的思考の近代』人文書院、二〇〇〇年、四三二－四五四頁。

星埜守之

シュルレアリスムと日本の〈前衛〉——瀧口修造を中心に

フランスでシュルレアリスム運動が始動した一九二〇年代半ばまでに、日本では、シュルレアリスムに先立って、ダダ、未来派、構成主義など、ヨーロッパのあたらしい芸術潮流の受容や、それをもとにした創作活動が活発に行われていた。大正新興美術運動(1)と総称されることもあるこうした動きは、未来派美術協会(一九二〇)、アクション(一九二二)などの美術家グループを生み出し、また、『MAVO』(一九二四、村山知義ら)、『ゲエ・ギムギガム・プルルル・ギムゲム』(一九二四、略称:GGPG、野川隆、橋本健吉ら)などの雑誌や、高橋新吉の『ダダイスト新吉の詩』が刊行されているのもこの時期であった。たとえば、『GGPG』誌一九二五年第二号の近況報告欄には、「ネオ・ダダイスト近藤正治」「ネオ・シュプレマチスト野川隆」「意識的構成主義を主張する村山知義」(2)等々への言及があり、多くの「イズム」がふつふつと出現していた様子が伝わってくる。

こうした基調のうえに、日本のシュルレアリスムが姿を現す大きなきっかけとなったのが、詩人、西脇順三郎がイギリスでの三年間の研究を終えてパリ経由で一九二五年に帰朝し、慶応義塾大学英文科の教員となったことだったことは、よく知られている。彼によってシュルレアリスムの情報を得た西脇周辺の若い詩人たち(上田敏雄、北園克衛、瀧口修造ら）は、『文芸耽美』、『薔薇・魔術・学説』、『衣裳の太陽』といった詩誌によりながら、エリュアール、ブルトンらの翻訳紹介をはじめとして、日本でのシュルレアリスムの受容をになうことになる。一九二七年の十二月には、『薔薇・魔術・学説』の同人である、上田敏雄、上田保、北園克衛の連名である種のシュルレアリスム宣言とみなしうるテクスト「A NOTE」(3)が発表されており、また、春山行夫によって一九二八年に創刊され、一九三一年まで一四号を数えた『詩と詩論』には、未来派やキュビスムに関する論考に交じって、フランスのシュルレアリストたちのテクストの翻訳や、上田敏雄、瀧口修造らの、シュルレアリスムについての論考などが掲載されている。シュルレアリスム受容の第一局面を担ったのは、これらの詩人たちであったと言えるだろう。

ただし、これらの詩人たちの理解するシュルレアリスムは、必ずしもブルトンを中心とするパリのシュルレアリスムを直接的に受け止めたものとは言えなかった。たとえば、西脇順三郎の『超現実主義詩論』（一九二九）にみられる以下の記述や、西脇の『超現実主義文学論』（一九三〇）にみられる以下の記述を見ても、ブルトンないしブルトンのいうシュルレアリスムは必ずしも最重要な参照点とは言えないだろう――

現在仏蘭西に surrealisme の運動がある。この名称は包括的なもので、昔 cubiste とか dada とか称せられた連中が皆この名称に満足して統一された(4)。（西脇順三郎『超現実主義詩論』、一九二九）

超現実的思考は現実的思考があって初めて、存在するのである（……）超現実的思考の内容は時代と社会との変遷によって変ずるものである(5)（西脇順三郎『シュルレアリスム文学論』、一九三〇）

あるいは、先ほど言及した「A NOTE」における、奇妙な記述を見てみよう――

吾吾はSurréalismeに於いての芸術欲望の発達あるいは知覚能力の発達を謳歌した　吾吾に洗礼が来た　知覚の制限を受けずに知覚を通して材料を持ち来る技術を受けた　吾吾は摂理によるPoetic Operationを人間から分離せられた状態において組み立てる　此の状態は我々に技術の状態に似た無関心の感覚を覚えさせる　吾吾は対象性の限界を規定するPoetic Scientistの状態に類似を感じる　吾吾は憂鬱でもなく快活でもない　人間であることを必要としない人間の感覚は適度に冷静である　吾吾は吾吾のPoetic Operationを組み立てる際に吾吾に適合した昂奮を感じる　吾吾はSurréalismeを継続する　吾吾は飽和の徳を継続する。(6)

ここからは、「吾吾」が継続するシュルレアリスムがブルトンの語っているそれといかなる関係にあるかは見えてこない。いやむしろ、(北園の後年の述懐を信じるなら)「私たちのシュルレアリスムがフランスの」「左傾化した」シュルレアリスム「とは全く違った新しいジャンルであるということを宣言するために」(7)この文章は書かれていた。

こうした傾向は、以下のような文章からも伝わってくる――

私はアンドレ・ブルトンに就いては多くを知っていない。メカニシィエンとして厳粛なるものと思う。異常なるエンディフェラアンスを有するメカニシィエンと思惟する。私は恐らく殆どブルトンを理解し得ざる者であろうと思惟する

(上田敏雄「私の超現実主義」、一九二九)

超現実主義(主としてブルトンの)は結局経験の堆積から生まれるメタンガスに過ぎない(8)?

(北園克衛『天の手袋』、一九三三)

さらには、「ブルトン一派」を「所詮ブルジョワ文化の最後の花」(一九三〇)「空想的超現実主義」(一九三〇)として一蹴し、「科学的超現実主義」を提唱して、やがてスターリン主義を擁護することになる竹中久七のような独特の位置取りをする者も登場している(アナクロニズムかもしれないが、戦後パリに「革命的シュルレアリスム」を標榜するグループが登場したことが思い出される)[9]。これらの「独特のシュルレアリスム」はそれぞれ興味深いものだが、今回は、こうしたなかで、一貫してパリのシュルレアリスムについて思考し続け、のちにはシュルレアリスムの「受容というよりシュルレアリスムとの交流」[10]へと向かってゆく瀧口修造に焦点をあてたい。

瀧口は一九二六年、二十二歳の頃に慶応大学で西脇順三郎の授業を受講し始めたことからシュルレアリスムを知り、その後十年以上にわたってシュルレアリスムに傾倒し、また、パリの運動の帰趨について情報を発信し続けることになる。瀧口の文章でもっともはやく「シュルレアリスム」についての言及が見られるのは、おそらく一九二八年三月に発表された「シュルレアリスムの詩論について」[11]と題する短い文章(みすず書房の『コレクション』版で五ページほど)と思われ、アンドレ・ブルトンの『シュルレアリスム宣言』および『失われた足跡』(いずれも一九二四年刊行)がその主な情報源となっている。ちなみにこの中では『宣言』の有名な定義(「シュルレアリスム。男性名詞……」)、ピエール・ルヴェルディのイマージュ論に関する部分、さらに、「存在は他のところにある」にいたる結末部分が引かれている。ただ、この前年の一九二七年七月には詩誌『山繭』にテクスト・シュルレアリストに想を得たと思われる詩篇 ÉTAMINES NARRATIVES[12]を発表しているところから、少なくともそれ以前から、『宣言』などシュルレアリスム関係の著作に接していたことがうかがわれる。一九二八年十一月にはアラゴンの『スタイル論(*Traité du style*)』(一九二八年、四月?)の部分訳[13](全体の十分の一程度)も発表しており、シュルレアリスムに触発された実験的詩作(「地球創造説」[14]「仙人掌兄弟」[15])を遂行する一方で、かなりのスピードでパリの運動の情報を得ていたといえる。ただし、一九二九年までは、シュルレアリスムについての紹介的文章や批評は多くはなく、瀧口が日本の文学・芸術に及ぼした影響はそれほど大きかったとは考えられない。瀧口が日本のシュルレアリスムのなかで決定的に大きな役割を果たすようになったのは、アンドレ・ブルトンの『シュルレアリスムと絵画』（一九二八年、二月）を『超現実主義と絵画』[16]のタイトルで翻訳出版した一九三〇年以降のことであり、やがて瀧口は東京の「前衛」「アヴァンギャルド」シーンの牽引役の一人ともなってゆくのである。

「前衛」という言葉が出たので、文学・芸術に「前衛」という位置づけがなされてゆく当時のコンテクストを確認しておきたい。シュルレアリスムを「前衛芸術」の枠組みで捉えることは比較的多くの人たちに共有されている観点だと思われるが、これについては、少なくとも東京において、二〇年代と三〇年代では趣がことなっているからである。

そもそも「前衛」という言葉のもととなったフランス語の Avant-garde は軍事用語であり、フランスの辞書（たとえば *Trésor de la Langue Française*）ではその第一義が次のように記述されている――「軍隊あるいは艦隊の一部で、作戦中に本隊に先駆けて情報を伝え、また、より一般的に本隊の安全を確保する役割を担うもの」。ここから派生して、フランスでは十九世紀中ごろからもうひとつの語義――「思想、芸術、科学、技術等の分野における、革新的なグループや運動」――があらわれるという形である。また、多くの論者が指摘するように、芸術における「アヴァンギャルド」という発想は、十九世紀から二十世紀初頭にかけての産業化・近代化のなかで、「進歩史観」的な時間概念が共有されるようになったことを背景としている、という見方ができる。技術の革新のなかで自動車をはじめとする多くの機械や鉄とガラスの建造物が登場するなか、それに特有の美を見いだそうとする流れは、未来派創設宣言（一九〇九）に「うなりを上げ、まるで降り注ぐ弾丸の上を走るかのような自動車は、サモトラケの勝利の女神より美しい」「われわれは諸世紀の突端にいる！」と書き記しているイタリア未来派の首魁マリネッティや、詩篇「地帯」（一九一三）の冒頭に「とうとうお前はこの古い世界に飽き果てた」と書きつけたアポリネールなどに典型的だが、こうした感覚は、一九二三年の関東大震災による壊滅から近代都市として復興しつつあった東京にも伝えられ、二〇年代のモダニズム（未来派、構成主義、ダダ）と共鳴するのである。

一方、「前衛」の語は、社会主義・共産主義運動のなかで、「プロレタリア大衆と前衛党」という組織論の次元で用いられる用語でもあった。いやむしろ、波潟剛が指摘しているように、この用語は二〇年代の日本ではあたらしい芸術運動について使われることはまれであり、こちらの意味で用いられることが多かった。日本共産党が結成される前段階で発行されていた共産主義系の『前衛』誌（一九二二）などにその例が見られ、波潟はそれが、英語で **Avant-garde** をあらわす **Vangard** の訳であったことを明らかにしている。また、一九二七年には「前衛芸術家同盟」が発足しているが、これは蔵原惟人らが設立したプロレタリア文学運動の団体であった[17]。

他方、あたらしい芸術潮流について「前衛」という形容が与えられ、それが一般化しはじめる大きなきっかけは、一九二〇年代終盤からの、とりわけ一九三〇年のフランス「前衛映画」の紹介であったという。波潟はその著書『越境のアヴァンギャルド』において、プロレタリア（芸術）運動とモダニズム系の芸術運動のあいだで、当時この用語を巡る微妙な綱引きがあったことを論じているが、二八年三月には、共産党をはじめとするプロレタリア運動関係者の大量検挙（三・一事件）が行われており、プロレタリア文学・芸術運動も一九三〇年代前半にはほぼ壊滅状態に陥るなか（ちなみに、小林多喜二が検挙され拷問死するのは一九三三年のことである）、「前衛」ないし「アヴァンギャルド」は次第に「超現実派」などの芸術運動を指す場合が多くなってゆくように見える。

それでは、こうした一九三〇年頃の状況を、瀧口修造はどのように見ていたのだろうか。瀧口の一九四〇年の述懐を見てみよう——

文字通りに十年遡ってみると、昭和五〔一九三〇〕年である。わたしとしては、偶然アンドレ・ブルトンの『超現実主義と絵画』の訳を上梓した年に当たっている。この本は『詩と詩論』叢書の一冊として刊行されているように、画壇的な背景から生まれたものではなかった。この頃の画壇は、いわゆる日本的フォーヴィスムの勃興期であり、その翌年に「独立」第一回展が開催されている。また「三科」時代のアヴァンガルディストたちの運動はすでに解消しており、プロレタリア美術の絶頂期でもあった。[18]

（「シュルレアリスム十年の記」、一九四〇）

「三科」というのは、「アクション」系の神原泰、「MAVO」の村山知義、柳瀬正夢等、二〇年代モダニスト系の芸術家たちのグループであり、二〇年代の「アヴァンガルディスト」たちの活動と三〇年代の「前衛的」芸術動向とのあいだにある種の断絶が存在している状況を瀧口が見ていることを示しているだろう。また、三〇年にはすでに「超現実主義の没落」[19]（神原泰、『詩・現実』、一九三〇年、六月）が云々されていた。しかし、この年に刊行された『超現実主義と絵画』は、シュルレアリスムと絵画を巡るアンドレ・ブルトンのまとまった著作の初めての邦訳であり、その文章が画家たちに即座に影響を及ぼしたとは考えにくいものの、豊富な図版が再現されていることで、当時パリのシュルレアリスムにかかわっていた画家たちの世界への格好の招待状ではあっただろう。あるいは、この翻訳をきっかけに、「画壇的な背景」をもたなかった瀧口が、美術における日本のシュルレアリスムに評論家としてかかわることへの招待状となったともいえる（それにしても、ブルトンのこの著作を、原著書刊行から二年四カ月たらずで翻訳出版しえたというのは、驚くべき事実である）。

また、一九三二年十二月に東京府美術館で開催された「巴里東京新興美術展」には、「立体派」、「超現実派」、「新野獣派」などフランスの新しい絵画が一一〇点以上展示されたがそのなかでも「超現実派」として分類された作品は三一点を数え、エルンスト、タンギー、キリコ、ミロ、アルプ、マッソン等、『シュルレアリスムと絵画』に取り上げられている画家たちが一堂に会すかたちになった。ダリの作品は含まれていないが、この展覧会が若い画家たちのシュルレアリスムへの関心を一気に高めることになったのは想像に難くない。[20] シュルレアリスム受容の第二の局面として、美術におけるそれが本格的にスタートしたともいえるだろう。

とはいえ、当時、瀧口は日本のいわゆる「超現実派」とされる潮流には、一定の距離をおいていた。同じ文章では次のように書かれている――「結局この当時〔一九二九年頃〕の画壇は、三科時代に浸潤した構成派ないし構成派的ダダイスムの残滓としての様式と日本的フォーヴィスムとの間にあって、シュルレアリスムの理解は全く閉ざされた観があった[21]」

あるいは――「思えばシュルレアリスムはいろいろな観念に利用された。しかしわたしは妙な驕慢のために、シュルレアリスムを流通貨幣化しているのを見ると義憤を禁じ得なかった[22]」等々。

また、瀧口はすでに一九三二年に次のように書いていた――「超現実主義への根本的な誤解は、それがひとつの芸術上の形式主義としてしかみられない場合に多いのだ。マルクス主義からの批判も、それぞれの目的の上での論争は別として、芸術上の方法としてのみ、いわゆるプロレタリア・リアリズム万能の立場からそれが眺められるとすれば、その混乱は推して知るべきだろう[23]」（「超現実主義の可能性と不可能性」、『新潮』、二月号）

プロレタリア芸術における「レアリスム」への固執を批判した文章だが、「シュルレアリスムは単なる芸術上の方法論ではない」とする瀧口（そしてブルトン）の立場が明確に表明されている一文である。

他方、瀧口はパリのシュルレアリスムの消息についての情報収集と、その紹介を継続的につとめている。シュルレアリスムの機関誌である『革命に奉仕するシュルレアリスム』（一九三〇－三三）や、ブルトン、エリュアールの『処女懐胎』（一九三〇）、いわゆるアラゴン事件にさいして発表されている「詩の貧困」（三二）、ブルトンの『シュルレアリスムの政治的位置』（三五）などへの同時代的な言及が多くみられる。また、一九三四年頃から、名古屋で活動しており、一九三二年からエリュアールと文通をはじめ、パリの複数のシュルレアリストたちとも手紙の交換をしていた山中散生を介して、パリのグループとも交流をもつことになる。瀧口は、山中に「ポール・エリュアールに送る詩集としての意義のある仏語小冊子に寄稿を頼まれた」[24]としているが、山中編 *Hommage à Paul Eluard*（神戸、Étoile de mer）は三四年七月に刊行されているため、おそらくこの頃に山中と知り合っていると推測される。[25] 一九三五年に発行された仏誌『カイエ・ダール（*Cahier d'Art*）』（五-六号）には、日本のシュルレアリスムを巡る状況についての短い記事が仏文で掲載されている。[26] また、一九三九年の著書『ダリ』にいたる、サルヴァドール・ダリの紹介は、若い美術家世代に大きな影響をあたえ、「ダリ風」の作風をもつ画家が輩出している。[27]

こうした交流の成果はやがて山中編『超現実主義の交流（エシャンジュ・シュルレアリスト）』（ボン書店、一九三六年）に、さらに、一九三七年の東京における「海外超現実主義作品展」（組織委員：山中、瀧口、エリュアール、ユニエ、ローランド・ペンローズ）とそのカタログにかかわる『みづゑ』誌の特集号「海外超現実主義作品集（アルバム・シュルレアリスト）」に結実することになる。一九三八年にパリで開催されたシュルレアリスム国際展の折に刊行された『シュルレアリスム簡約辞典』の項目として、瀧口の名前が「シュルレアリスムの詩人、作家」として挙げられていることも忘れられない。山中の名前もあり、こちらは「シュルレアリスムの詩人、作家、日本におけるこの運動の推進者」となっている。ちなみにこの展覧会には岡本太郎の「傷ましき腕」が出品されているが、「辞典」には岡本の記載はない。[28]

この間、瀧口周辺で、「アヴァンギャルド」を巡る一つの動きが起こっている。それは、一九三六年四月ころに、瀧口もかかわる形で「アヴァン・ガルド芸術家クラブ」が結成されたことである。瀧口は三〇年代中ごろから、学生たちを中心とした若い芸術家を後押しする活動を行っていたが、それらのグループを「横断するような組織」（大谷）として、「アヴァンギャルド」という包括的な名称を持つ組織が設立されたのである。瀧口によればメンバーは多い時には一〇〇人を超えたとされる。[29]「芸術家たちが画壇政治的な小利害を超えてひとつの社会をもつこと」をめざすこの集団は、日中戦争を控えた抑圧的な状況のなかで短命に終わったが、「前衛」という一点を共有しながら、まがりにも集団的活動を展開しようとしたことは注目にあたいするだろう。また、「前衛／アヴァンギャルド」という言葉のこうした包括的な使用法は、当時の瀧口の、あるいは一般的な美術界での捉え方をよく表しているように思われる。

では、こうしたなかで、「シュルレアリスム」はどう位置付けられているのか。このことをよく表しているのが、瀧口の「前衛芸術の諸問題」（『みづゑ』、一九三八年、四月）だろう。日中戦争の本格化にみられる「最近の時局」が「前衛画壇」に危機をもたらし、「前衛芸術が、抽象芸術とか超現実主義とかの探究から身を引かなければならぬような予感」を抱かせている状況から書き始められるこの文章には、政治主義への警戒や、俳諧・能などにシュルレアリスムを見る視点など、いくつもの論点が含まれているが、ここでは次の一節を見ておくにとどめたい――

わたしはエコールとしてのシュルレアリスムがこの国から消滅したとしても、超現実の原理、ブルトンが宣言書のなかで書いた、心像と心像との超現実的結合や人間のオートマチスムに秘む解放の原理などは、その芸術に現れる形式こそことなれ、けっして消滅するものではないと信じている。つまりわたしたちは超現実主義がセクト的な偏狭な思想に転化するおそれがあるならば、特定のエコールとしては、退場するも余儀ないことだと思う。しかしレアリテに対するシュルレアリテは決して退場することはあるまいし、またそのようなものとして、わたしは超現実主義の運命のみならず、その現在の位置を考えたいと思うのである。[30]

この部分と、前段の記述を読み合わせてみれば、おおむね次のような捉え方になっていることが分かるだろう。まず、超現実主義や抽象芸術といった「エコール」があり、これが当時の「前衛芸術」に一括される。しかし、「シュルレアリスム」はある種の原理であって、歴史的な諸エコールの盛衰にかかわらず、「決して退場すること」のないものである、という捉え方である。

ここでやや唐突だが、瀧口のものではないもうひとつの文章を引いてみたい――

〔……〕『永遠の』シュルレアリスムにたいしてここでは『歴史的』と形容すべきシュルレアリスムは、二重の性質を帯びている、すなわち、それは一時的に『永遠の』シュルレアリスムと一体化し、その歴史のなかへの非連続的書き込みの特殊なあらわれとなっているのだ。〔……〕しかしながら、それがいかに特権的なものであろうとも、『歴史的』シュルレアリスムを『永遠の』シュルレアリスムと同一視したり、状況に左右される相同的関係にすぎないものを、同一性に変じることはできない。(31)

（『ル・モンド』紙、一九六九年十月四日）

これは、一九六九年にジャン・シュステルが、いわば「シュルレアリスムの終焉宣言」として『ル・モンド』紙に発表した文章の一部である。

瀧口は引用した文章から三年後の一九四一年に、パリのシュルレアリスム運動との連携を理由に特高警察によって検挙されている。思えば、瀧口の訳したブルトンの「作家会議での演説」――「『世界を変革する』とマルクスは言った。『人生を変える』とランボーは言った。この二つの合言葉は、私たちにとっては一つのものに他ならない」という有名な言葉で終わる、あの演説――では、「革命」の語がいたるところで検閲されていた。(32)

いっぽう、シュステルの文章は、およそ五〇年継続したパリのシュルレアリスム運動の危機を受けて書かれたものである。

このふたつの文章を並べるのは、いかにも時代錯誤と思われるかもしれない。また、東京とパリから発信されているのだから、空間錯誤ともいえるだろう。しかしながら、両者の語る構図は、三〇年の時空を超えて響きあってもいるだろう。

このアナクロニックな響きに耳を傾けつつ……

[註]

(1) Cf. 五十殿利治『大正期新興美術運動の研究』、スカイドア、一九九八年。

(2) 復刻版、不二出版、二〇〇七年。

(3) 内堀弘編『北園克衛　レスプリヌーボーの実験』(和田博文監修『コレクション・日本のシュールレアリスム7』)、本の友社、二〇〇〇年、二六七頁。なお、『コレクション・日本のシュルレアリスム』については、以下『コレクション』と略。

(4) 『西脇順三郎全集　第四巻』、筑摩書房、一九七一年、一三頁。

(5) 同、一一九頁。

(6) 註3参照。

(7) ジョン・ソルト『北園克衛の詩と詩学　意味のタペストリーを細断する』田口哲也監訳、思潮社、二〇一〇年、一〇一頁。

(8) それぞれ、和田博文編『シュールレアリスムの詩と批評』(『コレクション1』)、本の友社、二〇〇〇年、七三頁、および、『コレクション7』、前掲書、二二一頁。

(9) 竹中久七「超現実主義とプロレタリヤ文学との関係」、高橋新太郎編『竹中久七・マルクス主義への横断』(『コレクション

8』）、本の友社、二〇〇一年、二一七頁。
（10）大谷省吾『激動期のアヴァンギャルド――シュルレアリスムと日本の絵画　一九二八－一九五三』、国書刊行会、二〇一六年を参照されたい。
（11）『コレクション　瀧口修造11　戦前・戦中編Ⅰ　一九二六－一九三六』、みすず書房、一九九一年、三一頁。
（12）同書、二二頁。
（13）同書、五七頁。
（14）同書、三九頁。
（15）同書、五三頁。
（16）同書、一八一頁。
（17）このあたりの帰趨については、波潟剛『越境のアヴァンギャルド』、NTT出版、二〇〇五年を参照されたい。
（18）瀧口修造『シュルレアリスムのために』、せりか書房、一九七八年、二七八頁。
（19）神原泰「超現実主義の没落――日本に於ける超現実主義は何故かくもたわいなく没落したか？」、和田博文編、前掲書、一九八頁。
（20）大谷省吾、前掲書、二九－三二頁。
（21）瀧口修造、前掲書、二七九頁。
（22）同、二八二頁。
（23）同、二九八頁。
（24）同、二八二頁。
（25）山中散生についての書誌情報に関しては、黒沢義輝編『山中散生書誌年譜』、丹精社、二〇〇五年を参照。
（26）『コレクション　瀧口修造』、前掲書、三八六頁。
（27）Cf. 大谷省吾「地平線の夢　序論」、「地平線の夢――昭和10年代の幻想絵画」展カタログ、国立近代美術館、二〇〇三年。
（28）岡本はのちにシュルレアリスム関係者との個別の交流については語っているが、パリのシュルレアリスム運動自体とは距離を置いていたため、岡本の名が同辞典にない事はごく自然ともいえる（この点については、川崎市岡本太郎美術館の佐々木秀憲氏にご教示をいただいた）。
（29）瀧口修造、前掲書、二三八頁。

(30) 同、三四六頁。

(31) *Tracts surréalistes et déclarations collectives, tome II, 1940-1969*, présenté et commenté par José Pierre, Eric Losfeld, 1982, pp. 293-294.

(32) 瀧口逮捕の理由については、『コレクション　瀧口修造』、前掲書、六二〇頁も参照されたい。

第III部

黒いパリ

カール・アインシュタインによる《アフリカ美術研究のための方法》の探求

柳沢史明

二十世紀初頭のパリにおいて、多くの前衛的芸術家らがアフリカやオセアニアの彫刻の造形に関心を寄せ、西洋的伝統を乗り越える新たな参照項として、多かれ少なかれ彼らの創作活動を誘引したことはよく知られている。「黒人芸術」という語がパリの美術界に広まりはじめた一九一〇年代、徐々にアフリカ彫刻の美的価値を伝える記事が新聞雑誌上を賑わしはじめ、ポール・ギヨームのような先見の明ある人物が彫刻の収集に勤しむことになるが、この新たな「芸術」に理論的考察をもたらしたのは、外国に拠点を置きながらもパリの芸術動向を察知した人物らであり、その一人がカール・アインシュタイン（一八八五－一九四〇）であった。パリの美術界に通じ、雑誌『ドキュマン』の中心人物として活躍した彼の論考は、一九一〇年代から一九三〇年にかけてアフリカ彫刻を取り巻いていた状況とその変化に対し、ときに呼応し、ときに反発しながら展開されている。本論考では彼がアフリカ彫刻を「芸術作品」として理解し、考察しようとする手続き、方法、それらに必要な学問的立場に注目する。その際、一九一五年の著作における「空間」の主題、一九二一年の著作以降に顕著となる「様式」への関心と、それらを取り巻く諸学問の関係を辿ることで、アフリカ彫刻を「芸術」として分析するアインシュタインの試みを明らかにしたい。

『ニグロ彫刻』――空間と造形

一九一五年に出版されたアインシュタインによる『ニグロ彫刻（*Negerplastik*）』は、進化論的立場や偏見を斥け、アフリカ彫刻の形態分析を行ったモノグラフとして際立った性格を有している。後代、ミシェル・レリスは『ニグロ彫刻』はまったくもって途方もない書である」[1]と語っているが、この書の性格について「民族誌的には極めて曖昧だが、美学的には重要な小著」[2]とも評しているように、学術的な性格としては民族誌的な情報の希薄さと、アフリカ彫刻の「美学的」な分析を全面的に押し出した書として位置づけられる。では『ニグロ彫刻』の「美学的」な側面とは何か。

アインシュタインはアフリカ彫刻の造形分析を展開するにあたり、古代からロダンにいたるまで西欧彫刻が「絵画的」であること、「絵画的な代用品によって強固に四方八方を取り囲まれている」（I, 237）ことを確認することからはじめる。[3] 西欧彫刻が「絵画的」であることの例証の一つとしてアインシュタインが指摘するのが彫刻の「正面性」であり、古代エジプト、アルカイック期ギリシアの時代から西欧彫刻に受け継がれた正面性は、「立体的なものの絵画的把握」とされる（I, 237-8）。「正面性はあらゆる力を一つの面に増大させ」ることで、「対象の前面の諸部分を一つの視点に対し配置」することが可能となるのだが、それは「絵画や素描の手法」であり、「立体的なものを予感させ（das Kubische ahnen lässt）」たり、奥行きを「暗示させ（suggeriert）」たりすることは可能であるにしても、アフリカ彫刻のように「三次元性（das Dreidimensionale）」を「生じさせる（geben）」ものではない（I, 243-244）。「遠近法的彫刻」のように三次元性を予感させる西欧彫刻は、それを前にした観者が彫刻作品そのものを成立させる要素として前提とされ、いわば彫刻へと観者は織り込まれる。そして、作品が媒介となり築かれる制作者と観者との「心理的」な関係は、彫塑の目的を「二人の人間による会話の題材」たることへと至らしめ、彫刻独自の目的は軽視される（I, 239）。

では、彫刻の目的とは何か。それはアフリカ彫刻において目指されているように、三次元性を「生じさせる」ことにあり、また「空間を構成」すること、それも「あらゆる造形の前提たる、立体的空間」を生じさせることにある（I, 239）。アインシュタインによれば、アフリカ彫刻は一般的に宗教的性格を帯びており、彫刻は制作されるや否や、作者の手を離れ、超越した存在となる。同時に、観者もまたその超越を前に、制作者とも彫刻とも対等な関係を築くことは想定されていない。つまり、「作品の超越が宗教のなかで前提とされ当然必要なものとされている」のであり、「この超越が、いかなる観察者の役割も締め出す空間直観に対応する」ことになる（I, 240-241）。神そのものである彫刻（少なくともアインシュタインはそのように考えていた）は、その超越により、観者を前提としない空間、「完全に汲み尽くされ、全体的で、断片的なところのない空間（ein vollständig erschöpfter, totaler und unfragmentarischer Raum）」をもたらすことになる（I, 241）。西欧彫刻が対象を前にする観者を想定し、その正面性や遠近法的手法を用いて三次元性を「予感」させるのに対し、アフリカ彫刻はその宗教的性格から要請される「超越」を通じ、観者を前提としない空間をもたらすのである。アインシュタインが語る「三次元性」、「立体的なもの」とは、「予感」され仄めかされる空間ではなく、こうした「全体的で、断片的なところのない空間」にほかならず、この空間認識、「空間直観」がアフリカ彫刻のフォルムに結実している。アインシュタインは次のように論じている。

> ところで、立体的なものにおけるフォルムとは何か？　当然ながらフォルムは対象に即した暗示としてではなく一気に把握されねばならない。運動行為を絶対的なものへと固定せねばならない、三次元的に配置された諸部分は一挙に表現されねばならない、すなわち分散した空間をひとつの視界に統合せねばならない。

三次元性は、指示されるものでもなく、また、ただ量塊として表現されるものでもなく、むしろ確固たる現存在として凝集されねばならない。それも、三次元性の直観がもたらすもの、しかも慣習的、自然主義的には運動として感覚されるものが、固定されたフォルムの表現として形成されることによって、である。

(I, 244-245)

人間を超越した神が占める十全たる空間において、時間及びそれを前提とする運動は生じ得ず、また、触覚や多視点的に眺めることを前提とするような空間の多面性は「ひとつの視界」に統合されることになる。アフリカ彫刻に見られる空間認識及びその表現と、キュビスムが辿り着いた造形的解決法とは、この点において交わることになる。

一九一五年のこの書が提示する先鋭的な造形分析を成立させているのは、アインシュタインによって一般化されたアフリカの宗教観であるが、民族誌的な研究の欠落という点に関してアインシュタイン自身、「民族誌などの考えうるあらゆる知識」からではなく、アフリカ彫刻という「事実」そのものから対象を考察する必要性を唱えていることを考慮すれば(I, 236)、美学的分析が民族誌的な研究から独立して展開しうるという認識をこの時アインシュタインが有していたことは確かである。ドイツの彫刻家アドルフ・フォン・ヒルデブラントによる空間把握と造形分析を批判的に援用した美学的な議論こそがこの書の骨格であり、「絵画的」な西欧彫刻と「彫刻的」なアフリカ彫刻という対比、さらには、他に依拠せず自律した空間を占めるアフリカ彫刻という認識は、彫刻そのものの入念な観察と、造形をめぐる深い分析を通じて導きだされている。

アインシュタインの分析を図像的に裏付けるかのように配された一一一点、一一九枚の写真図版にはキャプションが一切付されず、製作された地域・民族・用途等の情報は欠落している。とはいえ、写真図版におけるキャプションの欠落は、「私の最初の本はトルソ(torse)でした。というのも、私が野戦病院にいたときに出版社

図1 『ニグロ彫刻』に掲載された図版。左から順に，図45，図64，図63（Carl Einstein, *Negerplastik*, Leipzig, 1915より）

が刊行してしまったからです」[4]とある手紙のなかで語るように、第一次世界大戦へと巻き込まれ負傷したアインシュタインが病院にて療養中にこの書が出版され、図版に関する情報を入念に準備することができなかったことと関わる。欠落した箇所があるゆえに価値があると現代の観点から捉えることも可能ではあるが、少なくともアインシュタインはこの「トルソ」を補う意思を有していた。実際、『ニグロ彫刻』の図版【図1】に対し次のような補足を同じ手紙のなかで行っている。「45番、この品はバファアナ族（ときにバファンガナとも呼ばれる）由来のものである。バファアナ族はベルギー領コンゴ内のクワンゴとキウィルとの間の地域に住んでいる。〔……〕64番及び63番はヴァチヴォケ族（キココとも呼ばれる）由来のもので、彼らはかつてルンダ帝国でもっとも活発な部族の一つであった」[5]。個々の彫刻が由来する民族の名、彼らが住まう地域やその歴史を記すことは、アフリカ彫刻研究において欠かすことのできない「手足」としてアインシュタインの構想には存在していた。

一九一五年のこの書の読者が当時のフランスにどれ

だけ存在したかは定かではなく、同書は一九二一年、雑誌『アクション』にてはじめて仏訳され、導入部の分析方法に関わる重要な箇所が掲載されたとはいえ、「絵画的なもの」や「空間直観」を論ずる同書の骨格部分は翻訳されてはいなかった。それに対し、刊行されるや否やフランス語で全訳がなされた書が、一九二一年に発表された『アフリカ彫刻（*Afrikanische Plastik*）』であった。

『アフリカ彫刻』による「第一歩」

西欧における「黒人」の現前と彼らがもたらす文化に対する関心が高まった第一次大戦終結前後の時期にあって、「ニグロ彫刻」から「アフリカ彫刻」という表現へと移行し、この芸術に対する更なる真摯な研究をアインシュタインは進めていた。一九二一年ドイツで出版された『アフリカ彫刻』を特徴付けるのは、掲載された写真図版に付された個別的な説明であり、前節で引用した手紙に追記されていたような民族名や地域名、さらに製作地域における使用用途、来歴等も含む情報群である。例えば次のような具合である。「図版17【図2】、容器を支えるこの二体の人物像はアフリカ的主題を示しており、たとえばカメルーン人は男と女とが背中合わせとなった像を彫るのを好む。〔……〕カメルーンでは腕に子供を抱えた母親も同様にしばしば表現されてきたが、この種のモチーフもまた特定の芸術が盛んな地方に属するものではなく、西アフリカ芸術圏全体に属するものである。ヴァチヴォケ人とカサイの諸部族において製作される母子表現が知られているが、それらはとりわけ優れた質を有している」（II, 78-79）。アインシュタインは生涯アフリカの地を踏むことはなかったが、当時入手できた数多くのアフリカ文化研究、とりわけ第一次世界大戦中のベルギー滞在の折に接することのできた多数の研究及び資料をもとにこの書を執筆している。(6)

写真図版とその説明に先行する形で、理論的な分析や研究方法に関する論述がなされているが、そこでは

図 2 『アフリカ彫刻』に掲載された図版 17（Carl Einstein, *Afrikanische Plastik*, Berlin, 1921 より）

前書で展開された大まかな考えを引き継いでいることが明言されている。つまり、「全体的には、前著で主張したことを保持しようと思う。つまり、アフリカ彫刻は、立体に関わる類まれな純粋さと論理を備えた解決法を提示しているのだと。アフリカ彫刻は、空間的な連結と集中の問題（die Probleme räumlicher Bindung und Konzentration）を追求しているのである」（II, 65）。ここで語られる「空間的な連結と集中の問題」とは、前節で考察してきたところの、神の超越という一般化されたアフリカの宗教観を基盤とし、分散した空間をまとめ上げ、十全たる空間をもたらすアフリカの造形感覚と関わる。つまり、一九二一年の著作は、ある程度『ニグロ彫刻』の立場を踏襲していることは確かである。とはいえ、新たな書のなかで議論の素地をなすのは、「空間」をめぐる考察よりも、アフリカ彫刻における「様式」への眼差しである。(7)

例えば、現ナイジェリアに位置し、イギリスによって滅ぼされたベニン王国を文化的中心としつつ、そこからアフリカの諸地域、とりわけ南のコンゴへと至る諸地域へと広がった造形的様式をアインシュタインは指摘する。こうした様式への着目には二つの理由がある。一つには「アフリカ美術の様式的な一体性（die stilistische Einheit afrikanischer Kunst）」（II, 64）を認めるためであり、もう一つは「様式の、いわば発展的な連なりから、歴史的経過を画定する（aus stilistischen, sog. Entwickelungsreihen geschichtlichen Ablauf zu errechnen）」ためである（II, 62）。なるほど、前著においても「アフリカ美術に対する西洋人のよくある無理解は、この美術の有する様式に関わる力（stilistische Kraft）に対応するものである」と様式について言及されているが、続けてなされる、「アフリカ美術は造形的視覚の顕著な例を示してはいないだろうか」（I, 237）という問いから判断されるように、ここで示される様式はアフリカの民が彫刻制作の基盤とする「造形的視覚」、つまり「空間」をめぐる議論と関わる。それに対し、『アフリカ彫刻』における様式は、西アフリカの様々な地域で制作されながら、その随所に認められる造形上の「一体性」であり、また「歴史的経過」を解明する契機となるような諸地域間で伝播されうる様式を指している。いわば様式概念が、一九一五年の書では西洋彫刻とは根本的に異なるアフリカ彫刻を特徴付ける造形原理、すなわち造形様式の意味であるのに対し、新たな書ではアフリカ諸地域の彫刻群に見られる「一体性」、そして「歴史的経過」を証す様式史を指す語として用いられている。

パリの画商ダニエル＝アンリ・カーンワイラーは、盟友アインシュタインに宛てた手紙のなかで『アフリカ彫刻』を評し、「この分野の、真面目で科学的な改定の第一歩（Anfang）です[8]」と記しているが、アインシュタイン自身、この新たな書が一九一五年のものとは別の位相に属するものであることを自認していた。なるほど、「空間的な連結と集中の問題」の解決がアフリカ彫刻の核心にあるという前提は変わらなかったものの、新たな書において踏み出そうとした「第一歩」は、アフリカ彫刻分析に求められる新たな目的と方法とに関わるものであったからだ。「私は現在の美術活動の観点からアフリカ美術を考察するのではない。またそれは刺激を待ち望む非生産的な者どもに思いつき（新たな形という宝）を与えるためでもない。むしろアフリカ彫刻及び絵画が美術史のなかで考察され始めることを期待するがゆえである。民族誌は研究領域の複合体全体を確立することで最初の任務を成し遂げた。民族誌は今や個別の諸問題を論じるため、方法と外観とを修正している。自らを他と区別することで、民族学は新たな任務を美術史へと与えるのである。本書は慎ましやかな端緒（Beginn）となる」（II, 61）。同時代の西洋の芸術家らの動向から切り離し、歴史のなかでアフリカ彫刻を考察すること、また、民族誌の学問的整備に応じて、美術史へと設けられた新たな領域のなかでアフリカ彫刻を研究すること、こうした「新たな任務」を遂行し「慎ましやかな端緒」となることこそ一九二一年の書の目的となる。とはいえ、アフリカ美術史が民族誌から完全に独立し、その領域を統括する学問ないし方法として位置を確保するというわけではない。むしろ、この二つの学問は、アフリカ彫刻研究における両輪として作用するものとして捉えられている。「アフリカ美術研究を空想的段階の考察から分離するのと同程度に、もっぱら民族学的段階による考察から分離する必要がある。そのためには民族学者と美術史家との協同が必要となる」（II, 62）。こうして、かつての美学的な立場は後景に退き、様式の「一体性」と「発展的な連なり」を考察するための民族学的知と美術史的な観点とが前景をなすこととなり、アフリカ美術のための新たな方法が「慎ましやかな端緒」という形で提示されることとなる。

一九三〇年のピガール画廊展覧会評とアフリカ芸術の「様式層」

では、様式概念を基盤とし、民族学と美術史の協同によるアフリカ美術研究はその後どのような歩みを進めたのか。一九二八年にパリへと移住したアインシュタインは、シュルレアリスムから押し出される形でジョルジュ・バタイユらが創刊した雑誌『ドキュマン』に当初から重要な一員として参加し、西欧美術論を含め様々な論考を発表している。本節では、一九三〇年にパリのピガール画廊で開催されたアフリカ美術とオセアニア美術展を論じた同誌掲載の「ピガール画廊の展覧会について」(一九三〇)を中心に、アインシュタインのアフリカ美術論における様式概念の考察を進めることにしたい。なお、同評論は一九二一年以来の比較的文量の多いアフリカ美術論であり、[9] また、異同があるとはいえ、この展覧会に関してはドイツの雑誌上でも「異国の芸術」(一九三〇)の題目で発表されている。[10]

この展覧会評は、「アフリカ美術研究のための方法(Méthode pour l'étude de l'art africain)」と題された段落が冒頭に置かれ、アインシュタインの方法論的な立場が次のように表明される。「アフリカ美術の広漠たる主題が今日においても尚、ヨーロッパのどんな街の美術史よりも大雑把に論じられている。しかし、この美術は歴史的に論じられる必要があり、趣味や美学といった観点の下でのみ考察されるべきではない。部族の多様な伝統と様々な神話を集めること、それはアフリカの比較神話学を形作るためである。そこには諸伝統の近似的な合致が認められるだろう。何よりも、多様なアフリカの文化的・歴史的な層を説明するような移住の神話が考慮される」(III, 95)。「趣味や美学」といった観点からのみの研究を否定する彼の立場ははっきりとしており、後続する箇所でも、両性具有のアフリカ彫像が有する象徴的意味を様々列挙したのちに、「こうした例証の全てが、アフリカ美術の美学的説明が不十分であることを示している」（III, 101）との主張を付け加えている。

「趣味」と並置される形での「美学」に基づく説明の不十分さを指摘する一方で、「歴史的」かつ「移住」を考慮した研究がアフリカ美術の「方法」として提示されているが、ここに『アフリカ彫刻』で語られた様式論の反復を見て取ることは容易であろう。実際、この評論においてもやはり様式の伝播とその変化がアフリカ彫刻を研究する一つの指針とされ、例えば「シエラ・レオネの石像の様式は、ベニンやマヨンベの彫刻と同じ様式集団に属しており、更にこの様式はマコンデ人とモザンビークにおける仮面にも認められる」（III, 102）といった記述、あるいは「ベニン美術という用語にも言及しよう。この美術は孤立した現象ではない。その様式はシエラ・レオネからコンゴ帝国にまで及ぶ。この様式は、パフィン人とオゴヴェ川のアルカイックな古典的様式を経ており、東部の古い様式の痕跡を明確に示している」（III, 103）といった表現に、「様式」の存在とその伝播を基盤としたアフリカ彫刻分析を認めることができる。

しかし、『アフリカ彫刻』とこの展覧会評との間に差異がないわけではない。この点に関し、アインシュタインがアフリカ芸術の「様式」に着目した時代的背景を考慮する必要があろう。同時代の思想を考慮すれば、ドイツ・オーストリアの様式論からの影響をひとまず挙げることができよう。『ニグロ芸術』において展開された「絵画的」と「彫刻的」という対概念は、同年に発表されたヴェルフリンの『美術史の基礎概念』における対概念「線的様式」と「絵画的様式」とを想起させるが、こうした対概念を援用した区分は、ヒルデブラントの議論（「視覚表象」と「触覚表象」）等にも既に見られ、ドイツ語圏の芸術史的様式論の延長線上にアインシュタインがいたことは確かである。また、その名を挙げてはいないものの、一九二一年以降展開される様式概念は、断続することなく連続的発展を芸術に認め、その歴史性を担保し美術史研究の可能性を開くという点で、リーグルによる様式論の影響を指摘することも可能であろう。こうした、アインシュタインの芸術論におけるドイツ・オーストリアの芸術史研究からの影響は多分に考察の余地が残されているが、本節では彼の様式概念に対する別の領域からの影響について指摘しておきたい[11]。

アインシュタインが西アフリカ芸術の様式的統一性やまとまりを認識するとき、それらは単に形式的な「類縁性」や「類似」の存在、あるいは様式を示すような歴史的展開を示すだけでなく、そこには形式的な類似を示唆する空間的・地理的広がりである「圏（Kreis）」の存在が確証されていた。例えば、「本著作〔『アフリカ彫刻』〕は、西アフリカ芸術圏の概略を与え、そのまとまりを明らかなものとする」（II, 66）といった具合である。当時のドイツ・オーストリア地域における「民族学」、とりわけ「文化圏（Kulturkreis）」説を展開した民族学者らの動向をアインシュタインが追っていたことは、ここから推測されよう。類似した諸文化の地図上での再構成に基づき想定された諸文化の伝播可能性は、進化論的民族学を否定するドイツの地理学者フリードリッヒ・ラッツェルによって着手され、その考えが彼の弟子筋にあたるアフリカ文化研究者レオ・フロベニウスの論文「西アフリカ文化圏（Der westafrikanische Kulturkreis）」（一八九七）に引き継がれることで、「文化圏」の概念が二十世紀初頭のドイツ語圏の民族学において着目されることとなった[12]。とりわけ一九〇四年にベルリン人類学・民族学・先史学会で「オセアニアの文化圏と文化層」「アフリカの文化圏と文化層」の発表をそれぞれ行ったフリッツ・グレーブナーとベルンハルト・アンカーマンが知られている。二人は当時ベルリン民族学博物館の助手を務めており、アンカーマンに促される形で「文化圏」の研究に着手したグレーブナーは、その後『民族学方法論』を著すなど、「文化圏」概念を土台に民族学の方法論的整備を行った人物としても知られている。

アインシュタインは、『アフリカ彫刻』において「西アフリカ文化圏」全般に認められる造形モチーフに言及するのに加え（II, 69）、アンカーマンによるアフリカ芸術論三点を参考文献に挙げるなど、彼が当時の「文化圏」をめぐるドイツ・オーストリアの民族学の動向を察知していたことは確実である。その上で、「文化圏」の考えを下敷きにし、様式の伝播と制作物の類似を示すような「芸術圏（Kunstkreis）」の用語を提示している。

「そこでもまた〔サンクル地域とカサイ地域の中間地帯〕、伝統が伝えるところでは、これらの部族が北からやって来たのだ。主題の類似及び様式上の帰属に由来する、西アフリカ芸術圏のこうした類縁関係とまとまりを我々はしばしば確証することとなろう」(II, 67)。

しかしここで留意すべきは、少なくとも当時の民族学者らにとって、「文化圏」をめぐる考えは単に地理的、空間的な「伝播」の痕跡を認めることにその主眼があったわけではないことであろう。実際、グレーブナーによれば、同時代的に観察される民族学的事実は「平面的形式」をしており、そこに「時代的のみならず因果的な深さ」を与えることで文化史の再構成が可能となる。[13] ヴィルヘルム・シュミットはこの点について次のように論じている。「いわゆる「自然民族」の文化といえども従来考えられていたような単純なものではなく、時間的にいくたの層を示すごとく空間的にもいくたの変種を示し、それらの一つ一つはまたそれぞれ特殊の起源を有し、そのまた起源はさらに古い原因を有する。これらの文化層とその継起順序とを確かめること、これが〔文化史派〔文化圏学派〕によれば〕民族学の最も重要な課題である」。[14] つまり、ある特定の文化や地域に複数の民族移動等が生じる際、そこには旧来の文化が破砕ないし弱まった上に、新たな文化が移植されるのであって、こうした層状に堆積された文化の歴史を解釈し歴史を復元することこそ文化圏説の重要な課題であり、伝播論の骨格をなしている。

これらを踏まえて改めてアインシュタインの議論を振り返るならば、一九二一年の『アフリカ彫刻』には「層」に対する見解は見出されず、いわば文化圏説を採る民族学の一部を借用したに過ぎないものと見ることもできる。しかし、後にアインシュタインは自らの議論を修正し、一九三〇年の展覧会評にて改めてこの問題に取り組み、「文化圏」から「文化層(Kulturschicht)」へ関心の比重を移していることがわかる。「文化圏(Zones de culture)——アフリカの多様な文化的・民族的な層が互いに重なり交差しあうものである以上、文化圏による区分は不十分であるように思われる。アフリカ文化は文化圏による区分という図式で十分である、という程に単純ではない（移住を考慮せよ）［15］」（III, 95）。アインシュタインは、アフリカ芸術の様式がある中心からその周囲へ伝播する、という（自己流の）「文化圏」の説明から、イスラム地域を含めた複数の地域からの影響のもとにアフリカの諸様式が形成されたという「文化層」のモデルへと議論を修正したうえで、様式研究の必要性と可能性を再度提示する。アフリカ彫刻に見られる諸様式と、そこに認められる堆積した文化層の存在は、この造形物に対する美術史的観点と民族学的方法論双方の協同を想定するアインシュタインが到達した一つの見解であり、ドイツ語によるピガール展覧会評に記された「様式層」という考えは、その反映とも言えよう。「この展示において興味深いのは、様々なアフリカの様式層（Stilschichten Afrikas）が展示によってまさに決定的な仕方で示されていることである。アフリカが孤立しているという主張は時代遅れの迷妄である」（III, 111）。『アフリカ彫刻』のなかで、美学的分析の有効性に留保をつけたうえで宣言されたアフリカ芸術分析の「第一歩」は、一九三〇年の評論においてより具体的な歩みとして進められ、そこでは「文化圏」をめぐる民族誌的知の援用が「様式層」へと発展的に解消されることで、様式の空間的伝播とその歴史的堆積とを考慮したアフリカ美術研究へと至ったといえよう［16］。

［註］

（1）　Michel Leiris, *« Au-delà d'un regard » Entretien sur l'art africain par Paul Lebeer*, Lausanne, La bibliothèque des Arts, 2001, p. 59.

（2）　Michel Leiris, *L'Afrique noire*, dans *Miroir de l'Afrique*, Gallimard, 1996, p. 1144.

（3）　アインシュタインからの引用は著作集（Carl Einstein, *Werke*, Berlin, Fannei & Walz, 1992-1996）四巻本に従い、引用箇所は括弧を用い巻数をローマ数字で、頁数をアラビア数字で記す。訳出に際し仏訳（*Les arts de l'Afrique*, Présentation et traduction par Liliane Meffre, Arles, Jaqueline Chambon, 2015）を、また『ニグロ彫刻』に関しては英訳（Negro Sculpture, translated by Charles W. Haxthausen and Sebastian Zeidler, Cambridge, *in October*, No. 107, 2004, pp. 122-138）及び和訳（『黒人彫刻』鈴木芳子訳、二〇〇五年、未知谷）を参考にしたが、本論文での訳はすべて筆者による。

（4）　Carl Einstein, *Materialien*, Band I, Berlin, Silver & Goldstein, 1990, S. 142.

（5）　*Ibid*., S. 142.

（6）　Liliane Meffre, *Carl Einstein 1885-1940 : Itinéraires d'une pensée moderne*, PU de Paris-Sorbonne, 2002, pp. 65-66.

（7）　「様式」とは異なる観点で二つの書の差異、あるいは連続性を論じるものとして以下のものが挙げられる（Meffre, *ibid*., pp. 115-116, Igor Sokologorsky; « Carl Einstein : l'art nègre comme art du vingtième siècle », *Carl Einstein Kolloquium 1998*, *in* Roland Baumann u. Hubert Roland Hrsg., Frankfurt am Main Peter Lang, 2001, pp. 19-32）。

（8）　Carl Einstein, Daniel-Henry Kahnweiler, *Correspondance 1921-1939*, traduite, présentée et annotée par Liliane Meffre, Marseille André Dimanche, 1993, p. 125.

（9）　『ドキュマン』誌にはこの他にも短いアフリカ美術評が三本掲載されている。

（10）　III, S. 110-117 (Exotische Kunst ; Ausstellung in der Galerie des Theaters Pigalle in Paris, *Die Kunstauktion*, Nr. 9, 2. März 1930）.

（11）　この点に関しては以下の書が詳しい（Klaus H. Kiefer, *Diskurswandel I Werk Carl Einsteins*, Tübingen Niemeyer, 1994）。

（12）　「文化圏」に関してはシュミットによる次の説明が有用であろう。「すなわち個々の文化領域の相互間にどれほどの差異があろうとも、それぞれの包含するある一定数の要素は、あの地でもこの地でも常に同様の結びつきを示していることである。これらの要素というのは、文化生活のあらゆる必要部分――物質的および経済的文化、社会的・道徳的および宗教的文化――にくいこみ、したがって、これらの個々形態によってある一定の性格を刻みつけられた文化の全体を、ある程度に包括しているというような要素である。こういう個々‐文化領域の全体を、文化圏 Kuturkreis と名付ける」（ヴィルヘルム・シュミット「民族学の歴史と方法」『民族と文化　上』大野俊一訳、河出書房新社、一九七〇年、一〇二頁）。

（13）　Fritz Graebner, *Methode der Ethnologie*, Heidelberg Carl Winter, 1911, S. 76-77.

（14）　シュミット、前掲書、九七頁。

（15）　同様の主張がドイツ語による展覧会評にも認められる。「したがって、かなり異なる様々な層（Schichten）がアフリカでは折り重なっていることを考慮するならば、しばしば用いられる文化圏（Kulturkreise）による分割は不十分であることが明らかとなるに違いないだろう」（III, S. 110）。

（16）『ドキュマン』誌における民族誌が「反体制的な文化批評に役立つように機能している」（ジェイムズ・クリフォード「民族誌的シュルレアリスム」『文化の窮状』太田他訳、人文書院、二〇〇三年、一六七頁）とはいえ、メッフルが指摘する通り（Meffre, *op. cit.*, pp. 241-242）、同誌で紹介される多くのドイツ語圏の民族誌家はフランスで十分知られていなかっただけに、より一層の異質さを帯びていた可能性は多分に存在し、この点に関する更なる考察は、この雑誌で展開される「ドイツ的なもの」に光を当てなおす作業へと開かれてもいるだろう。

荒このみ

ジョセフィン・ベイカーと「ニグロ・レヴュー」

一九二〇年代のハーレム・ルネサンス

〈大きな戦争〉と呼ばれた第一次世界大戦は一九一八年に終結した。「民主主義にとって世界が安全であるように」というウイルソン大統領の戦争スローガンは、アメリカの若者たちを鼓舞し、ヨーロッパ戦線へ向かわせたが、そこでかれらが知ったのは、戦争は大量殺戮でしかない、という厳然たる事実だった。理想に燃えた若者の挫折感が、二〇年代のニューヨークやパリの精神風土を作っていた。

アーネスト・ヘミングウエイは、『日はまた昇る』(一九二六)でパリを舞台に、若者たちの空虚で不安定な日常を描き、〈失われた世代〉の作家と呼ばれた。これまでの精神的基盤だったキリスト教に疑問を抱き、ヴィクトリア朝風の〈お上品な伝統〉の道徳観に反抗した。戦争の明日をも知れぬむなしさを経験した後で、この日をつかめ(カルペ・ディエム)とばかりに若者たちは自由を謳歌しようとした。

その時代精神(ツァイトガイスト)を背景にニューヨークでは黒人居住区ハーレムを中心に、ハーレム・ルネサンスと呼ばれる黒人文学・芸術の復興が起きている。白人文明に魂の救済は期待できず、キリスト教文明ではないものへの渇望が高まったのである。その契機になったのは、黒人哲学者・教育者のアラン・ロック（一八八六－一九五四）が編纂した雑誌『サーヴェイ・グラフィック』の黒人特集「ハーレム――ニュー・ニグロのメッカ」（一九二五）であった。新しい黒人社会がハーレムに存在することを示し、同年、ロックが編纂した『概説ニュー・ニグロ』の刊行は、黒人作家・詩人の存在をアメリカ社会に認識させたのである。かつて白人の高級住宅街だったハーレムは、一九一六年頃から始まる〈大移動〉によって黒人の町になっていた。

この時代に黒人が白人社会のメインストリームで評価されるには、白人の支持・援助が不可欠であったが、その役割を担った主要な人物としてカール・ヴァン・ヴェクテン（一八八〇－一九六四）、シャーロット・オズグッド・メイスン（一八五四－一九四六）、イギリス人ナンシー・キュナード（一八九六－一九六五）などが挙げられる。

ヴァン・ヴェクテンは評論家・作家・ジャーナリスト・写真家・コレクターであり、黒人文芸への高い関心によって、多くの作家・芸術家たちを励まし、それぞれの評価の確立に尽力した。ベストセラーになった『ニガー天国』（一九二六）でハーレムの暮らしを活写し、黒人居住区とその文化への好奇心を白人の間に掻き立てた。この時代にミッドタウンに住む白人がハーレムのキャバレーや酒場へ、夜な夜な繰り出すことが流行したのだが、それは〈スラミング（スラム訪問）〉と呼ばれ、シックなこととされたのである。禁酒法時代であり、非合法のスピーク・イージー（もぐり酒場）で酒が飲めることも魅力の一つだった。ヘミングウエイやフィッツジェラルドなどアメリカ人作家が大勢パリへ渡ったのも、フランの下落で生活しやすかったことと、酒が飲めるのが理由だった。禁酒法が撤廃される一九三三年以降、不況の嵐もあったが、パリに居住するアメリカ人の数は激減する。

イギリス人のナンシー・キュナードは、キュナード船舶会社の相続人だったが、自分は「本当はアフリカ人だった」と信じ込み、また「かれらの一人になる」(Kaplan, 295) ことが可能であると信じていた。一九二八年、ヴェニスで黒人ミュージシャン、ヘンリー・クラウダーを知り、フランスやハーレムで同棲するようになったために禁治産者扱いになる。エクセントリックな資質は自分自身が黒人と一体化することを求め、他の白人がプチブルの暮らしを保持しながら、黒人文化に関心を寄せるのを批判していたが、「アメリカの黒人」であることの意味を十分に理解していたとは思われない。だがその功績はクラウダーの手助けのもと、自分が設立した印刷所からアンソロジー『ニグロ』(一九三四) を編み刊行したことだろう。「ニグロ」文学・文化を紹介し、その意義を評価したこと、マン・レイの被写体になり、動く広告塔のようにアフリカ文化を身近なものに感じさせたことで、キュナードは特異な存在だった。

シャーロット・メイスンは〈ゴッドマザー〉と呼ばれ、黒人作家・芸術家の資金援助者となり、詩人ラングストン・ヒューズや作家・民族学徒のゾラ・ニール・ハーストンなどに莫大な奨学金を与えたことで、ハーレム・ルネサンスと切り離せない人物である。だがその目的はいったい何だったのか。

夫はニューヨークの上流社会の人々を顧客に持つ医師だったために、その死後、メイスンは富裕な寡婦になっていた。医師の夫は人間の閾下の自己、テレパシー、多重人格、透視などに強い関心を抱き、世紀末から二〇世紀初頭にはやった降霊会 (セイアンス) を主宰した。メイスンは夫の影響のもとに、硬直化した西洋文明を批判し、プリミティヴィズムやスピリチュアリズムに関心を抱き、「原始的《プリミテイヴ》、未開発の、無知な人びと」(Kaplan, 205) の感じかた考えかたにこそ、人間の閾下の自己を解放する可能性があると見なしていた。先住民インディアン (ネイティヴ・アメリカン) やアフリカン・アメリカンの風習・文化に、物質主義、機械主義に毒された現代文明の陥穽から逃れる道が見出されると信じていたのである。シャーロットは夫から、「生まれながらに敏感で、大きなヴィジョンが見え、宇宙に浸透している神聖なるエネルギーの意味を識別する能力がある」(Kaplan, 204) と言われていたが、夫の死後、南西部の先住民インディアン部落へ出かけ、その暮らしを観察し、かれらをインタヴューし、歌や民話を採話した。それを『インディアンの本――アメリカ・インディアンの歌と伝説』(一九〇七)として出版している(Kaplan, 210)。

その後、メイスンはアラン・ロックの存在を知り、アフリカン・アメリカンの文学・文化に関心の対象を移していく。資金援助者になったのは、あくまでも自分の信念の根拠をかれらの作品を通して発見し、具体的に論証するためであった。アフリカの、アフリカン・アメリカンの、スピリチュアリズム、プリミティヴィズムに、崇高な精神に裏打ちされた人間の根源的な生きる姿があると信じたのだった。

メイスンの目的は、どこまでも白人文明の救済のためであり、作者である先住民インディアン、アフリカ人、アフリカン・アメリカンやその文化じたいを積極的に評価するものではなかった。疲弊した西洋文明の救済のため、白人である自分自身の魂の救済のためであった。それは白人の一方的な〈アフリカ回帰〉の願望であり、〈アフリカ幻想〉でしかなかったのである。

いっぽうハーレム・ルネサンスを担ったアフリカン・アメリカンのなかにも、〈アフリカ回帰〉の幻想は見られた。差別社会のアメリカで人間性を剥奪されているなか、かれらは自己証明を求めて祖先の故郷アフリカに自分の存在理由、文化的基盤を求めたのである。芸術的題材をアフリカに求め、カウンティ・カレン(一九〇三―四六)は、詩篇「遺産」(一九二五)で「アメリカの黒人」にとってのアフリカの意味に注目し、ミータ・ウォリック・フラーは、《エチオピアの目覚め》(一九一四頃)という彫刻作品を発表した。〈エチオピアニズム〉(Mason et al., 106)は、アメリカにおけるブラック・ナショナリズムの根拠になったが、一九一三年、W・E・B・デュボイスは、ペイジェント「エチオピアのスター」をニューヨークの兵器庫で開催し、古代文明の発展に自分たちの祖先が寄与したことを主張したのである。

だがじっさいにアフリカの芸術に出会い感銘を受け、あるいはアフリカを訪問し、そこで暮した経験を持つ者は少なかった。祖先の故郷ではあっても奴隷として初めてアメリカへ連れて来られてから、二百年以上の時間的距離のあるアフリカを、祖国と呼ぶことには無理があった。突然に起きた〈アフリカン・ヴォーグ（アフリカ流行）〉の中で、かれらはアフリカに夢を抱き、隊商《キャラヴァン》、椰子の林、部族の長老、王族の祖先を想像の中で歌いながら、現実的には大きな戸惑いがあったにちがいない。

シャーロット・メイスンは、ヨーロッパ文明の救済には、〈アフリカ〉が必要であると熱心に説きながら、自分の白人である立場を否定したのではなかった。あるいは、アメリカ社会における白人と黒人の共生を目指そうとしたのではない。白人と黒人は、すなわち「人種」の違いは歴然としてあり、その確信にはいささかの疑問もなかった。メイスンにとって人種の差異は、問いかける必要がないほど揺るぎない真実だったのである。

アメリカ社会では一滴の血の存在により「黒人（アフリカン・アメリカン）」と規定されたが、そのようにアフリカの黒人とも異なる「アメリカの黒人」の定義づけは、奴隷制度が存在した歴史的条件のもとで白人が創造したのである。「アメリカの黒人」が引きずる特殊な定義やアメリカ社会における歴史的背景は、パリに住む黒人には当てはまらない。したがって黒人文学・芸術の受容において、アメリカとフランスでは同じ基準で判断し評価することはできない。

カラー・ブラインドのパリ

パリはカラー・ブラインド（肌の色による差別がない）と言われていたが、仏植民地出身の黒人に対する差別が皆無だったのではない。それでも「アメリカの黒人」を取り巻く環境とはまったく異なる空気が漂っていたのは事実だろう。第一次世界大戦に参加したアメリカの黒人兵は、「フランス人というのはカラー・ライン なんて気にしていないようだよ。俺らにとても親切で、自分が黒人だってこと思い出すのは、鏡を見たときだけなんだ」（Stovall, 18）と故郷に書き送っている。かれらはフランスで初めて人間として扱われたと感じたのであった。

黒人の音楽だからといって軽蔑されていたジャズを、初めて高く評価したのがフランス兵だったことも記憶すべき事実である。

ブラックフェイスとメラノフィリア

二〇年代に起きる黒人芸術を求める動きはたしかに画期的だったが、そのブームはすでに一九世紀末に起きていた。画商ポール・ギヨームはアフリカの彫刻・土器などを買い集め展示会を催し、ピカソやアポリネールなどが強い影響を受け、アフリカの仮面の収集が流行する。ピカソの《アヴィニョンの娘たち》(一九〇七)を見ると、その娘たちの表情に明らかにアフリカの仮面の影響が認められる。画家ロートレックは、《酒場で踊るショコラ》(一八九六)で黒人道化師を描き、フォリー・ベルジェール劇場は、「白い目をしたホッテントット」というレヴューを打った(Archer-Straw, 42)。このようにパリでは〈メラノフィリア(黒い肌愛好)〉現象が起きていたのである。

このころからブラックフェイス(白人が黒塗りにして黒人に扮して演じる)のミンストレル・ショウが、ヨーロッパを巡回公演して人気を博していた。これは〈古き良き時代〉の南部をノスタルジックに描き出すものが多く、綿花畑を背景に奴隷小屋のある大農園で、ケイクウォークやブラックボトムなどの黒人の踊り、間抜けな黒人を嘲笑するクーン・ソング、のろまで愚かな黒人像を面白おかしく演じて観客を沸かせていた。ハーレムのキャバレー、コットン・クラブの舞台は次のように回想されている。「ステージでは綿花王国が表現され、プランテーションの奴隷小屋が並び、背の低い綿花の潅木が列をなしている」(Vogel, 81)と、まさに〈古き良き時代〉の南部の大農園が目の前に立ちあらわれてくるのである。

一九一六年、ポール・ギヨームは最初のニグロ芸術の展覧会をパリで開き、チューリッヒでは若い文化革命者たちが、〈ニグロの宵《ソワレ・ネーグル》〉と呼ぶ、黒人によるヨーロッパ文明批判のコメディを上演した。トリスタン・ツァラがダダイズムを打ちたて、黒人への関心を深めていったのもこの時期である。一八年にはギヨームが、雑誌『パリの芸術』を創刊する。アポリネールは、戦前の〈メラノフィリア〉が、〈メラノマニア（黒い肌熱狂）〉の高みに至ったと記している。

モンマルトルやエッフェル塔付近には、「アメリカの黒人」が経営するレストランが誕生し、「亡命アメリカ人」の客を集めていた。そこではソーセージやホットケーキの注文が可能で（Leininger-miller, 215）、望郷の念に駆られたアメリカ人の心を癒していたのである。戦後のフランスには、大戦に参加し居残っている元兵士や画家・作家などアメリカ人の滞在者がいて、アメリカン・コミュニティを形成していた。かれらも黒人エンタテイナーの公演を楽しみ、髪の毛がレンガ色のため「ブリックトップ」というあだ名で呼ばれていた混血のブリックトップの酒場には、白人や黒人客が入り乱れて訪ねてきていた。それはアメリカでは考えられない現象だった。ハーレムのコットン・クラブの例に明らかなように、観客は白人に限られ、まともな場所で黒人の同席は許されていなかった。フィッツジェラルドは短編「バビロン再訪」で、亡命アメリカ人作家・芸術家たちがブリックトップの酒場をたまり場にしていた様子を描いている。

フローレンス・ミルズとジョセフィン・ベイカー

一九二五年五月から、オール・ブラック・キャストのショウ、〈チョコレート・キディーズ（チョコ色の子どもたち）〉が、ベルリン、ストックホルム、コペンハーゲン、プラハなどを巡演して大成功する。その主役はフローレンス・ミルズ（一八九六－一九二七）で、ピカニニー（愚かでお茶目な黒人の娘っ子）や逃亡奴隷に扮して歌い踊っていた。そしてミルズと入れ替わるようにジョセフィン・ベイカー（一九〇六－七五）が、パリを中心にヨーロッパの舞台で活躍するようになる。滑稽なピカニニーを演じていた二人だが、やがて前者は忘れ去られて行き、後者はパリの観客に強烈な印象を与え、世界のパフォーマーに育ち記憶されて行く。その違いはどこにあったのだろうか。この論の目的は、「アメリカの黒人」であった二人を対照させながら、ジョセフィン・ベイカーの存在の意味を探ることである。

フローレンス・ミルズはジョセフィンより十歳年上だった。その歌声は、「奇妙な高い声」で「ときにはグロテスク」だが、「そこに洗練された美しさ（グレイス）を見出す」（Brown, 246）と評され、グロテスク性と優美な要素が溶け合うミルズの才能は、当時の黒人子役の名残だろうと、『バビロン・ガールズ』を書いたジェイナ・ブラウンは説明している。ミルズの場合、ジョセフィン・ベイカーとは違い、演じた映画もレコードも残っていない今日、じっさいの音声に触れることができず、想像するほかないのだが、このミルズ像はおそらく白人の期待する黒人パフォーマーの姿だったのだろう。残存するミルズのよく知られた写真に、逃亡奴隷の格好をして棒切れに布袋を結んで歩く姿がある。大きな縦じまのズボンは星条旗を思い起こさせ、ヨーロッパの観客に視覚的に「アメリカ」を突きつけてくる。ミルズの演技は、ミンストレル・ショーのブラックフェイスの伝統を、すなわち白人の演出によって創出された「アメリカの黒人」像をなぞっているのである。

ミルズはワシントンDC生まれだが（Marks et al., 159）、エンタテイメントの人生を求めて親子でハーレムに移住するとそこを故郷と見なすようになった。ロンドン公演中に体調を崩したミルズは、帰国してニューヨークで治療を受け、そこで生涯を閉じる。ハーレムの人びとはミルズを暖かく迎え、その葬儀にはライヴァルだったエセル・ウォーターズをはじめ、ミュージシャン、ダンサー、芝居関係者のほかに、多くの一般市民が参加し、その数は十五万人に達したという（Brown, 249）。それだけ愛されたのは、「黒人であること」をミルズが常に意識し、その枠からはみ出ることがなかったからである。自分が所属するのはハーレムだと公言し、「わたしは自分と同じ人びとと一緒にいることが好きです。くつろげるからです。わたしたちは白人の社会を求めませんし、わたしたちだけで楽しい家族なのです。とても大きい家族ですが」（Brown, 245）というミルズの言葉は、黒人としてのプライドを示していると共感されたのである。

たしかにエンタテイメントの世界で成功したミルズは、外国へも自由に旅行できる、自立した〈ニュー・ニグロ〉であり〈新しい女〉であった。そのうえハーレムを故郷とし、黒人であることを強く肯定する言葉に、「アメリカの黒人」たちは誇りを感じたのだろう。いっぽうアメリカの白人メディアも、「アメリカの黒人」の立場を外れず、白人社会に挑戦してこないミルズを安心して認めることができたのである。

このようなミルズの姿勢は、十九世紀末から一九一五年まで黒人指導者として「アメリカの黒人」の未来の道筋をつけたブッカー・T・ワシントン（一八五六－一九一五）の考えに類似する。白人社会とは競争せず、その差別的価値観を認め、〈社会的平等（日常生活における白人と同等の権利＝交通機関・宿泊施設・待合室などの共同利用）〉を求めず、二等市民であることを甘受するという姿勢である。「アメリカ市民」としての当然の権利と誇りの放棄である。

ところがジョセフィン・ベイカーは、このようなミルズの「アメリカの黒人」の態度は取らなかった。それが踊りや芝居に関わるときの姿勢にあらわれ、両者の根本的な違いを生んだのではないかと思われる。一九二七年に病死したミルズと、第二次世界大戦を経験し、七五年にパリ公演を成功させ、その最中に急死するジョセフィン・ベイカーを比較することは難しい。だが三〇年代の人種差別反対運動への参加、第二次世界大戦中の自由フランスを求めたレジスタンスへの参加、五〇年代のアメリカ合衆国における差別撤廃への活動など、ジョセフィン・ベイカーの生涯は、踊り子・歌手としてばかりではなく、白人によって作り上げられた「アメリカの黒人」という立場から人間性を回復する衝動によって貫かれていたのである。人種差別をなくすために、〈虹の家族〉と呼んだ、さまざまな人種の十二人の養子を育て、人種の違いに左右されず、拘泥しない理想社会を築こうとしたことにも、その基本的な思想が認められる。そしてその根源的な資質は、ジョセフィン・ベイカーが「野生の踊り」で見せた〈プリミティヴネス〉と強い一本の線でつながっているのである。

野生の踊り（ダンス・ソヴァージュ）

ジョセフィン・ベイカー（一九〇六－七五）は、アメリカ合衆国ミズーリ州セントルイスに生まれた。一九二五年九月、アメリカ人のプロモーター、キャロライン・ダドリー・レーガンによって組まれた「ニグロ・レヴュー」の一員として、十九歳のときにパリへ渡る。その後、フランス国籍を取得すると、公演のためにアメリカ合衆国に長期滞在することはあっても居住することはなく、生涯をフランスで暮らすことになる。

ダドリー・レーガンはフランスの〈メラノフィリア〉に目を付け、「ニグロ・レヴュー」を打てば間違いなく成功するだろうと考えたのだが、ジョセフィン・ベイカーの開花によって、その予想をはるかに越えて、興業的に大成功を収めることができた。それは、「アメリカの黒人パフォーマーが洪水のように入り込むきっかけになった」のである（Jules-Rosette, 178）。

同年十月から十二月までシャンゼリゼ劇場で上演された「ニグロ・レヴュー」は、最後にジョセフィン・ベイカーが黒人ダンサー、ジョー・アレックスと組んで踊った「野生の踊り（ダンス・ソヴァージュ）」によって歴史的に記憶されることになった。その舞台のジョセフィン・ベイカーは次のように描写されている。

まるでブラックフェイスのような唇を描き、格子縞の綿布をまとって登場してくると、足を広げて腰を高く上げ、頬をふくらませて奇妙な声を張り上げながら寄り目をしたり、ときには四つん這いになってところ狭しと舞台を跳ね回っている。

画家のポール・コランは、「カンガルー」のようだったと感じ、また「シマウマ」のようだとも評され、それらの形容はジョセフィン・ベイカーが人間離れしていた様子を伝えている。ヘビがのた打ち回るようにくねくねと体を揺すりながら舞台を動き回っている。詩人のe・e・カミングズは、「たとえようのないほどなめらかに流動的な悪夢で、寄り目でまったく非現実的。この世のものとは思えないないほど、両手足をくねくねと曲げてみせる」(Stovall, 52)とその衝撃を表現している。「流動的な悪夢」という形容は、現実世界から超越したかのような身体の動きをあらわしているのだろう。超自然的であり、生身の女の身体であることが忘れられてしまっている。「インフラヒューマンでもスーパーヒューマンでもなく、どちらも兼ねた生き物。不可解にも殺すことのできない〈何ものか〉であり、ノンプリミティヴであるとともに、文明化されてもいない」(Firmage, 162)と形容され、ジョセフィン・ベイカーのつかみどころのない身体的動作をいかに説明したらよいのか戸惑っている様子がうかがえる。さらにマルセル・ソヴァージュは次のように描写する。

「これは人間なのか? 女なのか? 〔……〕鋭い声を発しながらかぎりなく体を震わせ、まるでヘビのように頭を巻きつけている、いやもっと正確には、サクソフォーンが動き回り、オーケストラの奏でる音が、その体の動きとともに消えていくようだ。〔……〕恐ろしいのか、うっとりするほど魅惑的なのか、ニグロなのか、白人なのか〔……〕だれにもわからない。出てきたと思ったらまた消える。ひと踏みが空気のようにすばやく、女でもなく、踊り子でもなく、音楽のように心霊体のようにとっぴですぐに消え入る〈もの〉なのだ」(Sauvage, 14)。

ジョセフィン・ベイカーのパリ・デビューの評を読んでいくと、いかに他のパフォーマーと違っていたか、観客に与えた衝撃がいかに大きかったか、普通の人間を越え、男女を越えた不思議な存在に映っていたかを推測することができる。「インフラヒューマンでもスーパーヒューマン」でもなく「ノンプリミティヴであるとともに、文明化されてもいない」、「人間なのか? 女なのか?」という感情を呼び起こすジョセフィン・ベイカーは、フローレンス・ミルズやその他の「アメリカの黒人」パフォーマーとは、決定的に異なる根源的資質を備えていたのである。

ブラックフェイスをやめたジョセフィン・ベイカーは、上半身は裸のまま腰蓑代わりに「ピンク・フラミンゴ羽毛」(Gates Jr. et al., 7) をつけてジョー・アレックスと二人でアクロバティックなダンスを披露した。男の踊り手にアクロバティックに振り回されながら、ジョセフィンの身体が放り出されると、しんと静寂が会場を支配する。その瞬間に舞台に立っているのは、「忘れられない女の黒い(エボニー)彫像」(Flanner, xx) であり、観客は初めて「黒は美しい」(Flanner, xx) と感じたのである。〈ブラック・ヴィーナス〉誕生の瞬間であった。

ジョセフィン・ベイカーが、「エグゾティックな黒いセクシュアリティ」、「あからさまなセクシュアリティ」「アフリカのエロス」などと形容されるとき、それらはすべて人間に本質的な資質を肯定的に述べていると解釈すべきであろう。「セクシュアリティ」とは政治性・社会性を伴う、「いやらしい」属性ではなく、人間本来の自然な資質を指すのであり、生の営みの一部である。「エロス」もまた性=人間性の本能であり、あたら否定すべきものではなく、それどころか肯定すべきものである。

パリの観客たちは、肌の白い女たちの裸体には慣れていたはずだが、黒い裸体のジョセフィン・ベイカーに、雷に打たれたような衝撃を受けたのはなぜなのか。そこに世俗的な、あるいは身近すぎる「女の裸体」をはるかに越えた、人間性の本質を感じ取ったからではないのか。

白人のアラバスターのような肌は、身近であるがために政治的・社会的な俗物性を伴って感じ取られてしまう。ジョセフィン・ベイカーの場合も、舞台がアメリカ合衆国であれば、同様の束縛から逃れられなかっただろう。白人によって創出された「アメリカの黒人」は、歴史的奴隷体験という特殊な状況を引きずっている。二一世紀の今日ですら、その歴史の汚点は消えていない。アメリカの舞台であれば、ジョセフィン・ベイカーの裸体が自然に素直に感じ取られることは決してなかっただろう。それゆえに一九二五年、パリの舞台でジョセフィンがなしえた身体表現は、画期的だったのである。単なる〈ニグロフィリア〉でもてはやされたのではなく、その踊りは、普遍的な人間解放の賛歌だったのである。

翌年、フォリー・ベルジェール劇場では、のちに〈ジョセフィン表象〉として切っても切り離せなくなる衣装、バナナの腰飾りをまとって踊っている。上半身裸体でありながら、そこに卑猥な要素が認められなかったのは、「人間ばなれした」ジョセフィンの手足の長さの効果にもよるだろうが、その尋常でない躍動感に観客は圧倒されていったのである。裸体だということを忘れてしまったのだろう。ジョセフィンの身体の躍動の美しさは、「いやらしさ」を感じさせなかった。特異な資質と本能的な身体能力によって、「プリミティヴな、原人間（プロトヒューマン）の核」（Gates Jr. et al., 7）がそこに現出していたのである。一九二〇年代に白人の求めた、政治性を帯びたプリミティヴィズムやエグゾティシズムとは根本的に異なる〈プリミティヴネス〉であった。

フランスで名声を博したジョセフィン・ベイカーは、フランス語読みのジョゼフィーヌ・バケールになった。フランス語式に読むとそうなるということではなく、十九歳の「アメリカの黒人」娘は、パリの舞台で徹底的に変容したのである。あるいは「アメリカの黒人」であった自分から意識的に脱皮し、変身宣言をしたと言ってもいい。フランスの観客を一夜にして虜にした「野生の踊り」の衝撃は、〈ラ・バケール〉現象を生じさせた。「わたしはただのダンサーでも女優でもない。ブラックでさえないのよ。わたしは、ジョセフィン・ベイカーなの。ヴォアラ！」（Hammond, 39）。

この言葉こそ「アメリカの黒人」という政治的・社会的束縛を自分の力で解き放ち、個人の尊厳を主張するジョセフィン・ベイカーの基本的な人生哲学である。一九二〇年代、〈ニュー・ニグロ〉や〈新しい女（ニュー・ウーマン）〉と呼んで人々の解放が叫ばれたが、ジョセフィン・ベイカーはそのとき、周囲の動き、状況の変化をはるかに越えて、個人の尊厳を主張し、人間であることの喜びをうたったのである。それを可能にしたのは、セントルイスでもニューヨークでもなく、パリという世界的な文化都市であり、〈大きな戦争〉のあとの一九二〇年代という豊かな文化が諸国の大都市で花開いた時代であった。

【引用文献】

Archer-Straw, Petrine. *Negrophilia: Avand-Garde Paris and Black Culture in the 1920s* (New York: Thames & Hudson), 2000.
Brown, Jayna. *Babylon Girls: Black Women Performers and the Shaping of the Modern* (Durham: Duke UP), 2008.
Firmage, Gerorge J. Ed. *e.e.Cummings: A Miscellany Revised* (New York: October House), 1965.
Flanner, Janet. *Paris Was Yesterday: 1925-1939* (New York: Harcourt Brace Jovanovich), Ed. Irving Drutman. 1998.
Gates Jr., Henry Louis, and Karen C.C. Dalton. *Josephine Baker and La Revue Nègre: Paul Colin's Lithographs of Le Tumulte Noir in Paris, 1927* (New York: Harry N. Abrams, Inc.), 1998.
Hammond, Bryan Ed. *Josephine Baker* (Boston: A Bulfinch Press Book), 1988. Biography by Patrick O'Connor.
Jules-Rosette, Bennetta. *Josephine Baker in Art and Life: The Icon and the Image* (Urbana: U of Illinois P), 2007.
Kaplan, Carla. *Miss Anne in Harlem: The White Women of the Black Renaissance* (New York: Harper Perennial), 2013.
Leininger-Miller, Theresa. *New Negro Artists in Paris: African American Painters and Sculptors in the City of Lights, 1922-1934* (New Brunswick: Rutgers UP), 2001.
Marks, Carole and Diana Edkins. *The Power of Pride: Stylemakers and Rulebreakers of the Harlem Renaissance* (New York: Crown Publishers Inc.), 1999.
Mason, Jeffrey D. and J. Ellen Gainor, Ed. *Performing America: Cultural Nationalism in American Theater* (Ann Arbor: The U of Michigan P), 1999.
Sauvage, Marcel. *Les Memoires de Josephine Baker* (Saint-Etienne: Dumas Titoulet Imprimeurs), 2006.

Stovall, Tyler. *Paris Noir: African American in the City of Light* (Boston: Houghton Mifflin), 1996.
Vogel, Shane. *The Scene of Harlem Cabaret: Race, Sexuality, Performance* (Chicago: The U of Chicago P), 2009.

ミカエル・フェリエ

ジャズ――「驚きのサウンド」と誤解

『ニューヨーカー』誌のジャズ批評家、ホイットニー・バリエットによって「驚きのサウンド」(1)と表現されたように、両大戦間のパリにおいて、ジャズは異彩を放っていた。本シンポジウムの三つのテーマ、すなわち、ジャズと並行して発展を遂げ、ときにジャズを擁護し、ときに冷遇したシュルレアリスム、またしばしばジャズが躊躇なく結び付けられた黒人芸術と大衆文化、これらが交差する場において、ジャズは様々な仕方で解釈されると同時に多くの誤解にもさらされた。本稿では、パリにおけるジャズの登場を取り上げ、これまであまり見られなかった角度から光を当てることを目的とする。そのために、当時ヨーロッパにおいて影響力があり、イデオロギー的解読格子であると同様に美学的コードでもあった民俗学《フォークロア》の言説がもたらした、科学的であると同時に芸術的でもある文脈にジャズを置き直してみたい。

　ジャズは同時代の認識論的枠組みとどのような関係にあったのだろうか。当時ヨーロッパに遍在していた、ミシェル・ド・セルトーが「民俗学的関心」と呼んだものとジャズの関係はどのように構築されたのか。この問いに答えることで、文学、音楽、政治において、不鮮明だったいくつかの点を明らかにできるだろう。この激動の時代において、ジャズは広大な芸術創造の現場として、重大な政治的争点として現れる。ジャズが明らかにするのは、人種と関連づけられた芸術の枠組みである。この枠組みは変動から停滞への転換期の特徴であるとはいえ、おそらく今なお私たちはこの布置から完全に脱しているとは言えない。

ジャズの民俗学化《フォークロア》――人種化された音楽の概念構成

フランス人がジャズをどのように見てきたかを理解するためには、長期にわたって醸成された音楽に関する知の編成のうちにジャズを置き直すことが重要である。私は本稿に「驚きのサウンド」という題名をつけた。じっさい、ヤニック・セイテが指摘するように「ジャズとの出会いは、しばしば、驚愕や衝撃という表現で語られる(2)」。ジャズとはあるショックのことだが、このショックは単に技術的・音楽的であるだけではない。ジャズはまた――おそらく、そして何よりも――、慣用的カテゴリーへの不一致の現れであり、きわめて本質的な認識論的問い直しでもあるのだ。

というのも、ジャズは音楽の処女地に現れたわけではないからだ。理論的受容の文脈では、ジャズは、民俗学《フォークロア》の時代と呼びうるような時代に位置づけられる。周知の通り、この英語のフランス語への導入は一八七七年に遡り、この語（folk-lore、つまり「民衆学」）がそのとき指し示していたのは「ある国の伝統、慣習、大衆芸術についての学問」であり、広義には、これらの伝統の総体を対象としていた。また同様に、この語は「国民性」を意味する Volksgeist と切り離すことができないことも知られている。この概念は、十八世紀の終わりから北方の霧の中で練り上げられ（この概念の出現は一七九三年のヘーゲルに見られる）、啓蒙思想家が説き勧めた普遍主義的な理想への応答であった。ドイツロマン主義の主要な遺産の一つであるこの哲学的発想を要約すれば、その大前提となっているのは各々の民族には単一でかけがえのない存在様式があるということだ。それは言語や文学だけでなく、次第に深いあり方で音楽に関して言われるようになった(ヘルダー『歴史哲学異説』、一七七四)[1]。十九世紀になると、このステレオタイプは人種的な考えに染まっていく。一八〇六年にエルンスト・モリッツ・アルントがVolkseele(「民衆の魂」)を語り、ヴィルヘルム・リールは「民衆の科学(Volkstunde)」を作り、すでに「民族性(Volkspersönlichkeit)」[3]について述べていた。十九世紀の終わりにこれらの観念は頂点に達し、二十世紀の初め、すなわちジャズの出現のまさにその瞬間には、「国民性」や人種の特性に関する理論は広く知られ、称揚されてさえいた。しかも、社会人類学(ヴァシェ・ド・ラプージュと彼の概念である「頭示数」)、心理学(ギュスターヴ・ル・ボン)、文学(モーリス・バレス)をはじめとする様々な領域においてである。文学批評でさえも例外ではなく、サント=ブーヴ、テーヌ、ブリュンティエールによる説明はしばしば人種概念に基づいていた。

だが、この傾向がもっともはっきりするのは音楽批評においてである。ジャズが広まる時期には、音楽が国民的・人種的指標とされたほどである。一九三一年の対話でラヴェルは、第一次大戦期からこの傾向が見られることを指摘し、「音楽がこれほど国民的なものであったことはかつてなかった。〈フランス音楽〉についてこれだけ語られるようになったのは、戦争〔第一次大戦〕以降のことである」と振り返っている。二十世紀の最も偉大な指揮者の一人であり、この事態の証言者でもあったヴィルヘルム・フルトヴェングラーは、音楽における国民性を明確にし、一九三八年の対話の際に、次のように述べている。「芸術はおそらく、ある意味において国民的である。とりわけ音楽は他の芸術以上に民衆の深淵なる真理の表現である」[4]。

一九一六年からすでに、フランス人のためのフランス音楽という雄弁なスローガンの下で、「フランス音楽を守るための国民同盟」[5]が結成されていた。この表現はジャック・ド・ビエ(一八五二‐一九一五)のものを参照したに違いない。彼は『ラ・レピュブリック・フランセーズ』紙の編集者であって、一八九六年のブカレストにおける第一回国際反ユダヤ主義会議の代表でもあり、かつ「フランス人のためのフランス」という有名なスローガンの発明者でもあった。当時、この表現は、主に「汎ゲルマン主義的近代ドイツ」に対して向けられたものだった。しかし、この原則はもちろん、他の音楽の侵入に対しても転用しえた。一九一九年十一月三十日、こうして日刊紙『時代』は、「反ジャズバンド同盟」の創設を祝うことになる。

しかし、反動的右派だけがこういった態度を取ったわけではない。民衆音楽連盟の機関誌『民衆音楽芸術』は、その名が示すように、人民戦線の価値観に近かったが、彼らが掲げるのもまた、「〈内的必然〉の果実であるところの音楽」であり、「精神性と〈魂の運動〉を響かせるような音楽」だった。ジェーン・ファルシャーが言うように、「音楽趣味は様々な形で解釈され、事実上、精神のバロメーターとなっていた。すでに第二次大戦前から、政治的価値観と音楽的価値観が分かち難いものとなっていた。というのも、政治と音楽の互いの構造とイデオロギーが密接に絡み合っていたからである[6]」。

したがって、フランスにおけるジャズの到来を良く理解するためには、ジャズを両大戦期の思潮の中に置き直さなければならない。すなわち、今日、かくも広まっている音楽の普遍性という紋切り型から完全に抜け出なければならない。当時、音楽は普遍言語ではなかったのだ。それどころか、音楽は他のあらゆる芸術よりも、祖国の、さらには種の特殊性を歌い上げてさえいた。音楽は、あらゆる矛盾を一本の純粋な線のうちに解消する「普遍言語」ではない。異なる声で歌われた音楽が、今日、好んで褒めそやされるような相互理解の場となることもなかった。音楽は習俗性の違いを緩和するどころか、それを啓示するのだ。音楽は夢見られた調和の中に世界をまとめたりはしない。音楽は、彩り豊かに装飾された人道主義的旗色の下に、世界のあらゆるさまざまな色を取り集めたりするのではなく、特有の幟の下に各国を振り分ける。つまり、「インターナショナル・ジャズデー」とは程遠かったのだ。二〇一一年にユネスコによって定められたこの催しは、毎年四月三十日に開催されているが、それは「教育的道具としてのジャズの効能と、民族間の平和、調和、対話、高度な協調のための力[7]」を啓発するためである。

ジャズを囲う

ヨーロッパへ到達した瞬間から、ジャズは音楽とのこの想像的——しかし制度化されたものでもある——関係を揺るがすものだったことがわかる。継承されてきたカテゴリーは揺らぎ、概念の大きな総体が分解され、再構成され、慣習的分類が崩れる。ジャズはまるで地震のようであり、音楽の既成の概念構成に背いて、少しずつ別の概念構成を打ち立てていった。

そもそも、ジャズは大衆向け音楽なのか、あるいは玄人向け音楽なのか。文化的趣向におけるジャズの立ち位置（この間ずっと、ジャズは、時に野生の音楽とも、時に有閑な大ブルジョワのための音楽とも、そしてその両方ともみなされる）は曖昧で、絶えず、芸術音楽と大衆音楽の間を行ったり来たりしている。その上、ジャズの大地への帰属、それも単一にして唯一の大地、あるいは単一にして唯一の民衆への帰属もまた疑問視される。もちろんジャズはアメリカに由来するが、同時にアフリカの要素なしには想像できない。その特性はまさに移動にあり、当時はまだ流通していなかった言葉を用いるならば、奴隷制によって「脱領土化[三]されて」いる。

このように手に負えず、変動が激しく、分類不可能なこのジャズはそれゆえ、予期することのできない何かを開示する。それならば予期せぬものを広く認知された規範の中に忍び込ませる必要があるだろう（ある人たちにとっては、新しさは温存されたままであるが）。「飼い慣らされたカタストロフ」というジャズに関するコクトーの有名な言葉は、しばしば引用されながらも、あまり注釈されることはないが、ここでより両義的だが、通常よりはっきりした、少し異なる角度から理解することができるだろう。飼い慣らすという言葉は、ジャズの勢いを和らげるとまでは言わないにせよ、少なくともジャズの広がりを防ぐことを目指したスローガンである。

（a）ジャズを領土化する

飼い慣らすこと、それは何よりもまず囲うこと（domestiquer）である。ジャズに *domus*（家、住処）を与えること、つまり家、住処を与えることである。こうして、移動性のジャズには居住地が指定されるが、それは〈ニグロ〉の国という多分に妄想された土地にそれを再領土化するという迂路によってだ。このことによって、例えば、白人／黒人、我々／他者、ここ／あそこといった二項対立的提示が比較研究を行う際のお決まりとなる。例を挙げればきりがないが、初めにアンドレ・シェフネルが、この「アフリカとアメリカの黒人の音楽は、それがどんなものであれ、まさに基本的な一つの芸術を私たちの目に映し出し、それは何よりもその出生地の環境に結びついている(8)」と言っていた。シェフネルは偉大な音楽学者だが、注意しなければならないのは、このくだりを書いた時には、彼はまだアフリカに足を踏み入れたことがなかったという単純な事実である。のちにアフリカ音楽（マリのサンガ、カメルーンのマラのドゴン族、ギニアのキシ族とバガ族、コートジボワールのベテ族の打楽器のリズム譜への転写）について、特筆すべき仕事をしたとはいえ、初めて彼がアフリカの地を探索したのは、一九三一年のマルセル・グリオールを団長とする有名なダカール＝ジブチ調査団に参加した時であり、アフリカ音楽に関するノートが出版された五年後のことだ。

同様に、ダリウス・ミヨーは、ジャズを「本物の音楽」だと言い、「そのルーツは、黒人魂という最も謎めいた要素のうちにあり、それはおそらくアフリカの名残である(9)」と語っている。「おそらく」という語は多くのことを物語っている。一九二二年のダリウス・ミヨー、一九三一年のジャン・ヴィエネール、一九三八年のユーグ・パナシエ、彼ら三人のアメリカ旅行記を検討してわかることがある。彼らはアメリカに赴いたことで、ジャズを生み出す真なる社会的条件をより良く理解したというわけではなく、「ニグロ」と黒人音楽に関するすでにできあがった表象を確認しただけだったということだ(10)。

つまり、ジャズは黒人のものなのだが、その黒人とは、白人の反転形象として構築された想像上のニグロなのだ。白人が理性、趣味、知性を身につけた者とされるように、黒人は本質的にリズムとダンスを身につけた者とされる。例えば、シモーヌ・ド・ボーヴォワールの『アメリカその日その日』を見てみよう。彼らは、「生まれつき踊るようにできているかのごとく自然に踊る。これほど完全にジャズの曲とリズムに取り憑かれたままであるには、完全な心のくつろぎが必要だ(11)」。あるいは、アンリ・トロワイヤによるハーレムのサヴォイ・ボールルームの描写を見てみよう。「リズムに取り憑かれた彼らは、無造作に、軽やかに、驚くほど巧妙に体を揺さぶっていた。真っ白な歯をした食人者たちには〔……〕戦慄が走っているように見えた(12)」。マルセル・デュアメルは、（一九二四年にモンパルナスの西に開店した）ダンスホール「バル・ネーグル」を描写しながら、こうしてできあがった黒人／白人という対立関係を次のように説明するだろう。「リズムは絶頂を迎え、いつの間にか舞台の白人たちをゆっくりと消し去り、〔……〕オーケストラに取り憑かれ、汗でびっしょりになった向いあった四人の黒人たちだけを残した(13)」。これらのテクストにおいて「取り憑れた《ポセデ》」という形容詞が頻出することは示唆的である。というのも、黒人たちは自分の意志では振舞えず、太古の昔から引き継がれ、神話的に均質化された「暗黒」大陸に由来する忘我状態の操り人形でしかなく、ジャズが彼ら本来の属性を呼び覚ますということになっているからだ。

かくして、きわめて精密な操作によって、ジャズは大地と「種のリスト」に登録されることになる。この操作について詳述する余裕はないが、次のように要約できるだろう。歴史的諸特性を実体化し、起源の価値を高めること（とはいえ起源は、ジャズに関しては大きな問題を孕んでいる）、歴史的な要素と永遠性を同一視すること（時間における歴史的次元の否定）、（起源の問題において時間性を過小評価することで）存在と時間を混同すること、アフリカにおける多様性を矮小化し否認すること、本来性と父祖伝来性を称揚すること、等々。まさに一石二鳥である。すなわち、ジャズの黒人起源説によって、ジャズを人種にもとづいた定義のうちに固定すると同時に、別の民俗文化《フォークロア》、つまりフランスの、白人の、文明化された純粋な民俗文化《フォークロア》をジャズに対して位置づけること。まさにこれが、ミシェル・ド・セルトーが「民俗学的関心」と名付けたものである。「民俗学的関心とは、〔……〕位置づけ、帰属させ、身元を保証しようとすることである。〔……〕それゆえ、系譜学と比較研究はフランスの心性が表明されるような、フランス的なものの統一的リストの実在を強調することになる(14)」。

しかしながら、ジャズがアフリカに起源を持つことは、疑いの余地がないにしても、時系列的にも地理学的にもおよそ直接的なものとは言えない。というのも、ここで問題になっているのは、客観的な現実というよりは、判断のカテゴリーだからである。別の言葉で言えば、ジャズに関する批評言語は、音楽の聴取のうちに組み込まれる分析としてではなく、むしろ、音楽を実際にそのようなものとして構成する想起として、つまり、民族・人種的割り当ての基準線にしたがって構成される音楽の認識と判断のカテゴリーとして機能している。同じ仕方で、一九三〇年代のホットジャズの技術的カテゴリー化について考察することができるだろう。すなわち、リズムの跳躍、自由なアクセント、音の表現性、即興能力、つなぎの滑らかさ、等々。リズムに関するこれらカテゴリーは、人種的カテゴリーでもある。少なくとも、それらとまったく容易に連関するので、もはや一致しているようなものである。

(b) ジャズを訓化する

人種的割り当てに関する同じ論理に即したもう一つの可能性、つまり対称的なもう一つの選択肢とは、ジャズを領有するということになるだろう。ジャズがニグロたちの民俗文化《フォークロア》だとすれば、この野生の音楽は、上品で、洗練され、文明化されたものにもなりうる（そして、ある者たちにとっては、そうでなければならない）。ストリングスの追加や交響楽的作法によるオーケストレーションから、やがて交響楽的ジャズ（ポール・ホワイトマン）、一九二〇年代の「舞台のジャズ」（ジャック・ヒルトン）、一九三〇年代半ばのスウィングが誕生することになる。こうした考え方は、一九四二年にアンドレ・クーロワの主張において頂点に達する。彼によれば、ジャズは、なんとフランス音楽なのである。「長い間ジャズは、ニグロ特有のものだと思われてきた。ここでの主張はそれとは全く反対である。ジャズが黒いのは偶然でしかない。ジャズを構成する原理的要素はヨーロッパの白人に由来する。歴史からしても素材からしてもジャズは我々のものである」[15]と音楽学者は恐れずに書いていた。そこでは、ストレート straight という語は、ストレット[三] strett に、ブルース blues は「ブルーズ blouze」に変えられていた。まさにここで、記憶のオーバーラップは絶頂に達する。『セント・ルイス・ブルース（*Saint Louis Blues*）』は『聖ルイの哀しみ（*La Tristesse de Saint Louis*）』になり、『ダイナ（*Dinah*）』は、『ままごと（*dinette*）』と改名され、『レディー・ビー・グッド（*Lady be good*）』は、『レ・ビグディ〔髪につけるカーラーのこと〕（*Les bigoudis*）』になった。こうして「ルックスを変えられた」ジャズはそのとき、フランスに固有の音楽となりえたのだった。

同じ現象はドイツでも起きていた。一九三三年にナチスが権力の座につくと、フランクフルトの音楽学校のジャズのクラスは閉鎖されたが、一九三四年からゲッベルス（宣伝相）はモダンダンスのゴルデネ・ジーベン・オーケストラの編成を監督した。一九四二年にこのオーケストラは、あまりにもスウィングしていると判断され、ドイツ・ダンス＆軽音楽管弦楽団（ダンスとエンターテインメントのオーケストラ）となり、またもやジャズを「受け入れ可能」にしようと試みた。実際には、戦争の間もずっとベルリンではジャズを聞くことはできたが、それはヨーロッパ人音楽家による演奏であり、多くの場合、ユダヤ人とアメリカ黒人の剽窃だった[16]。

結論——そして今日では？

結局のところ、このジャズの歴史から、現代のわたしたちは何を学ぶのだろうか。フランスにおけるジャズ受容を見ることで、個人のレベルでも集団のレベルでも記憶のメカニズムを理解することができるだけでなく、隠蔽と選別と再構成（変化あるいは改竄）のプロセスについて考えることもできる。これらのプロセスは今日でもフランス社会において機能しているが、このプロセスについては、『亡霊へのシンパシー』（アンブロワーズ・ヴォラール、ジャンヌ・デュヴァル、エドモンド・アルビウスといった人物への）や『海洋の記憶』といった小説において取り上げた。[17]

じっさい、今日音楽を取り巻く環境は、音楽のアイデンティティーやヘゲモニーに焦点を当てた概念を復活させる要因となっているように思われるし、ふたたび人種化され基準化された諸表現によって強固なものとなりつつあるように思われる。もちろん、場所は変わっている。今日では、ジャズではなく、ラップに人種的特色が復活したのだ。このことはヴェルダンの戦いの記念式典に関して起きた最近の論争に現れている。ブラックMというラッパーの出演が論争の火種となった。[四]このラップにまつわる事件は、一九三〇年代フランスで起きた悲喜劇の再演であることがわかる。すなわち、フランスの伝統的アイデンティティーの消滅は、他の国や他の人種に由来する民俗文化《フォークロア》を前にした、フランスの「民俗文化《フォークロア》」の終焉という形で現れるだろう。

幸いにも、別の力も作用している。というのも、今やジャズは「ヨーロッパで発明された楽器の、和声の、メロディーの諸理論への、十六－十九世紀の南北アメリカに強制的に連れてこられた奴隷によってアフリカから持ち込まれた伝統の統合である」[18]ということについて異議を挟む者はほとんどいないからだ。哲学者エドゥアール・グリッサンは、ジャズを彼がクレオール化と名づけたものの旗印にさえしている。

実際にグリッサンは、これまで見てきた伝統とは逆に、ジャズを民俗文化《フォークロア》と正反対のものにする。彼にとってジャズとカリブ海の音楽の違いは、プランテーション・システムが崩壊した後の二つの黒人共同体の歴史から来るものだ。[19]ジャズの場合は、かつての奴隷がアメリカ合衆国北部へと出発し、国の産業化のあらゆる段階で貢献した。こうして彼らの音楽は、この発展に従ったり呼応したりしたのであり、ゴスペルからニューオリンズへ、スウィングからビッグバンド、さらにはビバップそしてフリージャズへと移行していった。それに対して、カリブ海におけるプランテーション・システムは何によっても取って代わられなかった。そして、「音楽活動は実存の必然性から切断され、（語の最も悪い意味で）民俗学化《フォークロア》した彼らの音楽は、新たに適応した形式へと進化することはなかった[20]」。

歴史は奇妙なまでに反転する。最後の驚きは、人種主義的な民俗文化《フォークロア》への還元の最も特徴的な（礼賛も誹謗も混じった）例であったジャズが、おそらく今日では、その消滅の例となっていることだ。暗黙裡に人種主義的な考えに依拠する、アイデンティティと本質性、存在論やイデオロギーの諸形式をどのように解体できるだろうか。これはきわめて重要な問題だ。それは（音楽に関する新たな概念化に至るから）音楽的であるだけでなく、政治的でもあるからだ。あまりにも定着しているがゆえに無意識になっており、あまりにも凡庸であるがゆえに今日においても未だに他の形式の下で反復、持続、維持されている、ありふれた人種主義からいかに脱出するかが問題なのだ。だからこそジャズに関する考察は、現代の焦点である。ジャズについて考察することで私たちは、美学的かつ政治的次元で、帰属形式に関する多元的理論化へと導かれる。このことは、私たちが生きる今世紀最も熱い戦いとなるように思われるのだ。

コーダ――サム・オブ・ディーズ・デイズ

具体例で本稿を終えることにしよう。『サム・オブ・ディーズ・デイズ』という曲は、ここまで辿ってきた足取りの全てを要約するものである。この曲を選んだのは決して偶然ではない。じっさい、この曲には特別な歴史がある。『サム・オブ・ディーズ・デイズ』は一九一〇年にカナダの黒人シェルトン・ブルックスによって作曲された。この曲は、二十世紀の最も有名な人物の一人であるウクライナ出身のアメリカ人ソフィー・タッカーによって再び取り上げられると、フランスを含め、圧倒的な成功を収めた。ロベール・デスノスは、一九四〇年十月十九日の記事で、これを「フランス人がよく知っている[21]」曲としていた。

それだけではない。この曲は当時のフランスの最も偉大な三人の作家、セリーヌ、レリス、サルトルによって取り上げられもした。ミシェル・レリスは『ビフュール』においてこの曲に言及している。第二次世界大戦前夜にギリシア行きの貨物船に乗船したレリスはそれを、「僕の心を真っ二つに引き裂くようなトランペットの高らかな響き[22]」と描き出した。セリーヌが言及するのは『夜の果てへの旅』においてだ。『サム・オブ・ディーズ・デイズ』は「イギリス人女性たちの歌」のモデルになっており、語り手のバルダミュはそれを世界の災厄の歌として描写していると考えることができる。「彼女たちが歌っている間、哀れな世界のあらゆる災厄以外の何ものも、もはや僕には考えることはできなかった[23]」。苦しみと悲しみ、孤独と寂しさのメロディーである『サム・オブ・ディーズ・デイズ』は第二次大戦の間、なんと『愛しいベビー』に姿を変えられてしまう。そのとき、ヒット曲は飼い慣らされたメロディーとなったのだ。

だが、この曲を最も長く、そして最良の仕方で想起するのはジャン゠ポール・サルトルである。彼は、一九三八年に出版された『嘔吐』において、全く異なる仕方でこの曲を取り上げた。レリスにとってもセリーヌにとっても『サム・オブ・ディーズ・デイズ』は苦しみの曲だったが、サルトルにとっては啓示だった。奇妙なことに、彼は曲の成立過程を逆にしている。この曲はカナダの黒人――シェルトン・ブルックス――によって作曲され、黒人女性のような髪型のウクライナ出身の小柄なユダヤ人女性ソフィー・タッカーによって有名になったのだが、サルトルの小説では、ユダヤ人によって作曲され、黒人女性によって歌われた曲にされているのだ[24]。ここには、混血の音楽としてのジャズという発想があり、ただちにあらゆる二元論的カテゴリー（黒人／白人、男性／女性）を混乱させ、かき回す。政治的意義を含んだ曲（この小説は一九三八年のものだ！）は、新たな美学ももたらす。その鍵はおそらく、主人公の名前、あのアントワーヌ・ロカンタンそのものによって与えられている。

「ロカンタン」とは、『十九世紀ラルース大辞典』によれば次のような意味である。「古くは、他の曲の断片から作られていた寄せ集め作品として一つに取りまとめられた曲に与えられた名前であり、その作曲方法はリズムの変化による奇妙な効果と思考の脈絡における愉快で馬鹿げた驚きを生み出すようなものである」(25)。断片的で音楽的なこの構成の原則は、複数の声に語らせ、常に新たな形式を迎え入れ、一緒に（ユダヤ人、黒人、白人）歌わせることであって、それこそがまさにジャズの原則であり、政治的かつ詩的な一つの理想でもあるのだ。

結局のところ、ジャズについて語られるとき、一体何が問題となっているのか。聴取の問題である。ジャズとは、音や呼吸の制御不能の逃走であり、感官《サンス》（感覚でも意味作用でもある）を最大限に開くことなのだが、このジャズは「聴取の拡張」を要求している。そしてサルトルがよく理解していたように、ジャズが初めから世界についての別の聴取可能性を孕んでいたとすれば、ジャズは今日、一枚岩で均質的で不滅の文化という幻影に対抗し、還元不可能で多元的な味わいと音色を孕む共通世界の表現であり続ける。

（黒木秀房訳）

【原註】

（1） Whitney Balliett, *The sound of surprise*, New York, Dutton, 1959.

（2） Yannick Séité, *Le jazz, à la lettre*, PUF, 2010, p. 31. この点に関しては以下を参照されたい。Laurent Cugny, *Une histoire du jazz en France. Tome I : Du milieu du XIXe siècle à 1929, Jazz en France*, Paris, Outre Mesure, 2014, Colin Nettlebeck: *Dancing with de Beauvoir: Jazz and the French*, Melbourne University Publishing, 2005.

（3） Cf. M. Maget, « Ethnographie européenne », *in Ethnologie générale*, Gallimard, coll. « Encyclopédie de la Pléiade », 1968, pp. 1271-1277.

（4） Wilhelm Furtwängler, « Sixième entretien » (1938), repris dans *Musique et verbe*, Albin Michel/Hachette, 1979.

（5） 一九一六年三月十日に創設された。この会の名誉会長は、カミーユ・サン＝サーンス、ヴァンサン・ダンディ、ギュスターヴ・シャルパンティエ、シャルル・ルコックである。

（6） J. F. Fulcher, « Style musical et enjeux politiques en France à la veille de la seconde guerre mondiale », *in Actes de la recherche en Sciences Sociales*, n° 110, Seuil, 1995.

（7） ユネスコのサイトを参照。http://www.unesco.org/new/en/unesco/events/prizes-and-celebrations/celebrations/international-days/jazz-day/

（8） André Schaeffner, « Notes sur la musique des Afro-Américains », dans *Le Ménestrel*, reprises en volume sous le titre *Le Jazz*, 1926 (rééd. Jean-Michel Place, 1988, p. 14).〔アンドレ・シェフネル『始原のジャズ――アフロ・アメリカンの音響の考察』昼間賢訳、みすず書房、二〇一二年、六－七頁〕

（9） Darius Milhaud, *Notes sans musique*, Julliard, 1949, pp. 141-142.

（10） 次の論考を参照。Martin Denis-Constant, « De l'excursion à Harlem au débat sur les "Noirs". Les terrains absents de la jazzologie française », *in L'Homme* 2/2001 (n° 158-159), pp. 261-277.

（11） *L'Amérique au jour le jour*, Paul Morihien, 1948, pp. 218-220.〔ボーヴォワール『アメリカその日その日　ボーヴォワール著作集五』二宮フサ訳、人文書院、一九六七年、三九－四〇頁〕

（12） Henri Troyat, *La case de l'oncle Sam*, La Table Ronde, 1948.

（13） Marcel Duhamel, *Raconte pas ta vie*, Mercure de France, 1972, pp. 364-366.

（14） « La beauté du mort », avec D. Julia et J. Revel, *La culture au pluriel*, Seuil, 1993, pp. 52-53.〔ミシェル・ド・セルトー（ドミニック・ジュリア、ジャック・ルヴェルとの共同執筆）「死者の美」、『文化の政治学』山田登世子訳、岩波書店、一九九〇年、五九頁〕

（15） André Cœuroy, *Histoire générale du jazz : strette, hot, swing*, Denoël, 1942, p. 22.

（16） 以下の論考を参照。Rainer E. Lotz, « Goldene Sieben », *The New Grove Dictionary of Jazz*, 1994, pp. 435-436, et Michael H. Kater, *Different Drummers, Jazz in the Culture of Nazi Germany*, Oxford, Oxford University Press, 1992.

（17） Michaël Ferrier, *Sympathie pour le Fantôme*, Gallimard, 2010 et *Mémoires d'outre-mer*, Gallimard, 2015.

(18) Frank Ténot, *Dictionnaire du Jazz*, Bouquins, Robert Laffont, 1994.

(19) Édouard Glissant, *Poétique de la Relation*, Gallimard, 1990, p. 83.〔エドゥアール・グリッサン『〈関係〉の詩学』管啓次郎訳、インスクリプト、二〇〇〇年、九八頁〕

(20) Édouard Glissant, *Le Discours antillais*, Gallimard, 1981, p. 383.

(21) Robert Desnos, Revue de disques du journal *Aujourd'hui*, citée dans *Europe*, « Jazz et Littérature », n° 820-821, 1997.

(22) Michel Leiris, *Biffures*, Gallimard, 1948, p. 271.〔ミシェル・レリス『ゲームの規則　ビフュール』岡谷公二訳、筑摩書房、一九九五年、二六〇頁〕

(23) Louis-Ferdinand Céline, *Voyage au bout de la nuit*, dans *Romans*, t. I, Gallimard, « Bibliothèque de la Pléiade », p. 365.〔セリーヌ『夜の果てへの旅（下）』生田耕作訳、中公文庫、二〇〇三年［一九七八年］、一九六頁〕この点については次の拙論を参照されたい。M. Ferrier, *Céline et la chanson*, Ed. du Lérot, 2004, notamment pp. 108-111 et 409-410. ジャズとセリーヌの、複雑で矛盾した関係についても、同書の以下の章を参照されたい。« Le chassé-croisé du jazz et de la valse », pp. 251-256.

(24) 二人のフランス人研究家、J・ジャマンとY・セイテは詳細な研究において、『サム・オブ・ディーズ・デイズ』について見事な指摘をしている。J. Jamin et Y. Séité, « Anthropologie d'un tube des Années folles », *in Gradhiva*, n° 4, 2006, pp. 5-33. このテクストを教示してくれた友人のヤニック・セイテに感謝する。

(25) サルトル研究者ミシェル・コンタとミシェル・リバルカによれば、サルトルはこの意味を知っていた。

［訳註］

* 引用箇所を訳出するにあたって、既訳を参照し、文脈に応じて訳し直したものがあることをお断りしておく。なお、参照文献の書誌情報に関して、明らかな誤りがある場合、適宜修正した。

(一) ヘルダー「人間性形成のための歴史哲学異説」小栗浩、七字慶紀訳、『世界の名著　続7』所収、中央公論社、一九七五年、七五－一七六頁。

(二) ジル・ドゥルーズとフェリックス・ガタリが創造した概念である「脱領土化（déterritorialisation）」に由来する。

(三) 「緊迫した」という意味を持つイタリア語に由来する音楽用語。

(四) ブラックMは、ギニアにルーツを持つフランスの人気ラッパーで、セクション・ダソー（Sexion d'Assaut）のメンバー。二〇一四年に『世界より大きな眼（*Les yeux plus gros que le monde*）』でソロアルバムデビューを果たした。二〇一六年五月にヴェルダンの戦いの記念式典にてライブパフォーマンスを行う予定であったが、マリーヌ・ル・ペン率いる国民戦線（FN）らによって、出演の取り消しを求められ、論争の的となった。

パリ、ハーレム・ルネサンスの飛び地

ヤニック・セイテ

ハーレム・ルネサンス、再生か誕生か

「ハーレム・ルネサンス」は、ニューヨークの黒人地区ハーレムが、第一次大戦前から、特に大戦後に経験した人口上の、経済的な、とりわけ知的で芸術的な発展と同時期の運動に事後的に与えられた名前である。その地区では、南北戦争後に南部諸州を離れたアフリカ系アメリカ人の子孫の一部が増加していた。この移住は、アメリカ北東部で農場労働から解放されて使用人になったり、ピッツバーグやクリーヴランドやデトロイトの製鋼場や加工場の労働力になったりした労働者たちの再定住であり、第一次大戦後さらに勢いを増していた。

戦争に駆り出された四〇〇万人の若者が、ヨーロッパで諸々の自由を味わった後、元の境遇（職業の、象徴的な、社会的な、家族の）になかなか戻れない様子にかんするアメリカ全体の不安を、微笑ましい調子ではあるが、レコードでも楽譜の出版でも一九一九年のヒット曲の一つになった歌「(パリを見た後で) 農場暮らしはいかがかな？」ほどよりよく表したものはない。除隊になった三五万人のアフロアメリカンの軍人にかんする多くの白

人たちの不安は、明らかに政治的な意味を帯びていた。すなわち、人種隔離のない世界で何カ月も過ごした黒人たち、特に南部出身の黒人たちは、戦争前の境遇を受けいれられるだろうか、という不安である。この問題を、除隊になった軍人たちは、北部の大都市に、特にニューヨークに落ち着くことで解決し、ハーレムの再生《ルネサンス》ではなく誕生《ネサンス》と呼ぶべき現象に多かれ少なかれかかわった人々の数が増えることになった。

詩人であり、外交官と大学人でもあったジェームズ・ウェルドン・ジョンソンが一九二〇年に書いているように、ハーレムは単なる「コロニーでもコミュニティーでもなく、都市のなかの都市、世界最大の黒人都市」であり、哲学者アラン・ロックにならって「ニュー・ニグロ」[1]と呼ばれるようになった人々の生活の場であった。彼らは、奴隷制廃止から半世紀たって、文字を覚え、都会的な生活様式を身につけ、場合によっては古きヨーロッパの教養を備え、新聞を読む近代的個人であり、新たな権利意識とともにやがて公民権運動にいたる人々である。ハーレムは「新しき黒人のメッカ」だ。これはロックが責任編集した『サーヴェイ・グラフィック』誌一九二五年三月の表紙の言葉である。

そこで、『クライシス』誌（全米黒人地位向上協会の機関誌）や、『オポチュニティー』誌（副題を「ニグロの生活誌」とした）や、それほど影響力はなく短命に終わった出版物（『ファイア!!』や『ハーレム』など）のまわりに、知識人（デュボイス、ロック、ゾラ・ニール・ハーストン等）や、小説家（アーナ・ボンタン、ネラ・ラーセン、クロード・マッケイ、ジーン・トゥーマー、ウォレス・サーマン等）や、多くの詩人（J・W・ジョンソン、ラングストン・ヒューズ、カウンティ・カレンなど）や、写真家（ジェームズ・ヴァン・ダー・ジー）、そして数多くのデザイナーやプランナー（アーロン・ダグラス、オーガスタ・サヴェッジ、アーチボルド・モトリー等）が集団を作る。再生するハーレムの輝きは、この地区を自分たちの後方拠点とした無数の舞台芸術の担い手たちの賜物でもある。まず群れなす音楽家たち――主にジャズの、しかしそれだけではない――が活躍する。ウィル・マリオン・クック、ユービー・ブレイク、ジェームズ・リース・ユーロップ、W・C・ハンディ、フレッチャー・ヘンダーソンが、そして(ラグタイムがジャズにとって代わられるころには)デューク・エリントン、キャブ・キャロウェイが。『ニューヨーク・アムステルダム・ニュース』、『シカゴ・ディフェンダー』、『バルティモア・アフロアメリカン』等々、非常に盛んな黒人メディアがハーレムの栄光に付きそい、白人の世界でも知られることになった成功の立役者たち、すなわち、エセル・ウォーターズ、ルイ・アームストロング、ベッシー・スミス、フローレンス・ミルズ、ジョニー・ハジンズ、アール・〝スネイクヒップス〟・タッカー、そしてファッツ・ウォーラーといった黒人コミュニティーの本物の英雄たちの活躍を伝える。〝人種の誇り〟を模範的に体現したボクサーたちも忘れずに、そのうちもっとも有名なのは、ヘヴィー級世界王者になるジャック・ジョンソンだ。何人かの白人たちも、写真家で作家のカール・ヴァン・ヴェクテンのように、ときに論争を交えながら、この都市の発展に付きそい、その記録を残してゆく。すなわち、写真家のドリス・ウルマン、ジャーナリストのマックス・イーストマン、クラリネット奏者のメズ・メズロウ、ドイツ人画家のウィノルド・ライス、評論家のアンソニー・J・ブティッタといった人たちだ。

一九二〇年代を通じて、そして何人かは第一次大戦前からすでに、こうした音楽家たち、知識人たち、芸術家たち、スポーツ選手たちは、有名な者もまだ無名の者も、多くが大西洋を横断し、ヨーロッパに、特にフランスに滞在している。戦争後、旧大陸にとどまった退役軍人を入れれば、その数はさらに増える。造形芸術ではサヴェッジ、パーマー・ヘイデン、モトリー、アルバート・アレクサンダー・スミス、グウェンドリン・ベネットが、ヨーロッパの伝統的な歌唱者としてはローランド・ヘイズとマリアン・アンダーソンが、作家としてはヒューズ、マッケイ、ロック、カレン、再度ベネットが、数多くの「ニュー・ニグロ」が数カ月から数年にわたってヨーロッパに移り住んだ。これらの芸術家や音楽家にとっては、文化におけるヨーロッパ起源の要素にふれること、そして自分の肌の色が、生物学的なとは言わないまでも、政治的で文化的な劣等性の記号であることを必然的に思い知らされる必要のない空気を吸うことが、どちらも大事だった。彼らは美術学校やアカデミー・ジュリアンに通い、パリのボクシングジムで練習し、ロンドンやベルリンの高名な教授のもとで歌唱のレッスンを受け、スコラ・カントルムやエコール・ノルマル音楽院で作曲の授業を受けた。新刊だけでなく広く同時代の文学作品も読んだ。消えゆく象徴主義の最後のきらめきも、シュルレアリスムの萌芽も、アナトール・フランスにランボー、フロベールにボードレール、ジョイスやヴァージニア・ウルフも。「ロスト・ジェネレーション」の白人たちも負けじとパリに滞在し、密接に付きあった。すなわち、ヘミングウェイ、フィッツジェラルド、作曲家のコール・ポーター、ヴァージル・トムソン、またはジョージ・アンタイルが、一九〇四年からモンパルナスに住む同国人ガートルード・スタインのまわりに集まった。ヴァン・ヴェクテンのように、一回の滞在期間が短い者もいた。

一九一八年から一九三〇年まで光の都に暮らしたか滞在したかの何千ものアメリカ市民のうち、もっとも目立ち数も多い集団は「エンターテイナー」の集団である。楽器奏者、ダンサー、「コーラス・ガール」、道化師、歌手、指揮者、等々。この小さなコミュニティーのメンバーを探すなら、カフェ「クポール」や「リュクサンブール」、すなわちモンパルナスやカルティエ・ラタンではなく、モンマルトルの坂のほうであり、彼らはそこで、ホテルや女中部屋に住まい、安宿「洗濯船」の世代と入れ替わったのだった。大戦後、戦争によって文字どおり血を流したヨーロッパの人々は、楽しもうとする欲求を自由に解き放った。ジャズは「狂乱の」と呼ばれる時代のバックグラウンド・ミュージックで、シャルル＝アルベール・サングリアが「アングロ＝ニグロのシンコペーション」と呼んだ音楽の奏者たちは、この陶酔にふさわしいパートナーだった。なかでも、ミシェル・レリスによれば黒人の奏者たちが。「白人は皆ダメだ。ほとんど誰も、本当に楽しむことを知らない」と、レリスは一九三〇年に、前衛芸術家に特有の偉そうなレトリックでもって、『ドキュマン』誌の第二号に書いている。この文芸誌は、レリスがジョルジュ・バタイユとともに創刊したもので、全十五号で終刊するまで、もっとも広い意味での〝黒人芸術《アール・ネーグル》〟に非常に多くの頁を割いた。一九二〇年代の初め、ヨーロッパは、特にパリは、そしてパリのなかではモンマルトルが、スコット・フィッツジェラルドの短編で知られる「ジャズ・エイジ」の舞台となった。[2]

「黒人」地区

当時、モンマルトルはハーレム・ルネサンスの本格的な飛び地だった。ジーン・ブラードはそこにスポーツジムを置き、バーを何軒か開き、その一つがベイカーの「ジョセフィンの店」になった。もっとも有名な二人の「ニガラーティ」[3]A・ロックとL・ヒューズは、ニューヨークではなくパリで、一九二四年の夏に初めて知りあった。一九二九年冬のある晩、シドニー・ベシェがバンジョー奏者のマイク・マッケンドリックに向けて拳銃の弾倉を空にしたのは、パリのフォンテーヌ通りで、ニューヨークの七番街ではない。この一件のため、ベシェは長い間パリでの活動を禁じられたのだった。クロード・マッケイがブルターニュやマルセイユやモスクワを訪れたのも、この後方拠点、モンマルトルからだった。そしてマルセイユでの経験から、二十世紀前半においてもっとも巧みな会話が盛りこまれた小説の一つ、マッケイの傑作『バンジョー』が書かれ、モスクワでは一九二二年に、第四回コミンテルンに出席している。このように、大西洋の向こう側での黒人メディアで取り上げられた名前を挙げればきりがなく、一九一八年から一九三五年の間、モンマルトルのルピック通りやブランシュ広場に行けば、そうした人たちとすれ違うこともあった。

造形芸術家やクラシックの音楽家、また作家たちには、滞在費に相当する給費を受けた者も少なくなかったが、エンターテイナーの旅にはまた別の目算があった。一九二五年から一九三七年まで、ニューヨークの興行主たちに促され、大西洋航路の大型客船に乗ってヨーロッパに向かった楽団や一座は、大がかりなニグロ・レビューの他にも数知れず、それほど大規模ではない一行や個人が旧大陸を席捲しようと試みた。そこで、文化の非公式の仲介者たち、すなわちブラード、アダ・〝ブリックトップ〟・スミス、ルイ・ミッチェル、あるいはイタリア系アメリカ人のジョー・ゼッリなど、パリのナイトライフを長らく盛りあげた人たちが、そうした人々に接触し、パリや地方のしゃれたダンスホールでの仕事を当てがった。実際には、ル・トゥケ、ドーヴィル、ビアリッツ、ニース、カンヌ、エクス＝レ＝バン、エヴィアンといった、このころ観光地になりつつあった地方都市である。

両大戦間のパリに黒人エンターテイナーはどれくらいいたのか。いくつかの資料によってその数を推計することができる。一九三〇年の春、壊滅的な洪水がフランス南西部を襲った。すでに一九〇〇年代にヨーロッパを訪れ、パリのアフリカ系アメリカ人の重要人物だったセス・ウィークスとヴァンス・ロウリーの提案で、日刊紙『ラントランジジャン』が四月一日、シャンゼリゼ劇場で、「南部の黒人被災者たちのための祭典」を催した。三週間後、『ニューヨーク・アムステルダム・ニュース』が「パリに住む一五〇から二〇〇人の、それ以上多くの芸術家が、洪水の犠牲者たちのためのパーティーに参加した」と報じている。そのときの黒人出演者の全員がアメリカ人だったと考えてはならない。同紙は幸いにも「アメリカ、アンティル諸島、アフリカからやってきた芸術家たち」が素晴らしい芸を披露し、「パリの上流階級が延々と騒々しい喝采を惜しまなかった」として、そうではないことを明らかにしている。四年後、『シカゴ・ディフェンダー』紙のパリ特派員だったジャーナリストのエドガー・ウィギンズが、パリに住む八〇人近くのエンターテイナーの名前を挙げている。

こうして、アフロアメリカンの離散芸術家たちは、十分に知られていたとはいえ、おそらく数千の個人からなる裕福な黒人コミュニティーの一部でしかなかった。その結果、二〇年代のパリはルイ・アラゴンが「黒人地区《ニグロ》」と呼んだ一角を有することになる。この表現は、服飾デザイナーのジャック・ドゥーセに宛てて、アラゴンが一九二六年に執筆した「悪ふざけ」に見つかるもので、この文章は一九七五年になって『ディグラフ』誌に発表されている。アラゴンは強調する、女の子たちのパリとナイトクラブのパリは合致し、混同する、と。

ダンスホールのモンマルトルには一定の境界がある。それは丘の上には上がらず、ピガールまでとする。

西側ではクリシーに接し、二つの通りによってトリニテ教会とロレット界隈まで南下する。この扇状の小さな掌の上にホテルと女の子たちの住まいがひしめきあっている。アメリカ音楽と「タクシー・ガールズ」への愛によって、自分を「ダンスホールの常連」と見なす男は、これらの通りを徘徊することになる。

物色がもっともしやすいところは、ピガール広場からフォンテーヌ通りの交差点にいたる一角だ。そこで始まる物色は、戦前のパリの空気に包まれて、ロシア人の多い場所を横切り、黒人地区《ニグロ》のただなか、オリエント風のクラブ「ハレム」の前で終わる。

〝ニグロ〟と女の子たちは夜の住人であり、パリにおける夜遊びの、無国籍的な、怪しげな時空を共有している。〝黒人芸術〟の担い手たちと、エティエンヌ＝アラン・ユベールが巧みにも「前衛の社交人」と呼んだ人たち、すなわち、スーポー、アラゴン、デスノス、レリス、クルヴェル、バロン、ジャンジャンバックだけでなく、シュルレアリストたちとは距離を取っていたやや上の世代のコクトー、モラン、モーリス・ザックスなどといった人たちの結びつきは明らかであり、何よりもまず、性的な意味合いを含む雑居を特徴としている。彼らは同じ場所に通い、同じ通りですれ違い、同じ裏手を徘徊していた。欲望があらわになるこの愉悦に満ちた同居は、ポール・コランの作品集『黒の喧噪』（一九二七）の三六番目の図版にもっともよく表されている。そこでは、平服で——毛皮の襟と釣鐘型の帽子——踊るコーラス・ガールが描かれている。まるで、薬局の店先と安ホテルの看板の間を通り過ぎたときに描かれたかのようだ。これに匹敵するものがあるとすれば、それは、レリスが一九二九年九月十五日の日記に書きとめた言葉「ブリックトップの店の会計係を見た。とても魅力的」くらいだろう。

「ニグロの時」における諸芸術

安心されたい。パリに移り住んだハーレム・ルネサンスの担い手たちは、昇華の働きによって、前衛芸術家たちにエロティックな夢想とは別物を与えた。すべての芸術は遊びと関係している。デザインの分野では、顔を黒く塗ったジョニー・ハジンズの肖像を、ヴァン・ドンゲンが描き、ジョージ・ホイニンゲン゠ヒューンが写真に撮っている。ハジンズのショーに、助手のジャック・ベッケルに連れていかれたジャン・ルノワールは、ショーに衝撃を受けたまま、次の作品の主役をパントマイムにしようとただちに決めた。『女優ナナ』に要したフィルムの残りを使ってできた中編『チャールストン』がそれで、エピネーのスタジオで一九二六年に撮影されたその内容は、アフリカのある探検家がアフリカ舞踊の起源を探りに宇宙に発つという、ポスト黙示録的な驚くべき夢想である。彼は最後に、モリス広告塔が一本だけ残った原爆投下後のパリの廃墟のただなかで、『女優ナナ』の主役であり監督の妻でもあったカトリーヌ・エスラン演じる金髪の少女の踊りのステップに探し物を見出す。当時はまだ無声だった映画は、ジャン・スタロバンスキーが「退行的な欲望の生き物」と呼んだ黒人ミュージックホールの役者たちの存在を認めていたのだ。たとえば、マルセル・レルビエにとっても、一九二四年の代表作『人でなしの女』にジャズのオーケストラを入れないことはありえなかった。この作品は、ピエール・マッコルランがシナリオを書き、ロベール・マレ゠ステヴァンスとフェルナン・レジェがセットを作り、ポール・ポワレが衣装を、ダリウス・ミヨーが音楽を——譜面は紛失してしまっているが——担当したモダニズムの成果である。映画と写真という現代的なメディアは、ジャズという名の音楽の新しい奏法の手段として、時代に乗り遅れてはいなかったのだ。

アメリカ人ベレニス・アボットは、最初の滞在が一九〇五年にさかのぼる、有名な「トラップ・ドラマー」バディー・ギルモアの写真を撮っている。アボットは、一九二八年五月にパリで開かれた第一回独立写真展に出品するためにみずから撮影した十二の肖像写真の一枚に、ギルモアのを選んだ。会場では、ギルモアは、ジッド、ジョイス、コクトー、シルヴィア・ビーチ、ジューナ・バーンズ、等々と並んでいる。バディーなら皆が知っている。ルイ・アラゴンが傑作小説『オーレリアン』で、ドラマーのトミーを描くモデルになった音楽家だ。小説では、その稲妻のような音をきっかけにしてオーレリアンとベレニスの体が初めてふれあうことになる。片やドイツ人写真家のジェルメーヌ・クリュルは、一九二九年の夏にムーラン・ルージュに出演し、その芸術がシュルレアリストたちに電気ショックを与えたブラックバーズの一座を多数撮影している。ブラックバーズの写真は、この題名自体が現代性の表明である『ジャズ』のような前衛誌にも、もっとも人気のあったグラフ誌『ヴュ』にも、ばっちり掲載された。その一部を、すなわち歌手のアデライド・ホールの写真を切り取って、ミシェル・レリスが一九二九年十月二十九日、アフリカに出発する前日の日記に貼りつけている。

いつくかの点で即興的だった黒人芸術家たちのパフォーマンスは、だからといって、ヴァルター・ベンヤミンがその有名なエッセーのなかで理論化した芸術作品の機械的複製の時代にそぐわないわけではない。ジャズの装いをまとった音楽は、その作品化は、映写用カメラや写真機以上に、実際には蓄音器に左右されることになる。ピエール・マッコルランは、レコード評論というジャーナリスティックな小ジャンル――それはやがて、それに入れこむ人たちの性格からして文学の極小ジャンルになるのだが――に、いち早く手を染めた書き手のうちの一人だ。それはもちろん、あらゆる種類のレコードについてだが、特に多かったのは、シミー、ブルース、フォックス・トロットなど、実は後で白人のものと判明することになる〝黒人の声〟のレコードについての評論だ。マッコルランにとっては、ジャズとレコードは似たようなものだった。フォックス・トロットは、蓄音器の定番だったダンス音楽で、この発明品は、もっぱらこの現代的なアメリカの音を公に拡散するために発明されたと見受けられるくらいだ。実際にもマッコルランは、フォックス・トロットを〝黒人芸術〟[4]の諸表明の一つに数えていたのだ。

この小ジャンルに対するデスノスさらにはレリスの貢献がいまでは知られているだけに、ここではジョルジュ・リブモン＝デセーニュに注目してみたい。先駆的なダダであり、ピカビアとスーポーと親しくしていたリブモン＝デセーニュは、一九二〇年三月二十七日のダダのパーティーでスキャンダルを炸裂させることになった有名な『シコレフリゼの歩み』の著者として知られている。一九三三年に作家のリーズ・ドゥアルムが、三号しか出なかったが充実した内容の文芸誌『ヌイイの灯台』を創刊したとき、リブモンはその発行人になり、特に「レコード評論」欄の執筆者としてその活動に貢献した。以下は最終号の結論である。


ポリドールから今月、ベルリン・フィルハーモニー管弦楽団の演奏で、バッハの『ブランデンブルク協奏曲第二番』（ポリドール、二七二九三&二七二九四）が出た。ジャズとバッハの音楽の類似点に注意を促すには良い機会だ。この点は、蓄音器という玉手箱によって聞くと、とてもよくわかるだろう。

おそらく音楽家たちは、もう一度言うがあの音楽家たちは、こうした論評を耳にすると、あらゆる名曲を引き合いに出して抗議するに違いない。私は撤回などしない。バッハの音楽は、一度の演奏のために書かれた「本物《ホット》のジャズ」なのだ。バッハの才能は、作曲による生の表現が作曲によっても死の萌芽が感じられないほど巧みなものである。各楽器の自由と、それらの表現と、中心的な主題をめぐる魔術的な踊りのような各声部の強烈な響きは、あらゆる時代の音楽のなかでもジャズにしか見つからない。

この点はそもそも、こうしたレコード評の他で、もっと長くよりよく展開されるべきだ。もう一度繰り返すが、この点についてもっとも説得力があるのは蓄音器である。


『シコレフリゼ』から十三年たっていたが、リブモンは挑発の力を少しも失っていない。黒人音楽をおおまじめにバッハのレベルにまで高めたこの文章ほど、それへの熱烈な敬意を表したものはない。

密かな居住指定

前衛芸術家たちによる黒人の民衆芸術のこの昇格には、曖昧な点や誤解がまだ残っている。アフロアメリカンの芸術家たちは、モンマルトルで、歴史家のクリス・ゴダードが最初に指摘した「強度の黒人好意的な偏見」の恩恵に与っていた。一九二五年の時点で、演奏能力の問題は脇におき、フォンテーヌ通りやピガール広場のナイトクラブにジャズの音楽家が雇われるには、白人では難しかった。この偏見には裏返しもあったということだ。ゴダードによると、「フランス人は、すべての黒人はそのままでジャズの音楽家だと信じこんでいたとの説もある」[5]。レオン＝ポール・ファルグは『パリの歩行者』（一九三九）のなかで、そのような偏見に疑問を呈し、自分の知っている若くて「教養のあるニグロ」は「ジャズのニグロでもリングのニグロでもない」と述べている。「ジャズのニグロ」という表現は、アラゴンもジャン・ジャンバックも使っている。ジャンバックはシュルレアリストたちの仲間で、痛快かつ悪魔のような黒人バンジョー奏者を描き出した『パリの悪魔』の著者である。有色のエンターテイナーと拳闘家たちは、数多かったのでこのように典型化し、彼らとの共通点は肌の色しかない……にもかかわらず、アベス通りを降りてゆき、ピガール広場のテラスで一杯やるような運転手や、作家や、画家や、オペラ歌手やただの観光客を、その踊りに巻きこんでいった。

結局のところ、黒人芸術家たちに対して、前衛芸術家たちがいかに真摯に夢中になっていようと、その反植民地主義[6]がいかに揺るぎなきものであろうと、シュルレアリストのなかでもっとも覚醒した者でさえ、一人の黒人が、もちろんアメリカの黒人が、音楽やボクシングとは別の分野で才能を発揮しうるなどとは思いも寄らなかったのだ。モンマルトル通いをしていたフランス人作家のうち、私なら「ペンまたは絵筆のニグロ」と呼ぶ人々と毎日すれ違っていることに気づきうる者は皆無に等しかった。毎日だ、これは強調しておこう。エンターテイナーへの言及が数多く見つかるレリスの日記さえ、L・ヒューズの名前に一度もふれていない。二人は数えきれないほど何度も確実にすれ違っていたのに。実際にもヒューズは、すでに大西洋の向こう側では有名だったが、一九二〇年代の半ばにブリックトップのナイトクラブで皿洗いをしていた。そしてレリスは、ブリックトップについては文章をいくつか書いていて、彼女が開いたすべての店の常連でもあった……。

このように、二つの前衛の出会いは、すなわち、シュルレアリストたち及びそのライバルたちの何人かとニガラーティの出会いは、容易ではなく誤解がないわけでもなかった。もちろん、ルネ・マランはボナパルト通りのアパートに、パリに立ち寄ったアフロアメリカンの作家たちを迎えてはいる。しかしそれは、一九二一年のゴンクール賞が黒というこことで、つまり黒人のマランの受賞は特別扱いで、「本物のアフリカ小説」との副題が付いた受賞作『バツアラ』がいかに優れた作品であろうと、作者が前衛的な文学者たちに迎えられることなどありえなかった。たしかに『正当防衛』誌の唯一の号が『バンジョー』の抄訳を載せてはいる。しかし、その同人はマルティニックの出身者たちだった。また、一九二〇年代を通じて、クラやリーデルといった出版社が、ハーレム・ルネサンスにかかわった若い詩人や小説家たちの翻訳を出してはいる。しかも、クラもリーデルも、他方では若きフランス人作家たちの作品を出版していたのだ！　それでもなお、彼らの書いたもののなかに、その黒人同業者たちの作品にかんする言葉はほとんど見つからない。

この相対的な無知については、ある事実が特徴的である。その中心人物は、マッコルランの序文が付いた『ジャズ最前線』が一九三二年にサジテール社から出た、ベルギーの詩人ロベール・ゴファンである。第一次大戦の休戦協定の後すぐに、豊かで活発だったブリュッセルの前衛運動——なかでも、フランツ・ヘレンスの『ディスク・ヴェール』誌が思い浮かぶ——にかかわったゴファンは、すでに一九二二年に、黒人音楽を自選詩集『ジャズバンド』の基盤としていた。デルヴォーやマグリットの友人だったゴファンは、パリのシュルレアリストたちの手厳しい同士の一人でもあった。要するに、彼は理想的な監視役であり、われわれは一九二〇年代の音楽にかんする基本的な知識を彼に負っている。そのゴファンは、二〇年代の終わりに、アフロアメリカンの画家アルバート・アレクサンダー・スミスとすれ違っている。一九一七年、スミスは国立デザイン学校での勉強を止め、軍隊に入っていた(7)。一九一九年に除隊となった彼は、元の学校に戻った後、その才能に見あうだけのチャロナー賞を受賞し、そのおかげで渡欧した。そして給費を使いはたすと、音楽家でもあった彼は、ジャズの様々なグループでバンジョー弾きの仕事を始めた。アメリカのもっとも名高い黒人雑誌などに挿絵を載せてもらってはいたものの、それだけでは滞在費用が賄えなかったのだ。『ジャズ最前線』のなかで、ゴファンはスミスにふれている。ブリュッセルのダンスホールでのパーティーを以下のとおり回想している。

私は少し下がって、「クレオール・ファイヴ」が流行のリズムに乗るのを聞いていた。演奏者はサルナーヴとマラエル、バンジョーは、唇が縮れあごの突き出たスミスだった。彼は長い葉巻を吸い、バンジョーを弾き、自分を天才的な画家と思いこんでいた。なかにはブリッグスもいて、立ったままリズムを取り、二本の手でしっかりつかまれたそのトランペットが楽団を導いていた。

等々。スミスにかんする記述以外は、とても美しく情感のこもった一節である。しかし、スミスは自分を天才的な画家と思いこんでなどいない。事実スミスは天才的な画家なのだ。画家だけでなく版画家でもある。にもかかわらず、開放的な人柄で、知的で、絵画にも黒人音楽にも通じていたゴファンは、「ジャズのニグロ」以外の役割をもったスミスを思い描けていない。それこそが彼の役割だったのに。同じような、アイデンティティーの密かな居住指定によって、組合活動及び政治の指導者になったスーダンの元小学校教師ガラン・クヤテは、一九二八年九月から「カジノ・ド・パリ(8)」で「ボーイ」の仕事を余儀なくされた。そしてボクサーのG・ブラードは、みずからの告白によれば演奏技術はゼロだったにもかかわらず、ドラムの後ろに座らざるをえなかった……。

しかしながら、誤解や行き過ぎ、曖昧な点などはさておき、コクトー、スーポー、クリュル、ゴファン、レリス、ルノワール、マッコルラン等々を称賛すべきだろう。彼らは人々に先んじて、モンマルトルの黒人エンターテイナーの騒々しく柔軟な芸術を、それを真剣に受け止めることで称賛し、そして厳粛で詩的な個人史を積極的に携えた人々から、多様な意識を備えた人々から、文学者たちの、写真家たちの、映画監督たちの、画家たちの忘れえぬ肖像を描き残したのだ。

（昼間賢訳）

［原註］

（1）　A・ロックが監修した以下の文献を参照のこと。*The New Negro. An Interpretation*, Albert & Charles Boni Inc., New York, 1925. J・W・ジョンソンの引用は、この文献に収録された文章「文化の都ハーレム」から、同書三〇一頁。

（2）　F. Scott Fitzgerald, *Tales of the Jazz Age*, New York, Charles Scriber's Sons, 1922.

（3）　差別的な「ニガー」と「リテラーティ」からなるこの皮肉っぽい合成語によって、ウォレス・サーマンは、自分もリーダーの一人だった知的で芸術的なハーレムの精華を示していた。フランス語の nègrudit［ネグリュディ。黒人の知識人を揶揄した隠語］のようなもの。

（4）　この表現によってマッコルランは、『塹壕砲』誌一九二八年二月の「レコード」欄で、アメリカ由来の「歌とジャズバンド」を紹介しているが、その担い手たちが黒人かどうかは記していない。

（5） Chris Goddard, *Jazz away from home*, New York & London, Paddington Press, 1979, p. 19.

（6） これについては、シュルレアリストたちの声明「殺人的な人道主義」において説明されている。このマニフェストは、サミュエル・ベケットによって英訳され、選集『ニグロ』で有名なナンシー・キュナードによって一九三四年に出版された。

（7） スミスについては以下を参照のこと。Theresa Leininger-Miller, *New Negro Artists in Paris. African American Painters and Sculptors in the City of Light*, Rutger University Press, 2001.

（8） 以下を参照のこと。Philippe Dewitte, *Les Mouvements nègres en France, 1919-1939*, L'Harmattan, 1985, p. 190.

参考文献

＊　主題が多岐にわたるため、邦訳文献に限り、両大戦間期のフランス文化・社会の様々な動向がそれぞれの視点から描き出された文献を挙げた。なお、文学作品は除いた。

天野知香編『パリII――近代の相克』（西洋近代の都市と芸術３）竹林舎、二〇一五年
荒このみ『歌姫あるいは闘士　ジョセフィン・ベイカー』講談社、二〇〇七年
猪俣良樹『黒いヴィーナス　ジョセフィン・ベイカー――狂瀾の一九二〇年代、パリ』青土社、二〇〇六年
猪俣良樹『植民地を謳う――シャンソンが煽った「魔性の楽園」幻想』現代企画室、二〇一一年
今橋映子『パリ・貧困と街路の詩学――一九三〇年代外国人芸術家たち』都市出版、一九九八年
今橋映子『〈パリ写真〉の世紀』白水社、二〇〇三年
巖谷國士『シュルレアリスムとは何か　超現実的講義』ちくま学芸文庫、二〇〇二年
大久保恭子『〈プリミティヴィスム〉と〈プリミティヴィズム〉――文化の境界をめぐるダイナミズム』三元社、二〇〇九年
大平具彦『二〇世紀アヴァンギャルドと文明の転換――コロンブス、プリミティヴ・アート、そしてアラカワへ』人文書院、二〇〇九年
小高正行『ロベール・デスノス――ラジオの詩人』水声社、二〇一五年
カー、エドワード・ハレット『危機の二十年――1919-1939』井上茂訳、岩波書店、一九九六年
カーペンター、ハンフリー『失われた世代、パリの日々――一九二〇年代の芸術家たち』森乾訳、平凡社、一九九五年
カウリー、マルカム『ロスト・ジェネレーション――異郷からの帰還』吉田朋正ほか訳、みすず書房、二〇〇八年

キルー、アド『映画のシュルレアリスム』飯島耕一訳、フィルムアート社、一九九七年
クリフォード、ジェイムズ『文化の窮状――二十世紀の民族誌、文学、芸術』太田好信・星埜守之ほか訳、人文書院、二〇〇三年
久保昭博『表象の傷――第一次世界大戦からみるフランス文学史』（レクチャー　第一次世界大戦を考える）、人文書院、二〇一一年
剣持久木『記憶の中のファシズム――「火の十字団」とフランス現代史』講談社選書メティエ、二〇〇八年
河本真理『切断の時代――20世紀におけるコラージュの美学と歴史』ブリュッケ、二〇〇七年
酒井健『シュルレアリスム――終わりなき革命』中公新書、二〇一一年
桜井哲夫『「戦間期」の思想家たち――レヴィ＝ストロース・ブルトン・バタイユ』平凡社新書、二〇〇四年
サックス、モーリス『屋根の上の牡牛の時代』岩崎力訳、リブロポート、一九九四年
サヌイエ、ミシェル『パリのダダ』（新装復刻版）安堂信也・浜田明・大平具彦、白水社、二〇〇七年
シェニウー＝ジャンドロン、ジャクリーヌ『シュルレアリスム』星埜守之・鈴木雅雄訳、人文書院、一九九七年
シェフネル、アンドレ『始原のジャズ――アフロ・アメリカンの音響の考察』昼間賢訳、みすず書房、二〇一二年
篠原一郎『海の星――イヴォンヌ・ジョルジュを求めて』港の人、二〇〇三年
シャイラー、ウィリアム『フランス第三共和制の興亡』井上勇訳、東京創元社、一九七一年
鈴木雅雄『シュルレアリスム、あるいは痙攣する複数性』平凡社、二〇〇七年
鈴木雅雄／真島一郎編『文化解体の想像力――シュルレアリスムと人類学的思考の近代』人文書院、二〇〇〇年
滝沢恭司編『一九三〇年代と第二次世界大戦』（ライブラリー　日本人のフランス体験）、和田博文監修、柏書房、二〇一〇年
竹沢尚一郎『表象の植民地帝国――近代フランスと人文諸科学』世界思想社、二〇〇一年
千葉文夫『ファントマ幻想――30年代パリのメディアと芸術家たち』青土社、一九九八年
塚原史『アヴァンギャルドの時代――一九一〇年―三〇年代』未來社、一九九七年
塚原史『ダダ・シュルレアリスムの時代』筑摩書房、二〇〇三年
塚原史『反逆する美学――アヴァンギャルト芸術論』論創社、二〇〇八年
ドゥローネ、シャルル『ジャンゴ・ラインハルト伝――ジャンゴ　わが兄弟』平野徹訳、河出書房新社、二〇〇九年
西村靖敬『一九二〇年代パリの文学――「中心」と「周縁」のダイナミズム』多賀出版、二〇〇一年
バタイユ、ジョルジュ『ドキュマン』江澤健一郎訳、河出文庫、二〇一四年
林洋子編『黄金の一九二〇年代』（ライブラリー　日本人のフランス体験）和田博文監修、柏書房、二〇一〇年

ビーチ、シルヴィア『シェイクスピア・アンド・カンパニイ書店』中山末喜訳、河出書房新社、一九七四年
平野千果子『アフリカを活用する――フランス植民地からみた第一次世界大戦』(レクチャー　第一次世界大戦を考える)、人文書院、二〇一四年
平野千果子『フランス植民地主義と歴史認識』岩波書店、二〇一四年
フィッチ、ノエル・R『シルヴィア・ビーチと失われた世代――一九二〇、三〇年代のパリ文学風景』前野繁訳、開文社出版、一九八三年
ブラジャック、ロベール『われらの戦前――フレーヌ獄中の手記』高井道夫訳、国書刊行会、一九九九年
ブラッサイ『未知のパリ、深夜のパリ――一九三〇年代』飯島耕一訳、みすず書房、一九八七年
ブルトン、アンドレ『シュルレアリスムと絵画』瀧口修造・巖谷國士監修、人文書院、一九九七年
ブルトン、アンドレ『魔術的芸術』巖谷國士監訳、河出書房新社、一九九七年
ベアール、アンリ『アンドレ・ブルトン伝』塚原史・谷昌親訳、思潮社、一九九七年
ベルヴァル、ルネ・ドゥ『パリ一九三〇年代――一詩人の回想』矢島翠編訳、岩波新書、一九八一年
マッコルラン、ピエール『写真幻想』クレマン・シェルー編、昼間賢訳、平凡社、二〇一五年
マン・レイ『マン・レイ自伝　セルフポートレイト』文遊社、二〇〇七年
モース研究会『マルセル・モースの世界』平凡社新書、二〇一一年
モディアーノ、パトリック／ブラッサイ『やさしいパリ』窪田般弥訳、リブロポート、一九九一年
モニエ、アドリエンヌ『オデオン通り――アドリエンヌ・モニエの書店』岩崎力訳、河出書房新社、一九七五年
モルトン、パトリシア『パリ植民地博覧会――オリエンタリズムの欲望と表象』長谷川章訳、ブリュッケ、二〇〇二年
山口俊章『フランス一九二〇年代――状況と文学』中公新書、一九七八年
山口俊章『フランス一九三〇年代――状況と文学』日本エディタースクール出版部、一九七八年
吉澤英樹編『ブラック・モダニズム――間大陸的黒人文化表象におけるモダニティの生成と歴史化をめぐって』未知谷、二〇一五年
レリス、ミシェル『ミシェル・レリス日記　1(一九二二‐一九四四)』千葉文夫訳、みすず書房、二〇〇一年
ローズ、フィリス『ジャズ・クレオパトラ――パリのジョゼフィン・ベーカー』野中邦子訳、平凡社、一九九一年
ワイザー、ウィリアム『祝祭と狂乱の日々――一九二〇年代パリ』岩崎力訳、河出書房新社、一九八六年
渡辺淳『パリ・一九二〇年代――シュルレアリスムからアール・デコまで』丸善、一九九七年

年表

＊　作成にあたっては、Olivier Barrot et Pascal Ory (dir.), *Entre deux guerres : la creation française entre 1919 et 1939*, François Bourin, 1990 の巻末に掲げられたものを参照した。

西暦	フランス社会の動向・国際情勢	主要作品	文化活動
一九一四	第一次世界大戦開始		
一九一五		アインシュタイン『黒人彫刻』	
一九一六			チューリッヒ・ダダ誕生
一九一七	ロシア革命	コクトー／サティ／ピカソ／ディアギレフ『パラード』 ヴァレリー『若きパルク』 アポリネール『ティレジアスの乳房』 フロイト『精神分析入門』（仏訳一九二一年）	オリジナル・ディキシーランド・ジャズ・バンド初録音 ニューヨーク・アンデパンダン展（一九一七）

		デュシャン《泉》	
一九一八	第一次世界大戦休戦	アポリネール『カリグラム』 プルースト『花咲く乙女たちのかげに』	
一九一九	ヴェルサイユ条約 第三インターナショナル（コミンテルン）創立	ブルトン／スーポー『磁場』 ドルジュレス『木の十字架』	ガリマール書店設立 シャンゼリゼ劇場でニグロの祭典「黒人・オセアニア美術展」（ドゥヴァンベ画廊） バウハウス設立
一九二〇	国際連盟成立 フランス共産党結党	コクトー／ミヨー『屋根の上の牡牛』 アラゴン『祝火』 コレット『シェリー』 ヴァレリー『海辺の墓地』	
一九二一	大西洋横断豪華客船パリ号就航	マラン『バツアラ』（ゴンクール賞） アインシュタイン『アフリカ彫刻』 サンドラール編『黒人撰集』	『ニューヨーク・ダダ』誌創刊 マン・レイ渡仏（一九四〇まで） 九鬼周造仏独留学（一九二九まで）
一九二二	ラジオ放送開始 マルセイユ植民地博覧会 スターリン、ロシア共産党書記長就任 ムッソリーニ、イタリア王国首相就任	アラゴン『アニセあるいはパノラマ』 ヴァレリー『魅惑』 モラン『夜ひらく』	

一九二三	ル・マン24時間レース開始 フランス、ベルギーによるルール占領開始	ラディゲ『肉体の悪魔』 藤田嗣治《ジュイ布のある裸婦》（通称《寝室の裸婦キキ》）	「コットン・クラブ」開業（ニューヨーク） レコードを本格的に扱った音楽雑誌『グラモフォン』創刊（ロンドン）
一九二四	シャモニー冬季オリンピック パリ夏季オリンピック シトロエンによる「ブラック・クルーズ」	ブルトン『シュルレアリスム宣言・溶ける魚』 ガーシュイン『ラプソディー・イン・ブルー』 クレール『幕間』 ジュール・ロマン『クノック』 イベール『寄港地』 ルーセル『額の星』	
一九二五	現代産業装飾芸術国際博覧会 ロカルノ条約 リフ戦争（モロッコ） ヒトラー、『わが闘争』出版	モース『贈与論』 モホイ=ナジ『絵画・写真・映画』 モーリヤック『愛の砂漠』 ジッド『贋金づくり』	民族学研究所創設 第一回シュルレアリスム展（ピエール画廊） ジョセフィン・ベイカーら「ルヴュ・ネーグル」
一九二六		デュシャン『アネミック・シネマ』 シェフネル『始原のジャズ』 ヒューズ『おんぼろブルース』 アラゴン『パリの農夫』 エリュアール『苦悩の首都』	パリ精神分析学会創立 シュルレアリスム画廊開設

		ベルナノス『悪魔の太陽のもとに』	
一九二七	リンドバーグ、大西洋横断無着陸飛行	プルースト『見出された時』 ハイデガー『存在と時間』 クロスランド『ジャズ・シンガー』（世界初の音声付映画作品）	ブルトン、アラゴンら共産党入党
一九二八	高級グラフ誌『ヴュ』創刊（一九四〇まで） パリ－ニューヨーク間電話開通	ブルトン『シュルレアリスムと絵画』『ナジャ』 クリュル『メタル』 ドライヤー『裁かるるジャンヌ』 ラヴェル『ボレロ』初演 デュラック監督『貝殻と僧侶』 ドライヤー監督『裁かるるジャンヌ』 バタイユ『眼球譚』 マルロー『征服者』	第一回独立写真展（パリ）
一九二九	世界恐慌	ダリ／ブニュエル『アンダルシアの犬』 ダリ《大自慰者》 エルンスト『百頭女』 コクトー『恐るべき子どもたち』 クローデル『繻子の靴』 ケッセル『昼顔』 ジオノ『丘』 ジャン・ノルトン・クリュ『証言者たち』 クルヴェル『おまえたちは狂人か』	『ドキュマン』誌創刊

一九三〇	ホーチミン、インドシナ共産党創立	『シュルレアリスム第二宣言』 ブルトン／エリュアール／ルネ・シャール『工事中、徐行せよ』 ブルトン／エリュアール『無原罪の御宿り』 コクトー『人間の声』 アボット編『パリの写真家、アジェ』 マルロー『王道』 九鬼周造『いきの構造』	『革命に奉仕するシュルレアリスム』誌創刊 アフリカ美術とオセアニア美術展（ピガール劇場の画廊） 岡本太郎渡仏
一九三一	パリ国際植民地博覧会 ダカール＝ジブチ調査団出発	アラゴン『赤色戦線』 サン＝テグジュペリ『夜間飛行』 ベンヤミン「写真小史」 ドリュ・ラ・ロシェル『ゆらめく炎』	
一九三二	ドゥメール大統領暗殺	ブルトン『通底器』 セリーヌ『夜の果てへの旅』 ベルクソン『道徳と宗教の二源泉』 ジュール・ロマン『善意の人々』第一巻（全二七巻、四七年まで）	『正当防衛』誌創刊
一九三三	ナチス政権獲得	ブラッサイ『夜のパリ』 クノー『はまむぎ』 マルロー『人間の条件』	『ミノトール』誌創刊 ルーセル自殺

一九三四	スタヴィスキー事件 アクション・フランセーズなど反政府暴動 反ファシズム知識人委員会結成 第一回フランス植民地会議	レリス『幻のアフリカ』 ジャン・ヴィゴ監督『アタラント号』	コジェーヴ「ヘーゲル講義」（バタイユ、カイヨワ、ラカンら聴講） フランス・ホット・クラブ五重奏団結成
一九三五	テレビ放送開始	アルトー『チェンチ一族』 ジロドゥー『トロイ戦争は起こらない』 デュヴィヴィエ／マッコルラン『地の果てを行く』	ブルトン、バタイユら「反撃」結成 クルヴェル自殺
一九三六	人民戦線内閣発足 スターリンの大粛清 ベルリン夏季オリンピック	セリーヌ『なし崩しの死』 ベルナノス『田舎司祭の日記』	シュルレアリスム国際展（ロンドン） オブジェのシュルレアリスム展（シャルル・ラットン画廊） ジョリヴェ、メシアンら「若きフランス」結成
一九三七	パリ万国博覧会 人類学博物館創立 スペイン内戦 ナチス「退廃芸術展」	ブルトン『狂気の愛』 ピカソ《ゲルニカ》	バタイユ「社会学研究会」創設
一九三八	ミュンヘン会談 人民戦線全面崩壊	サルトル『嘔吐』 アルトー『演劇とその分身』 マルセル・カルネ監督『北ホテル』	シュルレアリスム国際展（パリ）

一九三九	第二次世界大戦開始	ヴァレリー「写真百周年」 レリス『成熟の年齢』 セゼール『帰郷ノート』	
一九四〇	パリ陥落、ヴィシー政権誕生		

（作成：昼間賢）

【ア行】

アーソン、フランク Urson, Frank（1887-1928） 43
アームストロング、ルイ Armstrong, Louis（1901-1971） 237
アーレント、ハンナ Arendt, Hannah（1906-1975） 17, 26
アインシュタイン、カール Einstein, Carl（1885-1940） 155, 187-192, 194-200
アジェ、ウジェーヌ Atget, Eugène（1857-1927） 104, 107-109
アボット、ベレニス Abbott, Berenice（1898-1991） 242, 243
アポリネール、ギヨーム Apollinaire, Guillaume（1880-1918） 12, 62, 64, 138, 152, 176, 208, 209
アラゴン、ルイ Aragon, Louis（1897-1982） 23, 26, 48, 53, 57, 124, 126, 139, 146, 174, 178, 240, 241, 243, 245
アラン Alain（1868-1951） 22
アルトー、アントナン Artaud, Antonin（1896-1966） 23, 135
アルプ、ハンス Arp, Hans（1886-1966） 68, 70, 178
アレクセイエフ、アレクサンドル Alexeieff, Alexandre（1901-1982） 101
アレグレ、マルク Allégret, Marc（1900-1973） 82, 100
アロン、レーモン Aron, Raymond（1905-1988） 18-20, 22
アンカーマン、ベルンハルト Ankermann, Bernhard（1859-1943） 198
アンダース、ギュンター Anders, Günther（1902-1992） 26
アンダーソン、マリアン Anderson, Marian（1902-1993） 237
イーストマン、マックス Eastman, Max（1883-1969） 237
イヴェンス、ヨリス Ivens, Jors（19898-1989） 107
ヴァール、ジャン Wahl, Jean（1888-1974） 20

ヴァシェ、ジャック Vaché, Jacques（1895-1919） 49, 51
ヴァシェ・ド・ラプージュ、ジョルジュ Vacher de Lapouge, Georges（1854-1936） 221
ヴァルドマール・ジョルジュ Waldemar-George（1893-1970） 152
ヴァレリー、ポール Valéry, Paul（1871-1945） 12
ヴァン・ヴェクテン、カール Van Vechten, Carl（1880-1964） 204, 237, 238
ヴァン・ダー・ジー、ジェームズ Van Der Zee, James（1886-1983） 236
ヴァン・ドンゲン、キース Van Dongen, Kees（1877-1968） 14, 242
ウィークス、セス Weeks, Seth（1868-1958） 240
ヴィエネール、ジャン Wiener, Jean（1896-1982） 224
ヴィヨン、ジャック Villon, Jacques（1875-1963） 83
ウィルソン、ジェームズ・ペリー Wilson, James Perry（1889-1976） 89
ウィルソン、トマス・ウッドロー Wilson, Thomas Woodrow（1856-1924） 203
ヴェイユ、シモーヌ Weil, Simone（1909-1943） 22
上田保（1906-1973） 172
上田敏雄（1900-1982） 171-173
ヴェルフリン、ハインリヒ Wölfflin, Heinrich（1864-1945） 197
ウォーターズ、エセル Waters, Ethel（1896-1977） 210, 237
ウォーラー、ファッツ Waller, Fats（1904-1943） 237
ヴォラール、アンブロワーズ Vollard, Ambroise（1866-1939） 228
ウルフ、ヴァージニア Woolf, Virgnia（1882-1941） 238
ウルマン、ドリス Ulmann, Doris（1882-1934） 237
エスラン、カトリーヌ Hessling, Catherine（1900-1979） 242
エリュアール、ヌーシュ Éluard, Nusch（1906-1946） 67, 68
エリュアール、ポール Éluard, Paul（1895-1952） 64, 66-68, 74-76, 126, 135, 157, 162, 172, 178, 179
エリントン、デューク Ellington, Duke（1899-1974） 237
エルンスト、マックス Ernst, Max（1891-1976） 27, 39, 47, 67, 74, 75, 156, 158, 160, 162, 164, 178
オーランシュ、マリー＝ベルト Aurenche, Marie-Berthe（1906-1960）
岡本太郎（1911-1996） 17, 179
オッペンハイム、メレット Oppenheim, Meret（1913-1985） 164

【カ行】

カーンワイラー、ダニエル＝アンリ Kahnweiler, Daniel-Henry（1884-1979） 62, 195
カイヨワ、ロジェ Caillois, Roger（1913-1978） 16, 18, 139
カミングズ、e・e Cummings, e.e.（1894-1962） 213
カルティエ＝ブレッソン、アンリ Cartier-Bresson, Henri（1908-2004） 145
カレン、カウンティ Cullen, Countee（1903-1946） 206, 236
ガンジー、マハトマ Gandhi, Mahatma（1869-1948） 118
神原泰（1898-1997） 177
北園克衛（1902-1978） 172, 173
キャロウェイ、キャブ Calloway, Cab（1907-1994） 237

キュナード、ナンシー　Cunard, Nancy（1896-1965）　204, 205
ギヨーム、ポール　Guillaume, Paul（1891-1934）　187, 208, 209
金田一京助（1882-1971）　17
クーロワ、アンドレ　Cœuroy, André（1891-1976）　227
九鬼周造（1882-1941）　19, 20
クック、ウィル・マリオン　Cook, Will Marion（1869-1944）　236
クノー、レーモン　Queneau, Raymond（1903-1976）　98
クラウダー、ヘンリー　Crowder, Henry（1890-1955）　205
蔵原惟人（1902-1991）　176
グリオール、マルセル　Griaule, Marcel（1898-1956）　16, 224
クリュル、ジェルメーヌ　Krull, Germaine（1897-1985）　101, 107, 243, 248
クルヴェル、ルネ　Crevel, René（1900-1935）　139, 241
グレーブナー、フリッツ　Grabner, Fritz（1877-1934）　198, 199
グレミヨン、ジャン　Grémillon, Jean（1901-1959）　14
クローデル、ポール　Claudel, Paul（1868-1955）　25
ゲッベルス、ヨーゼフ　Goebbels, Joseph（1897-1945）　227
ケルテス、アンドレ　Kertész, André（1894-1985）　23, 101, 107
コイレ、アレクサンドル　Koyré, Alexandre（1892-1964）　17-20
コクトー、ジャン　Cocteau, Jean（1889-1963）　14, 223, 241, 243, 248
コジェーヴ、アレクサンドル　Kojève, Alexandre（1902-1968）　18
小林多喜二（1903-1933）　176
ゴファン、ロベール　Goffin, Robert（1898-1984）　246-248
コラン、ポール　Colin, Paul（1892-1985）　213, 241

【サ行】

サーマン、ウォレス　Thurman, Wallace（1902-1934）　236
サヴェッジ、オーガスタ　Savage, Augusta（1892-1962）　236, 237
ザックス、モーリス　Sachs, Maurice（1906-1945）　241
サティ、エリック　Satie, Erik（1866-1925）　83, 90, 94
サド、ドナシオン・アルフォンス・フランソワ・ド　Sade, Donatien Alphonse François de（1740-1814）　66
サルトル、ジャン＝ポール　Sartre, Jean-Paul（1905-1980）　13, 20, 22-25, 98, 230, 231
サロート、ナタリー　Sarraute, Nathalie（1902-1999）　18
サングリア、シャルル＝アルベール　Cingria, Charles-Albert（1883-1954）　238
サンゴール、レオポール・セダール　Senghor, Lépold Sédar（1906-2001）　15, 135-136
サント＝ブーヴ、シャルル＝オーギュスタン　Sainte-Beuve, Charles-Augustin（1804-1869）　221
シェストフ、レフ　Shestov, Lev（1866-1938）　18, 22
シェフネル、アンドレ　Schaeffner, André（1895-1980）　16, 224
ジッド、アンドレ　Gide, André（1869-1951）　25, 100, 243
シャート、クリスティアン　Schad, Christian（1894-1982）　95

シャール、ルネ　Char, René（1907-1988）　64, 66, 126,
シャガール、マルク　Chagall Marc（1887-1985）　27
ジャコメッティ、アルベルト　Giacometti, Alberto（1901-1966）　157, 158
ジャリ、アルフレッド Jarry, Alfred（1873-1907）　57, 134, 138, 143-146
シャルコー、ジャン＝マルタン　Charcot, Jean-Martin（1825-1893）　75
ジャン、マルセル　Jean, Marcel（1900-1993）　163
ジャンケレヴィッチ、ウラディミール　Jankélévitch, Vladimir（1903-1985）　19
ジャンジャンバック、エルネスト・ド　Gengenbach, Ernest de（1903-1979）　241, 245
シュヴァリエ、モーリス　Chevalier, Maurice（1888-1972）　14
シュステル、ジャン　Schuster, Jean（1929-1995）　181
ジュネ、ジャン　Genet, Jean（1910-1986）　98
シュミット、ヴィルヘルム　Schmidt, Wilhelm（1868-1954）　199
ジョイス、ジェイムズ　Joyce, James（1882-1946）　25, 238, 243
ジョンソン、ジェームズ・ウェルドン　Johnson, James Weldon（1871-1938）　236
ジョンソン、ジャック　Johnson, Jack（1878-1946）　237
スーポー、フィリップ　Soupault, Philippe（1897-1990）　48, 145, 241, 244, 248
スタイン、ガートルード　Stein, Gertrude（1874-1946）　25, 238
スミス、アダ　Smith, Ada（1894-1984）　239
スミス、アルバート・アレクサンダー　Smith, Albert Alexander（1896-1940）　237, 247
スミス、ベッシー　Smith, Bessie（1894-1937）　237
セゼール、エメ　Césaire, Aimé（1913-2008）　14, 28, 136, 140-142
セネット、マック　Sennett, Mack（1880-1960）　40, 43
セリーヌ、ルイ＝フェルディナン　Céline, Louis-Ferdinand（1894-1961）　230
セルジュ、ヴィクトル　Serge, Victor（1890-1947）　27
ソシュール、フェルディナン・ド　Saussure, Ferdinand de（1857-1913）　67

【タ行】

高橋新吉（1901-1987）　171
瀧口修造（1903-1979）　172, 174-181
ダグラス、アーロン　Douglas, Aaron（1899-1979）　236
竹中久七（1907-1967）　174
タッカー、アール　Tucker, Earl（1905-1937）　237
タッカー、ソフィー　Tucker, Sophie（1887-1966）　229, 230
タバール、モーリス　Tabard, Maurice（1897-1984）　96, 98, 102, 107-109
ダリ、サルヴァドール　Dalí, Salvador（1904-1989）　23, 47, 52, 64, 158, 162, 178, 179,
タンギー、イヴ　Tanguy, Yves（1900-1955）　52, 67, 156, 178
チャップリン、チャールズ　Chaplin, Charles（1889-1997）　51
ツァラ、トリスタン　Tzara, Tristan（1896-1963）　64, 65, 68, 70, 72, 108, 139, 154, 209

ディアギレフ、セルゲイ　Diaghilev, Sergei（1872-1929）　17
テーヌ、イポリット　Taine, Hippolyte（1828-1893）　221
デ・キリコ、ジョルジョ　De Chirico, Giorgio（1888-1978）　61, 156, 178
デスノス、ロベール　Desnos, Robert（1900-1945）　230, 241, 244
デミル、セシル・B　DeMille, Cecil B.（1881-1959）　43
デュシャン、マルセル　Duchamp, Marcel（1887-1968）　23, 26, 27, 36, 61, 79-91, 156, 162, 164
デュボイス、W・E・B　Du Bois, W.E.B.（1868-1963）　206, 236
デュラス、マルグリット　Duras, Marguerite（1914-1996）　98
デュラック、ジェルメーヌ　Dulac, Germaine（1882-1942）　23
デュルケーム、エミール　Durkheim, Émile（1858-1917）　15
デルヴォー、ポール　Delvaux, Paul（1897-1994）　246
ドゥアルム、リーズ　Deharme, Lise（1898-1980）　244
ドゥーセ、ジャック　Doucet Jacques（1853-1929）　240
トゥーマー、ジーン　Toomer, Jean（1894-1967）　236
トゥールーズ＝ロートレック、アンリ・ド　Toulouse-Lautrec, Henri de（1864-1901）　208
トゥオンブリー、サイ　Twombly, Cy（1928-2011）　72
ドナーティ、エンリコ　Donati, Enrico（1909-2008）　61
トムキンズ、カルヴィン　Tomkins, Calvin（1925-）　79
トムソン、ヴァージル　Thomson, Virgil（1896-1989）　238
ドラン、アンドレ　Derain, André（1924-）　62
ドリュ・ラ・ロシェル、ピエール　Drieu La Rochelle, Pierre（1893-1945）　98
トルーヴェロ、エティエンヌ・レオポール　Trouvelot, Étienne Léopold（1827-1895）　42
ドレ、ギュスターヴ　Doré, Gustave（1832-1883）　75
トロツキー、レフ　Trotsky, Lev（1879-1940）　17
トロワイヤ、アンリ　Troyat, Henri（1911-2007）　18, 225

【ナ行】

ナヴィル、ピエール　Naville, Pierre（1903-1993）　56
ニーチェ、フリードリッヒ　Nietzsche, Friedrich（1844-1900）　18, 62
西脇順三郎（1894-1982）　171, 172, 174
ネミロフスキー、イレーヌ　Némirovsky, Irène（1903-1944）　18

【ハ行】

ハーストン、ゾラ・ニール　Hurston, Zora Neale（1891-1960）　205, 236
バーンズ、ジューナ　Barnes, Djuna（1892-1982）　243
ハイデガー、マルティン　Heidegger, Martin（1889-1976）　20
バシュラール、ガストン　Bachelard, Gaston（1884-1962）　40
ハジンズ、ジョニー　Hudgins, Johny（1896-1990）　237, 242
バタイユ、ジョルジュ　Bataille, Georges

（1897-1962）　16-18, 26, 35, 139, 155, 196, 238
パナシェ、ユーグ　Panassié, Hugues（1912-1974）　224
パリー、ロジェ　Parry, Roger（1905-1977）　25, 95, 96, 98, 100-102, 104, 106-109
バルト、ロラン　Barthes, Roland（1915-1980）　72
バレス、モーリス　Barrès, Maurice（1862-1923）　221
バロン、ジャック　Baron, Jacques（1905-1986）　241
ハンディ、W・C　Handy, W.C.（1873-1958）　236
ビーチ、シルヴィア　Beach, Sylvia（1887-1962）　25, 243
ビエ、ジャック・ド　Biez, Jacques de（1852-1915）　221
ピエール・ド・マンディアルグ、アンドレ　Pieyre de Mandiargues, André（1909-1991）　134, 143, 145-147
ピカソ、パブロ　Picasso, Pablo（1881-1973）　25, 55, 66, 101, 152, 156, 164, 208
ピカビア、フランシス　Picabia, Francis（1879-1953）　14, 82, 86, 156, 244
ヒューズ、ラングストン　Hughes, Langston（1902-1967）　205, 236, 237, 239, 246
ヒルデブラント、アドルフ・フォン　Hildebrand, Adolf von（1847-1921）　190, 197
ヒルトン、ジャック　Hylton, Jack（1892-1965）　226
ヒルベルト、ダフィット　Hilbert, David（1862-1943）　19
ファルグ、レオン＝ポール　Fargue, Léon-Paul（1876-1947）　94, 98, 104, 106, 245
フィッツジェラルド、スコット　Fitzgerald, Scott（1896-1940）　204, 209, 238
フィニ、レオノール　Fini, Leonor（1907-1996）　62
フーリエ、シャルル　Fourier, Charles（1772-1837）　62
フォルヌレ、グザヴィエ　Forneret, Xavier（1809-1884）　74
藤田嗣治（1886-1968）　14
フッサール、エトムント　Husserl, Edmund（1859-1938）　19, 20
ブティッタ、アンソニー・J　Buttitta, Anthony J.（1907-2004）　237
ブニュエル、ルイス　Buñel, Luis（1900-1983）　23, 48
ブラード、ジーン　Bullard, Gene（1895-1961）　239, 247
ブラック、ジョルジュ　Braque, Georges（1882-1963）　101
ブラッサイ　Brassai（1899-1984）　14, 23, 42, 101
ブランシュヴィック、レオン　Brunschvicg, Léon（1869-1944）　19
フランス、アナトール　France, Anatole（1844-1924）　238
ブリュンティエール、フェルディナン　Bruntière, Ferdinand（1849-1906）　221
ブルックス、シェルトン　Brooks, Shelton（1886-1975）　229, 230
ブルックス、ルイーズ　Brooks, Louise（1906-1985）　38
フルトヴェングラー、ヴィルヘルム　Furtwängler, Wilhelm（1886-1954）　221
ブルトン、アンドレ　Breton, André（1896-1966）　11, 13, 16, 18, 20, 23, 27, 38-43, 48-57, 61, 64, 74, 76, 95, 100, 101, 106, 126, 133, 134, 135, 138-143, 146, 147, 152,

155, 157, 158, 160, 162, 163, 172-175, 177, 178, 180, 181
ブルトン、シモーヌ　Breton, Simone（1897-1980）　39
ブレイク、ユービー　Blake, Eubie（1887-1983）　236
プレヴェール、ジャック　Prévert, Jacques（1900-1977）　25
フロイト、ジークムント　Freud, Sigmund（1856-1939）　52, 62, 66, 158
フロベール、ギュスターヴ　Flaubert, Gustave（1821-1880）　238
フロベニウス、レオ　Frobenius, Leo（1893-1938）　198
ヘイヴァー、フィリス　Haver, Phyllis（1899-1960）　40, 43
ベイカー、ジョセフィン　Baker, Josephine（1906-1975）　13, 16, 26, 28, 118, 122, 124, 209-215, 239
ヘイズ、ローランド　Hayes, Roland（1887-1977）　237
ヘイデン、パーマー　Hayden, Palmer（1890-1973）　237
ベシェ、シドニー　Bechet, Sidney（1897-1959）　268
ベッケル、ジャック　Becker, Jacques（1906-1960）　242
ベネット、グウェンドリン　Bennett, Gwendolyn（1902-1981）　237
ヘミングウェイ、アーネスト　Hemingway, Ernest（1899-1961）　14, 25, 203, 204
ベルクソン、アンリ　Bergson, Henri（1859-1941）　13, 19, 24
ベルメール、ハンス　Bellmer, Hans（1902-1975）　62
ペレ、バンジャマン　Péret, Benjamin（1899-1959）　40, 64, 67
ペレ、レオンス　Perret, Leonce（1880-1935）　84
ヘレンス、フランツ　Hellens, Franz（1881-1972）　246
ベンスーサン、ルネ　Ben Sussan, René（1895-1952）　101
ヘンダーソン、フレッチャー　Henderson, Fletcher（1897-1952）　237
ベンヤミン、ヴァルター　Benjamin, Walter（1892-1940）　17, 22-25, 27, 47, 107, 108, 243
ペンローズ、ローランド　Penrose, Roland（1900-1984）　179
ホイニンゲン＝ヒューン、ジョージ　Hoyningen-Huene, George（1900-1968）　242
ボーヴォワール、シモーヌ・ド　Beauvoir, Simone de（1908-1986）　25, 225
ポーター、コール　Poter, Cole（1891-1964）　238
ボードレール、シャルル　Baudelaire, Charles（1821-1867）　22, 23, 238
ホール、アデライド　Hall, Adelaide（1901-1993）　243
ボスト、ピエール　Bost, Pierre（1901-1975）　107
ボネ、ポール　Bonet, Paul（1889-1971）　61, 74
ボファ、ギュス　Bofa, Gus（1883-1968）　101
ホワイトマン、ポール　Whiteman, Paul（1890-1967）　226
ボワファール、ジャック＝アンドレ　Boiffard, Jacques-André（1902-1961）　102
ポワレ、ポール　Poiret, Paul（1879-1944）　242
ポワンカレ、アンリ　Poincaré, Henri（1854-1912）　40

ボンタン、アーナ　Bontemps, Arna（1902-1973）　236

【マ行】

マーグ、エメ　Maeght, Aimé（1906-1981）　61
マグリット、ルネ　Magritte, René（1898-1967）　61, 67, 246
マッケイ、クロード　McKay, Claude（1889-1948）　136, 236, 237, 239
マッコルラン、ピエール　MacOrlan, Pierre（1883-1970）　23, 242, 243, 246, 248
マッソン、アンドレ　Masson, André（1896-1987）　14, 27, 62, 156, 178
マネ、エドゥアール　Manet, Édouard（1832-1883）　90
マラン、ルネ　Maran, René（1887-1960）　246
マリー、ジュール　Mary, Jules（1851-1922）　75
マリネッティ、フィリッポ　Marinetti, Filippo（1876-1944）　176
マルキィヌ、ジョルジュ　Malkine, Georges（1898-1970）　156
マルクス、カール　Marx, Karl（1818-1883）　66, 181
マルロー、アンドレ　Malraux, André（1901-1976）　96, 98
マレ＝ステヴァンス、ロベール　Mallet-Stevens, Robert（1886-1945）　242
マン・レイ　Man Ray（1890-1976）　26, 37, 42, 67, 68, 74, 81, 82, 83, 87, 96, 102, 107, 108, 155, 156, 160, 163, 164, 205
ミスタンゲット　Mistinguett（1873-1956）　14
ミッチェル、ルイ　Mitchell, Louis（1885-1957）　239
ミヨー、ダリウス　Milhaud, Darius（1892-1974）　224, 242
ミルズ、フローレンス　Mills, Florence（1896-1927）　209-211, 214, 237
ミロ、ホアン　Miró, Joan（1893-1983）　178
村山知義（1901-1977）　171, 177,
ムルナウ、フリードリッヒ・ヴィルヘルム　Murnau, Friedrich Wilhelm（1888-1931）　52
メイスン、シャーロット・オズグッド　Mason, Charlotte Osgood（1854-1946）　204-207
メズロウ、メズ　Mezzrow, Mezz（1899-1972）　237
メトロー、アルフレド　Métraux, Alfred（1902-1963）　16
メニル、ルネ　Ménil, René（1907-2004）　138, 140-142
モース、マルセル　Mauss, Marcel（1872-1950）　13, 15-17, 19, 155
モトリー、アーチボルド　Motley, Archibald（1891-1981）　236, 237
モニエ、アドリエンヌ　Monnier, Adrienne（1892-1955）　25
モヌロ、ジュール　Monnerot, Jules（1909-1995）　139
モホイ＝ナジ、ラースロー　Moholy-Nagy, László（1895-1946）　107
モラン、ポール　Morand, Paul（1888-1976）　241

【ヤ行】

柳瀬正夢（1900-1945）　177
山田吉彦（きだみのる）（1895-1975）　17
山中散生（1905-1975）　179
ユーロップ、ジェームズ・リース　Europe, James Reese（1880-1919）　236

ユニエ、ジョルジュ Hugnet, Georges（1906-1974） 61, 62, 64, 74, 179
ヨヨット、ピエール Yoyotte, Pierre (?-1940) 138

【ラ行】

ラーセン、ネラ Larsen, Nella（1891-1964） 236
ライス、ウィノルド Reiss, Winold（1886-1953） 237
ラヴェル、モーリス Ravel, Maurice（1875-1937） 94, 221
ラカン、ジャック Lacan, Jacques（1901-1981） 18
ラッツェル、フリードリッヒ Ratzel, Friedrich（1844-1904） 198
ラットン、シャルル Ratton, Charles（1895-1986） 151, 152, 154, 157, 160, 164
ラム、ヴィフレド Lam, Wilfredo（1902-1987） 27
ランボー、アルチュール Rimbaud, Arthur（1854-1891） 66, 138, 181, 238
リーグル、アロイス Riegl, Alöis（1858-1905） 197
リヴィエール、ジョルジュ・アンリ Rivière, Georges Henri（1897-1985） 16, 155
リヴェ、ポール Rivet, Paul（1876-1958） 15, 17, 155
リブモン＝デセーニュ、ジョルジュ Ribemont-Dessaignes, Georges（1884-1974） 244
リヨテ、ユベール Lyauté, Hubert（1854-1934） 119, 120, 122
ルヴェルディ、ピエール Reverdy, Pierre（1889-1960） 138, 174
ルノワール、ジャン Renoir, Jean（1894-1979） 242, 248
ル・ボン、ギュスターヴ Le Bon, Gustave（1841-1931） 221
ルロワ＝グーラン、アンドレ Leroi-Gourhan, André（1911-1986） 16
レイナル、モーリス Raynal, Maurice（1884-1954） 154, 160
レイノルズ、メアリー Reynolds, Mary（1891-1950） 61, 74
レヴィ、ジュリアン Levy, Julien（1906-1981） 107
レヴィ＝ストロース、クロード Lévi-Strauss, Claude（1908-2009） 16, 27
レヴィ＝ブリュル、リュシアン Lévy-Bruhl, Lucien（1857-1939） 13, 15, 17, 155
レヴィ・マノ、ギ Lévis Mano, Guy(1904-1980) 61
レヴィナス、エマニュエル Lévinas, Emmanuel（1906-1995） 20
レジェ、フェルナン Léger, Fernand（1881-1955） 242
レリス、ミシェル Leiris, Michel（1901-1990） 13, 14, 16, 62, 71, 98, 155, 188, 230, 238, 241, 243, 244, 246, 248
レルビエ、マルセル L' Herbier, Marcel（1890-1979） 242
レロ、エティエンヌ Léro, Étienne（1910-1936） 138, 139
レンガー＝パッチュ、アルベルト Renger-Patzsch, Albert（1897-1966） 107
ロウリー、ヴァンス Lowry, Vance（?-1948） 240
ローズ・セラヴィ Rose Sélavy（Marcel Duchamps） 80-83, 87, 88, 156, 164
ローデンバック、ジョルジュ Rodenbach, Georges（1855-1898） 101
ロートレアモン Lautréamont（1846-1870）

74, 138
ロタール、エリ　Lotar, Eli（1905-1969）
101, 107
ロック、アラン　Locke, Alain（1885-1954）
204, 206, 236, 237, 239
ロリス、ファビアン　Loris, Fabien（1906-1979）　96, 98, 100, 107

【ワ行】

ワシントン、ブッカー・T　Washington, Booker T.（1856-1915）　211

編者あとがき

本書は、二〇一六年十月二十九日、三十日の二日にわたって恵比寿の日仏会館で行われた国際シンポジウム「芸術照応の魅惑II――両大戦間期のパリ：シュルレアリスム、黒人芸術、大衆文化（Correspondance des arts II: Le Paris de l'entre-deux-guerres : surréalisme, art nègre, culture populaire）」の記録報告集である。ただし、収録した論考の多くは、当日の発表を出発点としながらも若干の修正や加筆が施されている。なお、出版に当たって、タイトルは版元と相談したうえで、『異貌のパリ 1919-1939――シュルレアリスム、黒人芸術、大衆文化』とした。

公益財団法人日仏会館と、日仏会館フランス事務所（国立フランス日本研究センター）は毎年共同で、フランス語圏と日本の研究者を集めて、国際シンポジウムを催しており、二〇一五年の十一月にも、「芸術照応の魅惑――近代パリにおける文学、美術、音楽の交差」と題するシンポジウムを行った。十九世紀から二十世紀にかけてのパリで分野の垣根を超えた芸術家の交友が盛んに行われ、文学、美術、音楽などの諸芸術が緊密に交流したことに着目したこの催しが好評だったため、二〇一六年度は、両大戦間期のパリを対象としてその第二弾を企画したのである。

両大戦間期とは一九一九年から一九三九年までのほぼ二十年間を指すが、二つの大量虐殺に挟まれた束の間の平穏な時期にあたる。しかし、戦後すぐに復興が始まったとはいえ、第一次大戦でフランスは一四〇万人にのぼる戦死者を出し、その傷は簡単に癒えるものではなかった。狂乱の時代（Les Années folles）とも称される一九二〇年代の高揚に続き、二九年の世界恐慌を経て、戦争の足音が日増しに近づく三〇年代まで、政治経済的には明るい話題の乏しい暗黒時代と言っても誇張ではない。また、イデオロギー的な観点から見ると、コミュニズムとファシズムとが真っ向から対峙していた緊張の時代でもあった。ところが、文化・精神史に目を転じれば、これほど豊かな時代はない。二十世紀フランスの文学、美術、思想の重要な作品がこの時期に集中的に生まれているのだ。このギャップはきわめて示唆的である。シュルレアリスムに関してはすでに多くの研究がなされているから、新たな切り口からアプローチするためには、別の要素を絡ませる必要があろうと考え、シュルレアリスム、黒人芸術、大衆文化の三つをキーワードとした。異質な要素を交差させることで、二十年間に及ぶ豊穣な祝祭空間としてのパリを描いてみたいと考えたからである。

以上のような方向性を決めた日仏会館の三浦信孝と澤田直は、シュルレアリスムの専門家である鈴木雅雄氏と永井敦子氏、また両大戦間期を専門とする昼間賢氏に学術責任者としてのご協力を仰ぎ、具体的なプログラムの作成にあたった。こうして、文学、美術、音楽、さらにはアメリカ文学を専攻する十三人の方に登壇していただくことになったが、発表はいずれも横断的な形で構想されており、二〇年、三〇年代のパリの文化状況が多角的かつ立体的に検討されたものと自負している。力のこもった発表をしてくださった登壇者のみなさんに改めて御礼を申しあげます。また、今回のテーマのひとつはジャズであったから、シンポジウムの後には、早稲田大学ハイソサエティ・オーケストラの演奏によるコンサートによって、両大戦間期の雰囲気を耳でも肌でも味わっていただき、好評を博したことも付記しておく。

最後になるが、今回の国際シンポジウム開催にあたって多くの団体からご支援をいただいたことにこの場を借りて関係者各位に心より御礼を申しあげたい。日本フランス語フランス文学会からはご協賛を、日仏美術学会からはご後援をいただいた。そして、とりわけ公益財団法人石橋財団からはたいへん貴重なご援助をいただいた。その助成なくしては、海外から四人もの講師を招聘する豪華なラインナップのプログラムを編成することはとうてい不可能だったばかりでなく、本記録報告集の刊行も叶わなかったことであろう。二〇一五年度の「芸術照応の魅惑」（三浦篤企画）に続いて、今回のシンポジウムの趣旨にご賛同くださり、ご援助してくださった石橋財団に主催者を代表してあらためて深甚の謝意を表したい。また、採算のあわない出版を快く引き受けてくださった水声社社主の鈴木宏氏、最初に相談にのってくださった編集者の神社美江さん、最終的に編集を担当してくださった廣瀬覚さんにも心より御礼申しあげる。本書がみなさまのご支援に応える内容となっており、多くの読者と出会うことを祈っている。

澤田　直

［国際シンポジウム「芸術照応の魅惑Ⅱ――両大戦間期のパリ」プログラム］

二〇一六年十月二十九日（土） 於日仏会館一階ホール

イントロダクション（澤田直）

第一部　シュルレアリスムとその外部（司会：鈴木雅雄）
永井敦子「「植民地博覧会に行くな」――一九三〇年代から四〇年代のシュルレアリスム文学と植民地表象――」
エルザ・アダモヴィッチ「シュルレアリスムの書物――詩人と画家は対話する――」
星埜守之「シュルレアリスムと日本の「前衛」」
◉質疑応答

第二部　ジャンルの越境（司会：塚本昌則）
ミカエル・フェリエ「ジャズ、「驚きのサウンド」と誤解」
鈴木雅雄「森のなかでのように、夢のなかでのように――映画、精神分析、シュルレアリスム――」
千葉文夫「マルセル・デュシャン／ローズ・セラヴィの3D映画」
◉質疑応答

第三部　写真をめぐって（司会：澤田直）
ミシェル・ポワヴェール「シュルレアリスム、あるいはヴァナキュラー写真の発明」
昼間賢「書物への写真、書物から写真へ――ロジェ・パリーを例として――」
◉質疑応答

二〇一六年十月三十日（日）　於日仏会館一階ホール

第四部　文化のるつぼ（司会：永井敦子）

柳沢史明「「アフリカ美術研究のための方法」を求めて──カール・アインシュタインと「アール・ネーグル」──」

河本真理「〈オブジェ〉の挑発──シュルレアリスム／プリミティヴィズム／大衆文化が交錯する場──」

パスカル・ブランシャール「一九三一年の植民地博覧会──三〇年代のただなかで、フランス文化のただなかで──」

◉質疑応答

第五部　パリの黒いアメリカ（司会：千葉文夫）

荒このみ「〈ニグロ・レビュー〉とジョセフィン・ベイカー」

ヤニック・セイテ「パリ、ハーレム・ルネサンスの飛び地」

◉質疑応答

全体討議（司会：澤田直）

ミニ・コンサート「白と黒の幻想」（早稲田大学ハイソサエティ・オーケストラ）

主催：公益財団法人日仏会館・日仏会館フランス事務所

助成：公益財団法人石橋財団

協賛：日本フランス語フランス文学会

後援：日仏美術学会

編者／執筆者／訳者について

澤田直（さわだなお）　一九五九年生まれ。パリ第一大学博士課程修了（哲学博士）。立教大学教授、日仏会館理事。専攻、現代哲学・フランス語圏文学。主な著書に、『〈呼びかけ〉の経験』（人文書院、二〇〇二）、『新・サルトル講義』（平凡社、二〇〇二）、『サルトル読本』（編著、法政大学出版局、二〇一五）、主な訳書に、サルトル『言葉』（人文書院、二〇〇六）、フィリップ・フォレスト『さりながら』（白水社、二〇〇八）がある。

＊

ミシェル・ポワヴェール（Michel Poivert）　一九六五年生まれ。パリ第一大学博士課程修了（美術史学博士）。パリ第一大学教授。専攻、美術史・写真史。主な著書に、*L'image au service de la révolution* (Le Point du Jour Éditeurs, 2006), *La photographie contemporaine* (Flammarion, 2010), *Brève histoire de la photographie* (Hazan, 2015) がある。

鈴木雅雄（すずきまさお）　一九六二年生まれ。パリ第七大学博士課程修了（文学博士）。早稲田大学教授。専攻、シュルレアリスム研究。主な著書に、『シュルレアリスム、あるいは痙攣する複数性』（平凡社、二〇〇七）、『マンガ視覚文化論』（共編著、水声社、二〇一七）、主な訳書に、ジョルジュ・セバッグ『崇高点』（水声社、二〇一六）がある。

エルザ・アダモヴィッチ（Elaza Adamowicz）　一九四七年生まれ。ロンドン大学博士課程修了。ロンドン大学クイーン・メアリー校名誉教授。専攻、ダダイズム・シュルレアリスムを中心とする二〇世紀フランス文学と映像文化。主な著書に、*Surrealist Collage in Text and Image : Dissecting the Exquisite Corpse* (1998, 2004), *Ceci n'est pas un tableau : les textes surréalistes sur l'art* (2004), *Bunuel/Dali : Un Chien andalou* (2010) がある。

千葉文夫（ちばふみお）　一九四九年生まれ。パリ第一大学博士課程修了（哲学博士）。早稲田大学名誉教授。専攻は、二〇世紀フランス文学・イメージ論。主な著書に、『ファントマ幻想』（青土社、一九九八）、『クリス・マルケル　遊動と闘争のシネアスト』（共著、森話社、二〇一四）、主な訳書に、『ミシェル・レリス日記』（みすず書房、二〇〇二）、『マルセル・シュオッブ全集』（共訳、国書刊行会、二〇一五）がある。

昼間賢（ひるまけん）　一九七一年生まれ。早稲田大学大学院博士課程単位取得退学。立教大学兼任講師。専攻、フランス両大戦間の文学・文化。主な著書に、『写真と文学』（共著、平凡社、二〇一三）、『移動者の眼が露出させる光景』（共著、弘学社、二〇一四）など、主な訳書に、アンドレ・シェフネル『始原のジャズ』（みすず書房、二〇一二）、ピエール・マッコルラン『写真幻想』（平凡社、二〇一五）がある。

パスカル・ブランシャール（Pascal Blanchard）　一九六五年生まれ。パリ第一大学博士課程修了（歴史博士）。歴史家、CNRS研究員、Groupe de recherche Achac 共同代表者。専攻、植民地問題・移民問題。主な共著に、*La République coloniale* (Hachette Pluriel, 2006;『植民地共和国フランス』岩波書店、二〇一一), *Vers la Guerre des identités?* (Découverte, 2016) がある。

永井敦子（ながいあつこ）　一九六一年生まれ。アンジェ大学博士課程修了（文学博士）。上智大学教授。専攻、二〇世紀フランス文学。主な著書に、『クロード・カーアン』（水声社、二〇一〇）、『別冊水声通信　ジュリアン・グラック』（共著、水声社、二〇一一）、主な訳書に、ジュリアン・グラック『ひとつの町のかたち』（書肆心水、二〇〇四）、『街道手帖』（風濤社、二〇一四）などがある。

河本真理（こうもとまり）　一九六八年生まれ。パリ第一大学博士課程修了。博士（美術史学）。日本女子大学教授。専攻は、西洋近現代美術史。主な著書に、『切断の時代——20世紀におけるコラージュの美学と歴史』（ブリュッケ、二〇〇七）、『葛藤する形態——第一次世界大戦と美術』（人文書院、二〇一一）、『現代の起点　第一次世界大戦　第3巻　精神の変容』（共著、岩波書店、二〇一四）、『パリII』（共著、竹林舎、二〇一五）がある。

星埜守之（ほしのもりゆき）　一九五八年生まれ。東京大学大学院博士課程中退。東京大学教授。専攻、フランス文学・フランス語圏文学。主な著書に、『ジャン＝ピエール・デュプレー』（水声社、二〇一〇）、主な訳書に、アンドレ・ブルトン『魔術的芸術』（共訳、人文書院、一九九七）、パトリック・シャモワゾー『テキサコ』（平凡社、一九九七）がある。

柳沢史明（やなぎさわふみあき）　一九七九年生まれ。東京大学大学院博士課程修了。博士（文学）。東京大学人文学社会系研究科助教。専攻、美学芸術学。主な論文に、『「ニグロ芸術」の形成及びその受容』（博士論文、二〇一四）、Le renouvellement des arts africains et l'administration coloniale : le cas de Georges Hardy, *Aesthetics*, No. 19, 2015, pp. 27-38、主な著書に、『パリII』（共著、竹林舎、二〇一五）、『ブラック・モダニズム』（共著、未知谷、二〇一五）がある。

荒このみ（あらこのみ）　一九四六年生まれ。東京大学大学院博士課程修了。博士（文学）。東京外語大学名誉教授。専攻、アメリカ文学・文化。主な著書に、『歌姫あるいは闘士　ジョセフィン・ベイカー』（講談社、二〇〇七）、『アフリカン・アメリカン文学論——「ニグロのイディオム」と想像力』（東京大学出版会、二〇〇四）、主な訳書に、マーガレット・ミッチエル『風と共に去りぬ』（岩波書店、全6巻）、『アメリカの黒人演説集』（岩波書店、二〇〇八）、『トニ・モリスン事典』（雄松堂出版、二〇〇六）がある。

ミカエル・フェリエ（Michaël Ferrier）　一九六七年生まれ。パリ第四大学博士課程修了（文学博士）。作家、中央大学教授。専攻、セリーヌをはじめとする二〇世紀フランス文学。主な作品に、*Sympathie pour le Fantôme* (Gallimard, 2010), *Mémoires d'outre-mer*

(Gallimard, 2015) など、主な著書に『フクシマ・ノート——忘れない災禍の物語』(新評論、二〇一三)がある。

ヤニック・セイテ(Yannick Séité) 一九六二年生まれ。パリ第七大学博士課程修了(テクストと資料の科学博士)。パリ第七大学准教授。専攻、ルソーをはじめとする啓蒙思想。主な著書に、*Du livre au lire : La nouvelle Héloïse, roman des lumières* (Honoré Champion, 2002), *Le jazz, à la lettre : La littérature et le jazz* (Presses Universitaires de France, 2010) がある。

＊

長尾天(ながおたかし) 一九八〇年生まれ。早稲田大学大学院博士課程修了。博士(文学)。日本学術振興会特別研究員PD、成城大学講師。専攻、二十世紀美術史、イメージ論。主な著書に、『イヴ・タンギー　アーチの増殖』(水声社、二〇一四)、『語るタンギー』(編訳、水声社、二〇一五)がある。

三浦信孝(みうらのぶたか) 一九四五年生まれ。東京大学大学院博士課程満期退学。中央大学名誉教授、日仏会館副理事長。専攻、フランス文学・思想。主な著書に、『現代フランスを読む——共和国・多文化主義・クレオール』(大修館書店、二〇〇二)、『自由論の討議空間——フランス・リベラリズムの系譜』(編著、勁草書房、二〇一〇)、主な訳書に、ブリュノ・ベルナルディ『ジャン＝ジャック・ルソーの政治哲学』(編訳、勁草書房、二〇一四)などがある。

黒木秀房(くろきひでふさ) 一九八四年生まれ。立教大学大学院博士課程修了。博士(文学)。立教大学兼任講師。専攻、哲学・フランス思想。主な論文に「ドゥルーズ「フィクション」の問題——ドラマ化を中心に——」(『フランス語フランス文学研究』第一〇八号、二〇一六)がある。

装幀——宗利淳一

異貌のパリ　1919-1939 ——シュルレアリスム、黒人芸術、大衆文化

二〇一七年七月二〇日第一版第一刷印刷　二〇一七年七月三〇日第一版第一刷発行

編者——澤田直

執筆者——ミシェル・ポワヴェール＋鈴木雅雄＋エルザ・アダモヴィッチ＋千葉文夫
＋昼間賢＋パスカル・ブランシャール＋永井敦子＋河本真理＋星埜守之＋
柳沢史明＋荒このみ＋ミカエル・フェリエ＋ヤニック・セイテ

発行者——鈴木宏

発行所——株式会社水声社
東京都文京区小石川二―一〇―一　いろは館内　郵便番号一一二―〇〇〇二
電話〇三―三八一八―六〇四〇　ＦＡＸ〇三―三八一八―二四三七
郵便振替〇〇一八〇―四―六五四一〇〇
URL : http://www.suiseisha.net

印刷・製本——モリモト印刷

ISBN978-4-8010-0277-7